U

Henselowsky
Boschmann

Verlag Henselowsky Boschmann
Gerichtsstraße 1, 46236 Bottrop
www.vonneRuhr.de
E-Mail: post@vonneRuhr.de
1. Auflage 2011
ISBN 978-3-942094-17-7
Herstellung: Westermann Druck Zwickau GmbH
Umschlaggestaltung Adolf Winkelmann
Bild: Westfälisches Wirtschaftsarchiv, Dortmund (WWA)
Bestand F 188 (Dortmunder Union Brauerei AG), Nr. 6174,
Fotograf unbekannt

Adolf Winkelmann
Jost Krüger

WINKELMANNS REISE INS U

Roman

Vorwort der Produzentin

Liebe LeserIn!

Hinter einer unverdächtigen Betonwand mit Notausgangbeschilderung liegt das 'Gewölbe 12' des Dortmunder U-Turm-Kellers. Hier finden Bauarbeiter 1926 in einem Tresor rätselhafte, mit Gold beschichtete Streifenrollen – heute genannt Dortmunder Fund (Magic Foils of Dortmund). Die Rollen werden ins Stadtmuseum gebracht, untersucht, katalogisiert – man kommt zu keinem Ergebnis, worum es sich handeln könnte – und eingelagert. Hier verschwinden sie, tauchen andernorts wieder auf, werden wiederum verlegt, bis sie 1960 ins Stadtmuseum zurückkehren. Bei der gründlichen Untersuchung kann wiederum nicht geklärt werden, was die Goldstreifen bedeuten und wozu sie hergestellt worden sind.

Im Januar 2009 werden sie neuerlich Gegenstand des Interesses und der Neugier, als Adolf Winkelmann und Jost Krüger im Zusammenhang ihrer U-Turm-Recherchen von der Existenz der Streifenrollen erfahren. Im November 2009 wird die Botschaft und Bedeutung des Schatzes teilweise entziffert.

Ein Teil der Entzifferungen wird in der dreiteiligen Film-Installation 'Fliegende Bilder' am und im Dortmunder U erstmals am 28. Mai 2010 der Öffentlichkeit vorgestellt.

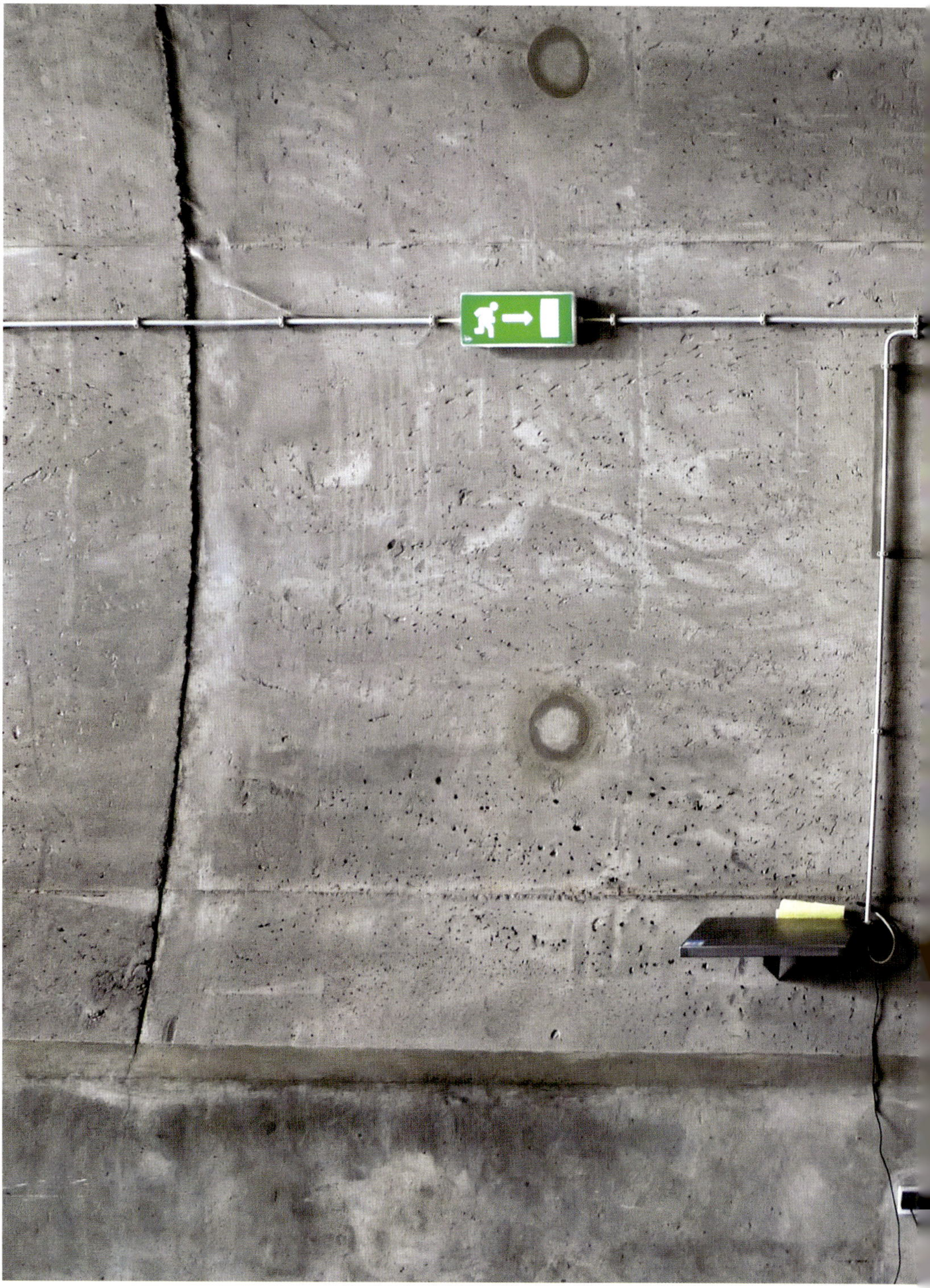

U-Turm, Keller, Ebene K2

Vorwort des Filmmachers

Ich hab nichts gemacht.
Ich hab einfach nur die Schublade aufgemacht.
Da flog ein Vogel heraus.
Ich spürte die Luft im Zimmer durch das Schlagen der Flügel.
Und der flog immer wieder gegen die Wand.
Immer wieder.

Wegweisung, Monte Nocini, Benaco

Kapitel 1

Es war Ende April, auf dem Monte Baldo lag immer noch Schnee. Er hatte fast vier Wochen nur geschlafen, gefrühstückt und zu Abend gegessen, in seinem Zettelbuch gelesen, versucht, seine Niedergeschlagenheit zu begreifen, und Bäume fotografiert.

Früh am Morgen hatte er die alte Schraub-Leica mitgenommen, stieg am Rand der Baumgrenze durch die Hänge, blieb, wenn ein einzelner Baum auftauchte, stehen und fotografierte ihn und zugleich seinen Hinterkopf – hinter sich im Nacken die gespannte Kamera oder hoch über dem Scheitel. Er machte sechsunddreißig Aufnahmen und betitelte die Reihe, die er erst in Dortmund zu Gesicht bekommen würde: Baumzugewandter Kopf.

Bäume, Monte Baldo, Benaco

Zwei Stunden später saß er im Auto, notierte ins Zettelbuch: *"Baumzugewandter Kopf. Wird aussehen, als ob mich einer aus nächster Nähe verfolgt."* – und fuhr dann gleich los. Am Autogrill bei Bolzano hielt er wie immer an, trank für einen Euro den letzten italienischen Caffè.

Die Langeweile fing hinter München an – Hopfen, Hügel, Staus. Er fuhr hindurch, und nach Bayern kam Hessen, dann endlich das Sauerland. Am frühen Abend, an einer Raststätte bei Lüdenscheid, machte er eine zweite Pause, aß etwas Kartoffelsalatähnliches mit Würstchen und zeichnete Baumbilder auf die Serviette – im Vordergrund je einen Hinterkopf, der die Bäume nicht verdeckte. Plötzlich, als er bei Ergste die Ruhr überquerte, freute er sich, wieder nach Hause zu kommen. Es war eine einzigartige Freude, die seit seiner Studienzeit immer die gleiche geblieben war. Vor vierzig Jahren wäre er, in Dortmund angekommen, nicht direkt nach Hause gefahren, sondern in die Nordstadt. An der Trinkhalle Heroldstraße wäre er ausgestiegen, hätte sich aus dem Abfallkorb eine Zeitung genommen und sich, als ob er lese, zu den Abendkunden gestellt. Nur um sie reden zu hören, egal was. Der Klang der Sprache stimmte ihn glücklich.

Winkelmann fuhr nicht in die Nordstadt. Er fuhr in die Karstadt-Tiefgarage im Stadtzentrum. Er kaufte Brot, Butter, Milch und Scampi aglio olio. Dann setzte er sich, als letzter Gast, in die Fressecke der Lebensmittelabteilung 'Perfetto, Feine Kost erleben und genießen'. Von der Theke aus konnte er dem Koch und der Servicekraft beim Aufräumen zusehen und genoss ihren Dialog.

Vor dem Italienmonat, im März 2008, war er ein paar Tage in New York gewesen. Auf dem Hinflug wusste er noch nicht, was er dort tun würde, außer betäubt durch die monströse Stadt zu stromern und zur Eröffnung einer Ausstellung in der Galerie Maniac, in Down Under the Manhattan Bridge Overpass (Dumbo), zu erscheinen, zu der ihn die Besitzerin Cecily Rhodes mit acht seiner großformatigen Zwillingsbilder aus der Reihe 'Twin Pics, New York' eingeladen hatte.

Angekommen im Hotel Janis, vom Hinterhoffenster aus entdeckte er sie sofort: die Bilder, die darauf warteten, fotografiert zu werden. Schon immer hatte er sich dabei ertappt, heimlich in anderer Leute Fenster zu linsen oder selbstvergessen dazustehen und einfach zu glotzen. Oft war er von Dortmund aus, abends nach der Arbeit, noch schnell nach Holland hinüber und bis nach Amsterdam gefahren. Der gardinenlosen Fenster wegen.

Seinem Hotelfenster gegenüber stand immer noch das ramponierte Lagerhaus, in dem sich sowohl billig eingerichtete Büroräume als auch Wohnflure, Absteigezimmer und die Ateliers junger Künstler befanden.

Nach ein paar Tagen hatte er über tausend Fotos gemacht, die meisten wieder gelöscht, fast zweihundert aufs Notebook überspielt – Fenster, geschlossene und geöffnete und die Zimmer dahinter, leere und belebte. Manchmal hörte er Musik, die aus den Fenstern drang, Bessy Smith, Bob Dylan, russische Chöre. Verstehbar Wörtliches nicht.

Am 18. März, zwei Tage nach der Galerie-Eröffnung, wurde er überfallen. Sie waren einfach in das Hotelzimmer gekommen. Die Eigentümerge-

New York, Blick aus dem Hotelzimmer

meinschaft des Lagerhauses gegenüber fühlte sich ausspioniert. Der russische Unterhändler, der sich als Anwalt ausgab, vermied dieses Wort, sprach von 'unzutreffend dargestellt' und ließ, ohne zu zögern, im Wege einer fragwürdigen einstweiligen Verfügung von drei unangenehm starken Männern alle Kameras, sein Notebook und sämtliche Speichermedien zerstören. Sie hatten Hämmer und Rohrzangen mitgebracht.

Nur zwei Bilder überstanden den Angriff. Er hatte die Dateien per E-Mail am Tag zuvor an Michael geschickt. Michael war Filmproduzent in Los Angeles.

Am Morgen nach dem Zwischenfall flog er nach Deutschland zurück, packte das Auto und fuhr nach Italien. Wegen der beruhigenden Bäume. Die Krise war noch nicht vorbei.

Und jetzt? Zumindest war das Gefühl verflogen, lust- und ziellos weiterzusuchen. Irgendetwas würde kommen, ein neues Drehbuch, ein Film, neue Motive.

'Erwartung' aus der Serie Zwillingsbilder, Fotografie des zweiten Blicks, NY, 2008

Im 'Perfetto, Feine Kost erleben und genießen' lernte er an diesem Abend den Rentner Jürgen Tomaszyk kennen – Mitte sechzig, bis vor kurzem Restpförtner des Stahlwerks Phoenix-West, hibbelig und neugierig. Er besaß sechs Fotoapparate, wie sich später herausstellte. Eine Leica M3, Baujahr 1955, hing ihm an einer abgewetzten Lederschlaufe vor dem Brustbein – abends um halb acht.

Der Rentner hatte sich direkt neben ihn gesetzt und fragte unvermittelt, ob er aus Dortmund sei. Der Zurückgekehrte nickte: "Ja, ich bin hier aufgewachsen, in der Nordstadt, in der Alsenstraße. Als ich vierzehn war, 1960, sind wir zum U-Turm gezogen in die Rheinische Straße, jetzt lebe ich in der Südstadt an der B1."

"Und was machen Sie so, beruflich?"

"Filmmacher. Ich habe ein paar Filme gemacht."

Der Rentner griente und fand, das sei doch mal besser als nichts. Und wusste auf einmal, wer neben ihm an der Theke saß. Er kannte den Film mit der Kettensäge und dem Bergmann, der für seine Ex den Schrank im Wohnzimmer durchgesägt hatte, für jeden die Hälfte.

'Erfüllung' aus der Serie Zwillingsbilder, Fotografie des zweiten Blicks, NY, 2008

Zu Hause angekommen, rief der Zurückgekehrte seine Frau und seine Tochter an, die noch in Berlin waren. Er sei wieder da und alles in Ordnung, er werde sie anderntags abholen am Flughafen, nachmittags weg bei einem Hobbyfotografen und abends wieder da sein, um etwas zu essen zu machen, vielleicht Fische.

Am nächsten Nachmittag, wie verabredet, klingelte er an Tomaszyks Wohnung. Der Rentner wohnte am Burgwall, Ecke Münsterstraße. Vom Wohnzimmerfenster aus konnte man auf das alte Hotel Bender sehen. Der Eingang, vorn an der Straße, war mit einer Gittertür verrammelt.

Es gebe noch eine andere Tür im Hinterhof, erzählte der Rentner. Und was da los sei in den Zimmern – merkwürdige Gestalten, vermutlich Dealer und Junkies, die sich treffen, und einer übe jeden Freitagabend Saxophon. Man könne wohl denken, er dürfe zu Haus nicht tröten wegen der Nachbarn.

Adolf Winkelmann und Jürgen Tomaszyk in dessen Wohnung

(AW Zettelbuch)

"Der Mann gefiel mir. Er zeigte mir die schönsten Stücke seiner Apparate-Sammlung. Ich musste ihn nicht lange überreden, meine Sony A1 ins Fenster zu stellen."

Sie nannten ihr Projekt 'Neun Fenster gegenüber'. Am Rand fachsimpelten sie über die Schönheit alter Kameras, über die digitale Fotografie, die keinerlei Beweiskraft mehr hat, über Fälscher und ihre Möglichkeiten, die Aussage eines Bildes entscheidend zu verändern. Zum Thema Voyeur und Spionage fiel Tomaszyk ein Buch ein. Er holte es aus der Schublade und las einen Absatz daraus vor. (siehe Anhang 01: Prof. Dr. Edmund Glock/Verlust der Wortkultur in der Bilderwelt, Bochum 1999)

Der Rentner legte das Glock-Buch in die Schrankschublade zurück und sagte, das alles sei für ihn normal. Sein Gast nickte und erzählte von einem alten Freund und wichtigen Wegbegleiter, dessen Voyeurismus dem seinen an Intensität nicht nachstand, wenn er auch völlig andere fotografische Strategien verfolgte.

Jürgen Tomaszyk am Fenster

'Boys and Girls' aus der Serie 'Just Walking' 2008

hotel

Sie gingen mit ihren Kaffeetassen ans Fenster und entdeckten auf dem Bürgersteig gegenüber einen Hund, der in die Leine biss, von der er nicht loskam.

Tomaszyk fragte unvermittelt, wieso man bloß nach Ende des Kriegs den Namen Adolf bekomme.

"War doch bestimmt nicht immer lustig."

Sein Gast, den zerrenden Hund im Blick, musste nicht überlegen. Wenn man 1946 geboren ist und Adolf heißt, fühlt man sich öfter genötigt, eine Erklärung abzugeben. Was soll man dann sagen? Dass die Könige von Schweden immer schon so hießen und der Name von Edelwolf kommt? Sein Großvater väterlicherseits habe bei Karl Hoesch auf der Westfalenhütte in Dortmund die Walzstraße gefahren. Er hieß Adolf wie sein Vater, dessen Vater und sein Vater. Als er, der Erstgeborene, im April 1946 getauft werden sollte, habe es einen lautstarken Eklat gegeben am Taufbecken der Kirche des kleinen sauerländischen Ortes, in den seine Eltern 1944 aus dem zerbombten Dortmund geflüchtet waren. Der Pfarrer wollte ihn erst nicht taufen, jedenfalls so nicht. Stur, wie Westfalen sein können, habe sein Vater auf der Familientradition

Hotel Bender, Frühstücksraum

bestanden, und so habe der Täufling den unsäglichen Namen bekommen, natürlich darunter gelitten. Zum Beispiel auf dem Schulhof oder in der Turnhalle, wenn andere den rechten Arm hochrissen und mit Heil Dingsbums grüßten.

Er kenne das, sagte der Rentner. Ihn, das Polackenkind, hatten Nachbarn oft zu Weihnachten gefragt, wie denn der Schäferhund schmeckt.

Vier Tage später, am 29. April, erschien Tomaszyk an Winkelmanns Haustür und hielt dem Filmmacher stolz die HDV-Kassette hin.

"Im linken Fenster, drittes Obergeschoss, habe ich diesen Kerl erwischt, der jeden Freitag ab 16 Uhr zwei Stunden Saxophon spielt. Ich hab auf ihn gewartet, und er ist auch wirklich gekommen. Leider hat er nach kurzer Zeit die Rolllade runtergelassen. Ich hab die Kamera natürlich weiterlaufen lassen, bis der Akku leer war. Am Wochenende konnte ich nur Fotos machen, du hast vergessen, mir ein Ladekabel mitzugeben. Am Montag hab ich mir dann eins besorgt und sofort einen jungen Mann erwischt, den ich hier noch nie gesehen habe. Er hat das Zimmer fotografiert und draußen den Bürgersteig.

Hotel Bender, observiertes Paar

Dann hat er seine Sachen ausgepackt und telefoniert. Ich konnte nichts verstehen, weil er Englisch gesprochen hat."

Was Winkelmann auf der Aufzeichnung sah und hörte, erschreckte ihn. Es ging ganz offensichtlich um eine PR-Kampagne. Für das Ruhrgebiet. In London produziert. (Siehe Anhang 02: Tonprotokoll)

Gibt es eigentlich irgendetwas, was Ruhrgebietsmenschen selber können? Regiert werden sie aus Arnsberg und Düsseldorf, und Filme über das Ruhrgebiet werden in London gemacht.

Winkelmanns Entschluss stand fest, und er nahm sich vor, als Verbündeten und zum Mitdenken einen seiner Freunde einzuladen, der auch in Dortmund, auch am Nordmarkt aufgewachsen war. Sie kannten sich seit Anno Schnee.

Saxophonspieler schließt Rolllade

An diesem Abend war die Krise vorbei. Als er in seinem zur Dunkelkammer umgebauten Gästeklo den Kleinbildfilm mit den Baumzugewandter-Kopf-Aufnahmen in den Entwicklertank tauchte, hatte er eine Idee. Sie fühlte sich an wie ein kleiner schmerzhafter Blitz im Kopf. Als er Minuten später den tropfnassen Film gegen das Licht hielt und feststellen musste, dass alle sechsunddreißig Aufnahmen unkorrigierbar unterbelichtet waren, fand er die Idee richtig gut. Er warf den Film in die Tonne.

Hotel Bender, Gast telefoniert

Kapitel 2

Zwei Tage später, es war der 1. Mai 2008, rief Winkelmann Jost Krüger, den Autor, Phantomologen und Theatermann, an und schlug vor, sich bald, am besten sofort zu treffen.

(Jost Krüger, Turm-Notizen)

"Ich betrete zum ersten Mal das Filmproduktionsbüro, das A. in einem zugigen Hochhaus neben dem Hauptbahnhof angemietet hat, mit U-Blick aus jedem der Fenster. Das sei ihm wichtig. Er habe das Gefühl, es komme Arbeit auf uns zu. Und das U sei der Hebel. Wir sollten es nicht aus den Augen verlieren.

Blick aus dem Filmproduktionsbüro

Er gibt mir die Videodatei auf einem USB-Stick. Erzählt knapp, was ich sehen würde und dass er schon einen Schritt weiter sei. Er hat im Hotel Bender den Namen des Engländers erfragt. Dave Braven. Weitergegoogelt: früher Liverpool, heute London. Chef der noblen Werbeagentur Braven & Cillics. Auf seiner Homepage ausgewiesen: Marketing Konzepte für Dubai, Barcelona, Karibik-Tourismus. Für demnächst angekündigt ein PR-Film über die Metropole Ruhr: 'You are Ruhr'. Coproduktion mit der Düsseldorfer Agentur Moser, Kösel und Schmitt im Auftrag der Ruhrtouristik."

Krüger sagte: "Ich weiß, was dich nervt."

Winkelmann lachte: "Nein, das weißt du nicht, aber wir zeigen denen jetzt mal, was der Westfale sagt, wenn er geboren wird."

Krüger, selbst Westfale, verstand kein Wort. Abends rief er seine Halbschwester in Körne an, die Hebamme war, und fragte sie, was frisch geborene Westfalen denn so sagen.

"Sag ich dir", sagte sie. "Wenn er geboren wird, der Westfale, ist das Erste, was er sagt: runter von meinem Grundstück. So ist es, immer schon gewesen."

Winkelmann schrieb in sein Zettelbuch:

"Habe J. gebeten mitzumachen. Ich glaube, er hat keine Ahnung, auf was er sich da einlässt. Und er stellt die falschen Fragen. Wie viel es kostet und wer's bezahlt. Habe keine Lust, ihm zu erklären, dass man im Kulturbetrieb Geld nur für alte Hüte kriegt. Das Neue, das noch nie Dagewesene kennt keiner. Und was Fördergremien und Kulturfunktionäre nicht kennen, können sie sich nicht vorstellen. Und wer gibt schon Geld für etwas, das er sich nicht vorstellen kann." (AW Zettelbuch)

Er hatte ein Bild im Kopf. Konnte es aber nicht beschreiben. Wenn er die Augen schloss, sah er sich in einer Straßenbahn sitzen, in einem dieser alten Wagen aus Holz, die ihn in den fünfziger Jahren zur Schule gebracht hatten, mit der Klingelleine längslaufend durch den ganzen Wagen, mit der man das Signal zur Weiterfahrt gab. Und es gab den Schaffner, der diesen mechanischen Kleingeldspender vor dem Bauch hängen hatte.

Da saß er auf der Holzbank, schaute aus dem Fenster und sah die leuchtend brennende Dachkrone des Turms. So müsste es aussehen, dachte er, kein Film, eine Erscheinung.

Krüger stellte Fragen. Er wollte wissen, ob es einen Plan gebe, so dass er sich das Ganze vorstellen könne.

Leuchtender Turm mit Straßenbahn

"Ich stelle mir Filme vor, im und am Dortmunder U. Filme, die man im Kino oder im Fernsehen nicht zeigen kann. Man muss zum U kommen, um sie zu sehen. Stell dir Grafitti aus bewegten Bildern vor oder ein Mosaik, nicht aus bunten Steinen, sondern aus Licht und Bewegung."

"Ja, schön", sagte Krüger und fragte nach dem Drehbuch.

Der Filmmacher erzählte ihm etwas von morphischen Feldern und von Bäumen, die ja auch einfach wachsen, ohne genau zu wissen, wohin die Reise geht. Gezwungen zu sein, ein Drehbuch abzuarbeiten, habe etwas von Malen nach Zahlen und sei eine öde Zumutung für die Phantasie. Man könne das Drehbuch auch später schreiben, wenn man das ganze Projekt erst mal hinter sich und vielleicht auch besser verstanden habe. Krüger, unzufrieden mit der Auskunft, die ihm abwimmelnd vorkam, widersprach.

(AW Zettelbuch)

"Jost meint, wer einfach wachsen lässt, erntet Urwald. Recht hat er."

Studio, Emil-Figge-Straße

Am Nachmittag zeigte er Krüger das Filmstudio an der Emil-Figge-Straße, das er vorsorglich angemietet hatte.

Später saßen sie beim Italiener und machten sich Notizen zum Thema Kunst am Bau und fragten sich, wie es wohl zu dieser sonderbaren Betonkonstruktion um das Dach herum gekommen war und ob es überhaupt möglich sei, ein Gebäude mit Film zu inszenieren. Sie stellten fest, dass sie viel zu wenig wussten über den Turm, den Koloss, den alle nur das 'U' nannten.

Die Produzentin war entsetzt. Wenn sie ihn richtig verstanden hatte, wollte er eine riesige Visitenkarte aus bewegten Bildern mitten in die Stadt stellen. "Du bist hier in Dortmund! Das ist Provinz", stöhnte sie. "Das ist nicht einmal Essen! In der Provinz sind die Entscheider hochnäsig und zweitklassig. Die achten dich nur, wenn du aus London, Tokio oder wenigstens aus Linz kommst. Und selbst wenn du einige von ihnen überzeugen kannst, werden sie ihre Zusagen nicht halten und dich vor die Wand laufen lassen."

Er nahm einen zweiten Anlauf und versuchte vorsichtig mit 'Kulturhauptstadt' zu argumentieren. Das belustigte sie. "Dieses Kulturhauptstadtlabel bekommt immer der, der es am dringendsten braucht, weil er's am wenigsten ist", lachte sie und fügte, durchaus verletzend gemeint, hinzu: "Dortmund ist das Shoppingparadies für die Landfrauen aus dem Sauerland und Ostwestfalen. Nicht mehr und nicht weniger. Alles andere kannst du vergessen."

Er hatte mit dieser Reaktion gerechnet. Sie war Berlinerin und lebte in Dortmund nur der Liebe wegen.

"Dann mach ich meine Filme eben für die Mädels vom Land. Was mag denen gefallen? – Vielleicht Fische?"

Kellerhochhaus nach seiner Fertigstellung ca. 1930

Kapitel 3

Dienstag, 6. Januar 2009. Winkelmann hatte einen Besichtigungstermin verabredet. Auf dem Weg vom Parkplatz zu den Kellerlabyrinthen blieben sie an einem Bauloch stehen. Ein Eckstück des Fundamentsockels war freigelegt. 83 Jahre alt. Krüger memorierte seine Hausaufgaben. Auf dem Stahlbetonfundament ruhen 1927 nach Fertigstellung des Kühl- und Gärhauses 1,4 Millionen Kilogramm Baumasse. Das Fundament steht auf vierzig Betonsäulen, die mit dem Kellergemäuer darunter nichts zu tun haben. Die systemlos gebauten Keller auf K2 und K3 sind älter als der Turm, teilweise noch aus dem 19. Jahrhundert, sie wurden vom Fundament ganz einfach überdacht. 1929, nur zwei Jahre nach Errichtung des U-Turms, gab es in den Kellern Deckeneinstürze infolge eines Flözbruchs unter der Nordstadt; sie wurden vom hauptbauverantwortlichen Ingenieurbüro Emil Moog als kleine Bergschäden und geringfügig eingestuft.

Baubeginn U-Turm 1926

(AW Zettelbuch)

"Schon mal spannend. Es fing damit an, dass der Bauleiter und Frau Lünen, die Pressesprecherin, die beiden sollten uns herumführen, nicht da waren. Wir hatten uns vielleicht sechs, sieben Minuten verspätet – hatten sie nicht warten können? Oder sind sie, wegen der lausigen Kälte, schon vorgegangen? Unsere Verabredung war eindeutig: 15 Uhr, oben an der abschüssigen Fahrrampe."

(JK Turm-Notizen)

"Am Bauzaun hinter uns, etwa dreißig Meter entfernt, wir sind an ihm vorbeigegangen, steht ein junger Mann mit knöchellangem Mantel. Schwarz gefärbtes Haar, asynchron geschnitten. Gibt es eine Gothic-Party in der Nähe? Die Schultern weggedreht, scheint er dann und wann zu uns rüberzusehen. Sicher sind wir nicht. Er rührt sich nicht. Nun denn, vielleicht warten sie schon unten. Der Lehmmatsch mit den Bagger- und Reifenrillen ist gefroren, und wir staksen mehr, als dass wir gehen. Am Ende der Schräge, etwa sechs Meter tiefer als der verabredete Treffpunkt, liegt rechter Hand das

Winkelmann und Krüger kommen bei lausiger Kälte zu spät zur Baustelle

doppelflügelige Eingangstor, das zu den Kühlturmkellern führen muss. Frisch gestrichen, mennigerot. Verschlossen. Wir haben uns gerade eine Zigarette angesteckt, als wir ihn auf uns zukommen sehen. Den mit dem Mantel. Er ist vielleicht Ende zwanzig. Abgesehen von den Augen und seinem cool schmalen Mund bewegt sich in seiner Miene nichts. Er sagt, er heiße Heiner Broot, sei der Assistent und Frau Lünen verhindert. A. stellt mich vor. Es scheint ihn nicht zu interessieren. Aus der Jackentasche zieht er eine Taschenlampe und ein mehrfach gefaltetes Stück Papier, das er auffaltet und mir wortlos übergibt. Es ist die Kopie des Kellerplans. Broot will das Eingangstor aufschließen – hat den Schlüssel nicht bei sich. Im Büro vergessen. A. schlägt vor, bitte, keinen neuen Termin, sondern zurückzugehen und den im Umbau befindlichen Turm über das offene Erdgeschoss zu betreten."

Auf dem Weg von der Fahrrampe zum Baustelleneingang entdeckten sie an der westlichen Turmseite im gerade herausbrechenden Sonnenlicht eine

Michelangelos David (1504). Das Original – mit Sockel 5,48 Meter hoch – steht in der Galleria dell'Accademia, eine Kopie vor den Uffizien in Florenz

monumentale, weiß schimmernde Statue. Sie sah aus wie Michelangelos David in Florenz. Wie immer, wenn er etwas sah, was es nicht gibt, nicht geben kann oder seine Vorstellungskraft überstieg, machte Winkelmann ein paar Fotos zur späteren Versicherung oder Beglaubigung, nicht halluziniert zu haben.

Wie sich später herausstellte, war bei den Werkstätten der Uffizien bereits ein Jahr zuvor die Gipsimitation in Auftrag gegeben worden. Unklar blieb, welcher städtische Eigenbetrieb mit der Abwicklung des Geschäfts betraut gewesen war, unklar auch, ob dahinter eine museumspolitische Intrige steckte, wer sie inszeniert hatte und wer wem damit hatte zuvorkommen oder schaden wollen. Gab es überhaupt einen Ratsbeschluss?

Krüger, der sich für die Kosten interessierte, fand heraus: Es war gerüchteweise die Rede von einem Lizenzvertrag, der dem *'Museum am Ostwall im Dortmunder U und um das Dortmunder U herum'* ein auf neunundneunzig Jahre begrenztes Nutzungsrecht des *'David'*-Labels *'in Wort und Bild'* einräumte.

Wenn man unterstellt, dass die florentinische Cosa Nostra ihre Kulanzsphäre längst bis Münster, Lippstadt und über Paderborn hinaus ausgedehnt hat, muss man davon ausgehen, dass derartige Geschäfte nicht kostenneutral abzuwickeln sind. Der fragliche Eigenbetrieb soll tatsächlich eine erhebliche Summe – es waren 1,2 Millionen Euro im Gespräch – auf einem Sonderkonto in Saarlouis oder Luxemburg aktiviert haben. Winkelmanns These, dass das unangreifbar Altbekannte jederzeit förderfähig sei, schien sich zu bestätigen.

Wegen der Kosten soll das Geschäft fast noch gescheitert sein und konnte im letzten Moment nur deshalb abgeschlossen werden, weil der Leiter der Florentinischen Delegation gönnerhaft anbot, die Kopie *'22 Prozent größer als das Original'* auszuführen. Der verhandlungsführende Dortmunder stimmte gern zu, nicht nur, weil der im U-Turm bereits rohbaulich ausgeführte *'Tresor des David'* wegen eines Messfehlers zu groß ausgefallen war, sondern auch, weil er sich sehr wohl des attraktiven Titels: 'Dortmund, Stadt des größten nackten Manns' im Guinness-Buch bewusst war. So würde man das maßgebliche Berlin und vor allem das zu ehrgeizige Essen neidisch hinter sich lassen.

Der begehrte Titel ging später an Duisburg, wo der Vorplatz des Lehmbruck-Museums mit einer Nachbildung des David verziert wurde, noch größer und in Farbe.

(AW Zettelbuch)

"Nur in Peru, wusste ich mich zu erinnern, gibt es eine größere, allerdings geoglyphische Darstellung eines nackten Mannes. Seine Silhouette ist mit Felsbrocken markiert, auf einem Geröllfeld. Kann man vom Satelliten aus sehen. Jost schlug noch vor: Intervention von unten, Graffiti-Leute sprayen den David zu, grün, immer wieder. Ich lehne ab. Keine Sachbeschädigung."

Broot brachte seine Besucher auf die Westseite des Turms zum ebenerdigen Baustelleneingang. Vor ihnen tat sich die wie von Riesenkrallen zerfetzte

Dortmunder U, Eingangshalle

Erdgeschosshalle auf, die später einmal das Foyer der Turmkathedrale sein würde. Die Stahlträgerelemente sind aufgebrochen, teilweise schon entkernt und erneuert, um die gigantische Baumasse für die nächsten fünfzig Jahre sicher abzustützen. Erodierter Stahl wird durch Titan ersetzt, das Stahl-Titan-Skelett mit Rigips-Platten ummantelt.

Winkelmann zeigte in die Luft und sagte, hier würde er gern Leinwände im Kreis aufhängen und die Besucher mit Panoramen umarmen.

“Das wird bei dem unregelmäßigen Säulenraster nicht möglich sein”, wandte Krüger ein.

“Dann machen wir den Kreis eben krumm, und was hier rumsteht, sind übrigens Stützen, keine Säulen.”

Der so Belehrte amüsierte sich. “Geht doch. Ich weiß schon wieder mehr. Ich muss ja nur blöd genug fragen.”

(AW Zettelbuch)

“Über eine Treppe gelangen wir in den dunklen Keller. Unser Begleiter geht vor, öffnet einen Sicherungskasten. Etwas klickt, die Neonröhren

Unionbrauerei, Direktions-Treppenhaus 1932

flammen auf. Es ist stockkalt, aber riecht weniger modrig, als ich erwartet habe. Broot – auf einmal wie aufgetaut und höflich, erklärt: Wir sind auf dem Niveau Minus Zwei, auch genannt K2. Die Räume und Gewölbe sind hier schon alle frei geräumt, gesäubert und saniert. Die Deckeneinstürze, die es hier 1929 gab infolge unterirdischer Flözeinbrüche, wurden vom Architekten Moog als unbedeutend eingeschätzt. Soweit ich weiß, gibt es auf K3, wo Sie sich umzusehen wünschen, noch Kellergewölbe, die bis jetzt nicht ausgeräumt sind. Wenn Sie mir bitte folgen. Auf der Treppe dort geht es hinunter."

Seinerzeit vom Bergbauamt IV (1929 Huckarde) bestätigt, wurden Bergschäden, Straßenrisse, Pflasterverwölbungen, Gebäude-Erschütterungen und ein Absinken des Wassers in offenen Brunnen am 14. Juli (nachts um 0 Uhr 40) auch aus den anliegenden Stadtteilen Eving, Deusen und Lindenhorst gemeldet. Menschen seien nicht zu Schaden gekommen. Bereits um 0 Uhr 30 hätten Haus- und Nutztierhalter ein unerklärliches Verhalten der Tiere bemerkt. Unter anderem ein panisches Ausbrechen mehrerer Pferde aus der

Auf K2 – K3

Koppel des Hofes Unschröder an der Grävingholzstraße. In der gerade zwei Jahre alten Union-Brauerei wurden am anderen Morgen Deckeneinstürze im Kellerbereich festgestellt. Die Geschäftsführung ließ die betroffenen Räume mit Holzlatten verschließen.

(JK Turm-Notizen)

"Nach mehreren Abbiegungen – mir war so, als wären wir bereits viermal nach rechts abgebogen – versuche ich, den Kellerplan zu lesen, um festzustellen, wo wir sind. Plötzliche Verwirrung, die Plankopie ist unzweideutig mit K2 betitelt. Broot, der Assistent, hat Blatt 3 vergessen. Wir sind auf K3 und wissen nicht, wo wir sind. Broot schüttelt vage den Kopf, er sieht noch blasser aus und entschuldigt sich. Wir müssten nur die Treppe finden, die wieder hochführt, sagt er und fängt plötzlich an, Erdnüsse zu essen. A. flüstert mir zu: Erdnüsse, schreib das auf, da kommst du nicht drauf als Autor. Orientierungslos laufen wir weiter. Auf einmal steht ein Mann vor uns, er trägt einen Schutzhelm, aufgetaucht aus einer Seitennische wie ein Phantom."

Verstempelte Verbretterung ca. 1929

"Guten Tag. Christian Rasch, ich bin Bauleiter der Restauration und hab schon auf Sie gewartet. Ein paar der Gewölbe, die ich Ihnen zeige, sind noch verbrettert, andere schon leergeräumt, direkt zugänglich und bereits saniert. Kommen Sie mit. Zur Sicherheit der U-Turm-Besucher haben wir einige Kellerabschnitte mit modernsten Hydraulikstempeln gesichert. Die Sensoren hier nehmen jede Erdbewegung wahr und korrigieren die Stempelhöhen millimetergenau nach. Unter dem Turm von Pisa arbeitet übrigens auch so ein System, hier im Ruhrbergbau entwickelt, es nennt sich SCLD, Self Controlling Lifting Device. Wenn Sie mal später oben im Museumscafé sitzen und auf der Oberfläche Ihres Kaffees zeichnen sich kleine Wellen ab, dann wissen Sie, dass die SCLD-Stempel gerade arbeiten."

Auf dem Weg zurück von den Hydraulikanlagen in den noch unsanierten Kellerteil wanderten die Besucher, dem vorausgehenden Bauleiter und Broot folgend, durch sorgfältig ausgebaute, blitzsaubere Gewölbegänge. Links neben ihnen liefen Schienen. Rasch erklärte, sie hätten keinerlei Bedeutung mehr. Das Gleis führte direkt, sogar bergauf einer Treppe folgend, auf eine

Self Controlling Lifting Device/SCLD

titanweiß lackierte Stahltür zu, die aus dem mit Kevlar-Netzen gesicherten, von Steinfraß befallenen rotgrauen Gemäuer heraussprang wie ein Porzellanelement. Auf die Frage, was für ein Schienenfahrzeug diese Steigung früher mal bewältigt habe und was hier transportiert wurde, sagte Rasch, das wisse er wirklich nicht. Fügte lachend hinzu, vielleicht gab es mal eine Direktverbindung zu einem Bergwerksschacht, aus dem sich die Bierbrauer mit Kohle versorgten für die Heizungskessel oder für zu Hause. Und das Bier-Deputat gab's ja auch, jeden Tag zweieinhalb Liter.

Neben der Tür ein Tastenfeld. Acht Tasten: 1/0. Auf Krügers Frage, was sich dahinter befinde, machte Rasch zwei ausweichende Kopfbewegungen und winkte ab. "Die neue Kantine? – Nein, das nicht. – Könnten es nicht Eingabetasten für PINs, Personal Identity Numbers, sein – in Low-Tech-Version? – Nein, nein, es gibt einen ganz normalen Schlüssel, aber es handelt sich um einen Sicherheitsraum, schon fertig gestellt, der für Besucher nicht zugänglich ist. Ich könnte ihn öffnen, aber ich bin nicht befugt." Er lächelte nun wieder unverlegen und zeigte den abbiegenden Gang lang.

Auf dem Weg zur 'Weißen Tür'

(*AW Zettelbuch*)

"Irgendwas war. Herr Broot zog die Augenbrauen hoch und verschränkte die Hände, als hätten wir eine Kirche betreten. Ich dachte, vielleicht spinn ich, aber Jost hat es nachher bestätigt. Nannte es eine Meidbewegung, head punch avoiding, wie beim Boxen. Der nette Bauleiter hatte was überlegt oder gelogen. – Weiße Tür, festhalten. Kriegen wir raus."

(JK Turm-Notizen)

"Vor uns sehen wir auf einmal eine angefrorene Wasserpfütze, vor dem Gewölbe-Eingang Nr. 22. Auf die nicht ernst gemeinte Frage Winkelmanns, welches alte Fass denn da auslaufe, sagte der Bauleiter, ja, sieht so aus, als ob hier aus 22 … Möchten Sie reinsehen? A. nickt. Rasch reißt die Bretter auseinander, die den Eingang versperren, und wir betreten Keller 22. – Stille. Irgendwo hören wir Wasser tropfen. Aus der geborstenen Decke sind Steine gefallen. A. schiebt mit dem Fuß ein paar Ziegeltrümmer beiseite. Was ist das da? Rasch und ich räumen ein paar weitere Steine weg, und wir stoßen auf die Reste eines alten Radschlauchs. Wie wir weitersuchen, kommt eine

Benutzeroberfläche neben der 'Weißen Tür', Baujahr unbekannt

Radfelge und zehn Minuten später ein ganzes Motorrad zum Vorschein, verrostet, mit eingebeultem Tank, aber identifizierbar: ein Krad der Deutschen Wehrmacht Marke DKW NZ 350. Auf den Rahmen eingestanzt, gut lesbar das Baujahr: 1940. Der Bauleiter ist überraschter als wir. Das war aber nicht 1929, sagt erstmals lächelnd der Presse-Assistent."

Später, am Containerbüro, fragten sie den Bauleiter, was denn sonst noch alles in den bis jetzt geleerten Räumen gefunden worden sei. Rasch gab die Auskunft, soweit er wisse, habe man 1926 unten auf K2 einen bedeutenden Fund gemacht, ein Goldversteck gefunden und natürlich jetzt aktuell bei der Sanierung alte Fässer, Werkzeug und Rohrflansche. Interessante Fundstücke sollen jeweils ins Stadtmuseum gebracht worden sein. Zuständig sei dort der Herr Schleitzer. "Kommen Sie mal mit", sagte er, "ich muss Ihnen noch was ganz Interessantes zeigen."

Im Erdgeschoss zeigte er stolz hoch in einen vertikalen Schacht, der durch alle Etagen hindurch bis ins geöffnete Dach reichte, und erklärte, dieser Schacht sei nötig, um die kostbare David-Statue, die wir draußen

Rohrflansche, gefunden auf K2, 2008, U-Turm

am Gebäude sicher gesehen hätten, ins Innere des Turms zu transportieren. Den detaillierten mehrteiligen Ablauf des 'David-Handlings' habe er selbst geplant.

Erstens: Musste man das U-Turm-Dach öffnen. Zweitens: Waren die Etagenböden aufzuschneiden, so dass ein vertikaler Transportkamin entstand. Drittens: Wurde die Statue per LKW, im Holzwollebett liegend, angeliefert. Viertens: Heben und Abscheren mit LKW-Ladegeschirr. Fünftens: Hatte man die Statue in einer Stahlträgerkonstruktion fixiert und diese um 90 Grad gekippt, derart ins Stehen gebracht. Sechstens: Würde man den hilflosen Herrn David, jetzt noch an der Westseite vorläufig zwischengelagert, demnächst mit dem Baukran einfach anheben und durch die Dachöffnung einfliegen und unten im Turm absetzen können. In der Schwebephase dürfe die Windgeschwindigkeit im Freiluftbereich zweikommafünf Meter pro Sekunde aber keinesfalls überschreiten.

Die für das Einfliegen des David vorbereitete Öffnung – unter der Bezeichnung 'Kunstvertikale' als bahnbrechender Architekteneinfall gepriesen

(AW Zettelbuch)

"Er persönlich, seine Idee. Unüberhörbar, dass er fürchtet, die geniale Speditierung der Statue durch den Kamin ins Innere des Turms werde in der Presse dem Architekten zugeschrieben."

Die Besichtigungstour endete an einem zwei Stockwerke tiefen Loch. Die Besucher mochten es nicht glauben: Hier soll, angeregt durch den Hollywoodfilm 'Nachts im Museum', die Statue aus Sicherheitsgründen nachts in einem Tresor untergebracht werden, der mit einer vandalismussicheren Stahlplatte zu verschließen ist. Jeden Morgen vor Beginn der Öffnungszeit würde die Stahlplatte seitlich verfahren und die Statue hydraulisch aus ihrem Sarkophag gehoben werden.

Winkelmann nickte, als sei er begeistert. "Wie raffiniert!"

Sie bedankten sich bei Rasch und Broot für die schöne und lehrreiche Führung, stiegen ins Auto und fuhren ins Studio.

Der Tresor des David

Kapitel 4

Noch am selben Abend, 20 Uhr 30 – die Crewmitglieder, soweit per Telefon erreichbar, waren ins Studio gekommen – verlangte Winkelmann, mit den Dreharbeiten sofort beginnen zu können. "Also, alles fertig einrichten." Auf die Frage der Kostümbildnerin, was und wo um Himmels willen er denn drehen wolle, sie sei nicht vorbereitet, erwiderte er: "Ohne Kostüm. Wir drehen ab morgen Mittag hier im Studio und fangen wie immer mit den Nacktaufnahmen an."

Die Frage, welche Nacktaufnahmen?, traute sich keiner zu stellen.

"Organisiert bitte ein paar Aktmodelle. Das kann doch so schwer nicht sein. Große Deko brauch ich nicht, lenkt von den Mädels ab. Irgendwelche Requisiten wären gut, dann spielt's sich leichter. Mit Jost schreib ich was, zum Beispiel, was die Nackte im Turm über die Männer weiß, die ihr zugucken werden."

In diesem Moment rief Bauleiter Rasch auf Winkelmanns Handy an und fragte, ob man sich jetzt noch treffen könne. Ihm sei auf dem Heimweg noch etwas eingefallen, was von Interesse sei.

(JK Turm-Notizen)

"Verschiedener Meinung, was sein Auftauchen bedeuten kann. A. sagt: die weiße Tür. Was ich denn morgen gerne essen würde. Ich sage: Ente. – Okay, dann wetten wir um eine Ente."

Zwanzig Minuten später saß Rasch auf der Besuchercouch. Es ging zunächst nicht um die weiße Tür, und Winkelmann und Krüger stießen das Thema nicht an. Sichtlich unter Druck, nervös, zog der Bauleiter ein Smart-Phone aus der Jacke. Er wolle einen kleinen Film zeigen, etwas Privates. Die Aufnahme hätte sein bester Freund, der stellvertretende Vorsitzende seines Kleingärtnervereins gemacht. Er habe in Anwesenheit des Presse-Assistenten nicht darüber reden wollen. Man würde gleich verstehen, warum.

(AW Zettelbuch)

"Wir sehen uns das Filmchen an und können nicht glauben, was wir sehen und hören. Es geht um Verkehrsschilder." (siehe Anhang 03: Geständnis des Bauleiters Christian Rasch)

Geständnis des Christian Rasch im Kleingärtnerverein 'Frohe Arbeit e. V.'

Als Winkelmann ihm scherzhaft androhte, sofort, an diesem Abend noch vorbeizufahren und im Garten nachzusehen, gab Rasch herumdrucksend zu, eben diese Schilder hinter der weißen Tür versteckt zu haben, weil seine Frau das Zeug vom Grundstück haben und ein für allemal entsorgt sehen wollte. Und das mit der Therapie habe er vor Herrn Broot nicht erklären wollen.

Um es vorwegzunehmen: Vierzehn Monate später – am 11. Mai 2010 – stellte sich heraus, dass Herr Rasch ein guter Schauspieler und das Geheimnis der weißen Tür ein anderes war.

Die nächsten Drehtermine waren jetzt wichtiger als der Schilderdieb. Im Produktionsbüro beauftragte Winkelmann zwei Mitarbeiter, am späten Abend immer noch damit beschäftigt, ihre Schreibtische mit Kinderfotos, Büromaterial, Maskottchen und der persönlichen Grünpflanze herzurichten, gleich am nächsten Tag in allen Lokalzeitungen eine Anzeige zu schalten:

"Filmmacher sucht mutige Dortmunder, die unentgeltlich vor der Kamera die Wahrheit sagen. Peinliches, Unangenehmes, bisher Verschwiegenes. Bewerbungen unter usw."

Kaffeemaschine in Betrieb

Kapitel 5

7. Januar – 9 Uhr morgens. Die angeforderten Aktmodelle waren da und wurden in malerische Sessel und auf Ottomanen drapiert. David Slama, der Chefkameramann, sagte plötzlich an, mindestens vier Stunden zu brauchen, ein weiches, hautschmeichelndes Beauty-Licht zu setzen. Drei der Grazien verabschiedeten sich, so lange wollten sie nicht warten; die vierte, eine Physikstudentin, wurde nach Hause geschickt. Schade, fand Krüger, die Sommersprossige mit den grünen Augen hätte er nach dem Dreh gern auf einen Kaffee eingeladen.

"Krüger kriegt drei Punkte abgezogen", rief der Regisseur in die Runde. "Wegen Stielaugen. Und Slama fünf."

Die als Nacktmodell engagierte Schauspielstudentin Nadine P. weigert sich seit Stunden, den Schirm zu bewegen

Der Vormittag war fast vorbei, und noch immer war es ihm nicht gelungen, August Schleitzer, Abteilungsleiter Archiv im Stadtmuseum, zu erreichen. Keine Ansage, kein Freizeichen, nicht einmal ein Rufzeichen.

Punkt 12 Uhr war es dann soweit. Der Antelefonierte lud Winkelmann und Krüger ein, die Fundsachen aus den U-Turm-Kellern zu besichtigen. Natürlich werfe man niemals etwas weg. Und er komme gern mit, seinen Überraschungsgästen die im Stadtbunker II eingelagerten Goldstreifen zu zeigen, die neben dem Goldmünzenfund von 1907 wahrscheinlich das Zweitwertvollste seien, was je aus den Brauereikellern geborgen wurde. 1907 habe man in 90 Zentimeter Tiefe den größten Goldschatz nördlich der Alpen gefunden, 444 Münzen. Die könne er uns allerdings nicht zeigen, sie würden im Museum für Kunst und Kulturgeschichte an der Hansastraße aufbewahrt. Die Goldstreifen, auch 'Magic foils of Dortmund' genannt, dürfe er verwalten.

“Übrigens war mein Vorvorgänger, Fritz Wegner, bei der Zweit-Untersuchung 1960 dabei. Die Befunde und Registerbücher 1926 bis 1960 kann ich Ihnen vorlegen. Eine wirklich umfassende Expertise, wie man sie sich wünschen würde, gibt es bis heute leider nicht. Wir haben nicht die Zeit

Nach langen vergeblichen Versuchen erreicht Winkelmann endlich Schleitzer am Mobiltelefon

für eine solche Arbeit, nicht das Personal und vor allen Dingen nicht das Geld."

(AW Zettelbuch)

"Schleitzer stammt aus Bocholt und ist ein freundlicher, mitteilsamer Beamter, Historiker, Mitte vierzig, der sich über unser stadtgeschichtliches Interesse freute und der mir früher schon einmal begegnet war. Gut vorbereitet. Berichtet knapp, dass Wegner und Frau Dr. Bolz, damals als Stadtarchäologin tätig, die Zweit-Untersuchung der rätselhaften Goldstreifen leiteten. Eine erste hat es bereits 1926 gegeben, zur Zeit, als das Fundament für den Brauereiturm gelegt wurde. Die Registerbücher ab 26 liegen auf seinem Schreibtisch. Wir richten uns auf eine ausgedehnte Geschichtsstunde ein."

Bauleute hatten am 16. Mai 1926 beim Ausrauben von Gewölbe 11/∩ /K 2 hinter einem Schutthaufen einen bis dahin verschütteten Nebenraum entdeckt. Auch er aus unverputzten Ziegelwänden gebaut. Auffällig an der Stirnwand eine mannshohe glatte Fläche, etruskisch rot, kunstvoll mit hell-

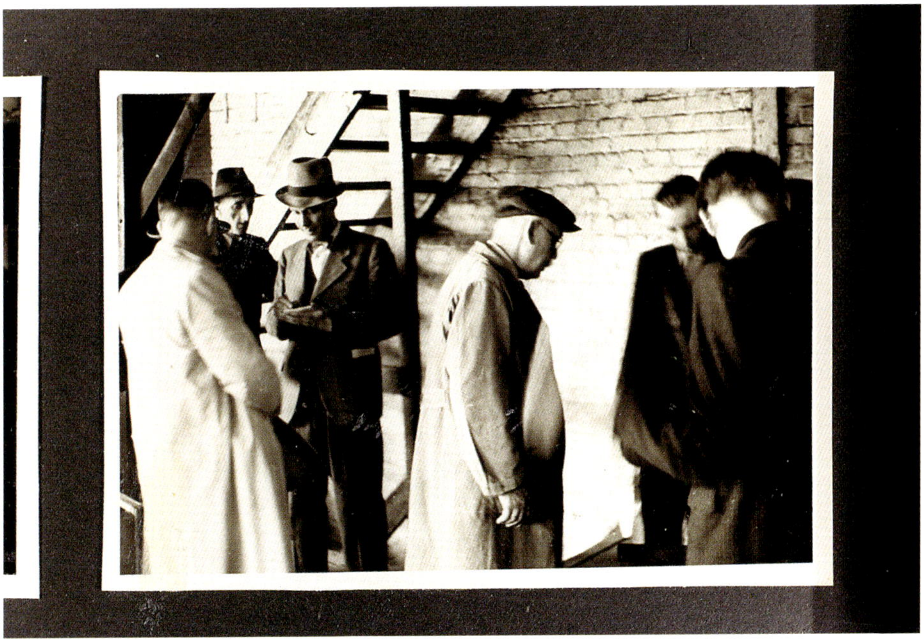

1926, erste Hinweise. V. l. n. r: unbekannt – Bauführer Hanke – Direktor Baldur Hübner – Securitäts-Beauftragter Ziegfeld – Horst Sundermann – Schlossermeister Bernd Düggel

grauer Marmormaserung bemalt. Der Raum war leer, bis auf einen eingeschlagenen Kirschholztisch. Darunter fanden die Bauleute eine Geldkassette, verschlossen. Sie benachrichtigten die Geschäftsleitung und den Securitäts-Beauftragten Ziegfeld, der sofort einen Schlosser bestellte.

(Schlossermeister Düggel, Anhänge/Reg. Buch. 1926)

"Als ich den Nebenraum 11b betrat, sah ich sofort, was in der Wand war. Aber die Herrschaften interessierten sich nur für die schäbige Geldkassette. Ich sollte sie sofort öffnen. Ich habe mir das Schloss angesehen und dachte, es reicht ein normaler Dietrich. Ging nicht. Aber mit dem geschmiedeten 11er-Dietrich meines Großvaters aus Hattingen, der auch Schlosser war und den 11er als 25jähriger Schlossergeselle in Unna zur heimlichen Öffnung eines westfälischen Keuschheitsgürtels angefertigt hatte – Jahrmarktsattraktion 'Die Leiden der eisernen Jungfrau' –, war es ein Kinderspiel. Alles unter Aufsicht. Hinterher musste ich unterschreiben, dass ich die Kassette geöffnet hatte. In der Geldkassette befanden sich in einer Gebissdose ein Teilstück Zahnersatz und vier Zahnstocher aus Elfenbein. Sonst nichts.

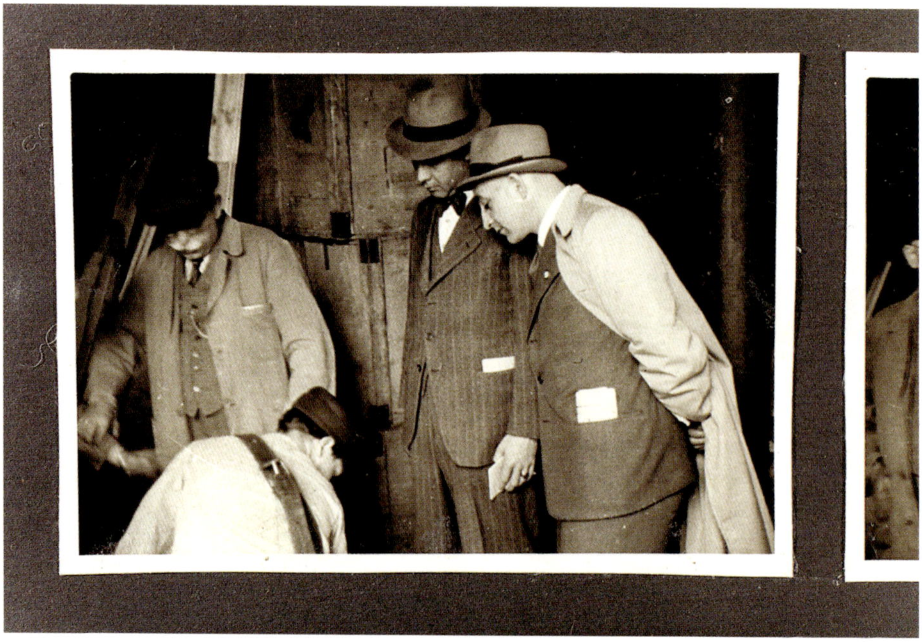

Bergung der Fundstücke im Kellergeschoss K2, rechts mutmaßlich der Pressestellen-Leiter Gustav Szymaniak

Der Suchtrupp am Fundort und die Herrschaften waren ratlos. Ich fragte sie, warum kümmern wir uns nicht um den Tresor? Ich zeigte ihnen das unauffällige Schlüsselloch in der marmorierten Wandfläche und erklärte ihnen, dass das die Stahltür eines Pohlschröder Gorgo T18 sei, den man wegen seiner Säuresicherung nicht aufschweißen darf. Das wollten sie nicht einsehen. Ich musste ihnen erklären, dass unter der Hitze des Schweißbrenners die eingebauten Salpetersäurephiolen platzen und den gesamten Inhalt unwiederbringlich verätzen würden. Ich selbst hatte den Gorgo T18 erst einmal in Zürich auf einem Lehrgang studieren dürfen und gelernt: ohne Schlüssel keine Chance. Nach endlosem Disput zogen die Herrschaften enttäuscht Richtung Direktionskantine ab."

Das Servier-Fräulein hatte gerade eine doppelte Kraftbrühe mit Eierstich als Vorspeise gebracht, da stand der Schlossermeister in der Tür, trat näher an den Tisch, unsicher, ob er hier stören dürfe, und hielt den aufschauenden Büromenschen wortlos einen Schlüssel hin. Auf die Frage, woher er den jetzt hätte, antwortete er: "Von unter der Matte."

Mai 1926, die Experten auf dem Weg zum Mittagessen

(Schlossermeister Düggel, Anhänge/Reg. Buch 26)

"Ich habe eigentlich nichts gemacht. Ich habe nur den Schlüssel umgedreht, und trotzdem war ich aufgeregt. Die Kontrolleure, die um mich rumstanden, flüsterten, und die von der Archäologie mit den weißen Handschuhen hörte ich immer wieder sagen, Vorsicht, Vorsicht. Weiß ich, was die erwartet haben, Gift oder so was. Oder Bazillen von früher. Waren wir bei den Pharaos? Wir fanden ein paar Papiere und diese Dosen, runde kleine Wagenräder aus Blech. Paar Wochen später hörte ich, dass wir ein Geschichtsereignis ausgegraben hätten, das jetzt bei der Stadtschatzsicherung liegt. Ich bin natürlich stolz, dass ich dabei war. Nur, dann kam nichts mehr. Entweder wurde was geheim gehalten oder es war nichts Besonderes.

Als der Tresor leergeräumt war, hab ich ihn wieder abgeschlossen und den Schlüssel beim Pförtner abgegeben. Mir ist noch aufgefallen, wie achtlos er ihn irgendwo an sein riesiges Schlüsselbrett gehängt hat. Einfach so."

Im Tresor, wie Archivar Arthur Güllner zwei Wochen später im Stadtmuseum auflistete, lagen zwei schwarz-weiß gedruckte, 4-seitige Werbe-

Erste Prüfung des Tresorinhalts

broschüren für LKWs der Fa. MAN aus dem Jahre 1921, Aktenblätter, ausschließlich mit Zahlenkolonnen beschriftet, und fünf Metalldosen – Durchmesser 49 cm, Höhe 7,5 cm. Darin befanden sich fünf Rollen Aluminiumstreifen, Breite 70 mm, mit einer genuinen Goldbeschichtung auf beiden Seiten. Weder auf noch in den Dosen ließen sich Etiketten oder Hinweise finden, die auf die Herkunft und den Verwendungszweck des Materials oder die verantwortlichen Personen verwiesen, die an der Herstellung beteiligt waren. Dergestalt beschrieben, aber nicht identifiziert, kamen die Goldstreifen in die Asservatenkammer, Löwenstraße.

Schleitzer zeigte seinen Besuchern die abschließende Eintragung von Güllner vom 4. Januar 1927. Und eine Anfügung vom 24. März 1932, mit roter Tinte geschrieben, dass die fünf Rollen aus der Asservatenkammer verschwunden sind. Einen Hinweis darauf, wer sie wann dort abholte oder abholen ließ, gibt es nicht. Die hausinterne Nachsuche und eine Verlustanzeige bei der Kripo Dortmund-Mitte, die dem Fall nachging, hat nicht zur Wiederauffindung beigetragen.

"Über den weiteren Verbleib der Goldstreifen kann ich Ihnen nur Weniges sagen, eigentlich nur das, was ich den Notizen Fritz Wegners von 1960 entnehme. Wegner war mein Vorvorgänger. Leider sind sie zum Teil nur stichwortartig festgehalten. Wegner hat – auch nur teilweise verifiziert – Hinweise gefunden darauf, dass der Brauereidirektor Baldur Hübner sich höchstpersönlich der Goldrollen bemächtigt hatte, dass er es war, der sie aus der Asservatenkammer abholen und sie – Wegner schrieb in Gänsefüßchen "immerhin 1100 Gramm Feingold" – vorübergehend in ein Außenlager der Speditionsfirma Hemsoth bringen und zwischenlagern ließ. Und da verlief sich die Spur. Sie galten als verschollen."

Hier wurde die Instruktion unterbrochen. Schleitzer musste zu einer Krisensitzung in die Chefetage. "Kassenkollaps, irgendwas mit Arnsberg." Die Türklinke in der Hand, wandte er sich noch einmal um. "Da liegt übrigens rechts auf meinem Schreibtisch eine Mappe mit der Aufschrift 'Vertraulich', die ich Ihnen nicht zugänglich machen darf. Ich bin jetzt mindestens eine halbe Stunde weg."

Arthur Güllner, Archivar

'Vertraulich' – die Mappe enthielt ein paar Textblätter und zwei postkartengroße Fotografien. Winkelmann klappte die Mappe zu, sah sich um, ging in den Vorraum des Büros, winkte Krüger zu sich und sagte leise: "Sein Bürokopierer ist angeschaltet. Da ist die Tür zum Treppenhaus. Du ziehst einfach die Klinke hoch und hältst sie fest. Die zweite Tür zum Nebenraum könnte ich besetzen."

"Und wer kopiert?"

Wie die kleinen Jungs amüsierten sie sich über die Vorstellung, wie einer kopiert und der andere von Klinke zu Klinke springt. Sie entschieden sich für die riskante Lösung: die Türen außer Acht lassen. Winkelmann kopierte die Blätter, Krüger zog die warmen Kopien aus dem Sammelfach.

Schleitzers 'Vertraulich'-Mappe lag schließlich wieder an ihrem Platz, Schreibtisch rechts. Krüger las aus den Kopien vor. Nach dem Lesen der ersten halben Seite war der Groschen gefallen. Es ging um die Henkelmann-Affäre. (Siehe Anhang 04: Inhalt der 'Vertraulich'-Mappe, betr. Henkelmann-Affäre)

Krüger blätterte weiter, überflog den Text bis zur letzten Seite. "Ich würde dem gerne nachgehen. Das war ein Riesenskandal, könnte ein Filmstoff sein. Schöner Titel: Die Henkelmann-Affäre."

Winkelmann winkte ab. "Du wirst keine Zeit dafür haben."

Was Schleitzer ihnen zugespielt hatte, landete in Krügers Aktentasche. Tatsächlich verfolgten sie die näheren Umstände des verjährten Falles später nicht.

Nach einer halben Stunde kam Schleitzer mit einer vollen Kaffeekanne zurück und referierte weiter. Fritz Wegner, der Nachfolger von Güllner, erhielt im Januar 1960 einen Hinweis, dass Putzkräfte in einem Waschraum des alten Rathauses fünf ungewöhnliche Filmdosen gefunden hatten. Als er sie begutachtete, war ihm sofort klar, das waren die Magic Foils of Dortmund, die von der Spedition Hemsoth auf irgendeinem Weg hierher gekommen waren. Der Waschraum, fand er heraus, war in den dreißiger Jahren durch Einreißen einer Zwischenwand aus einem Damen- und Herrenklo entstanden. Wegner sei erschrocken, völlig entsetzt gewesen.

“Die Dosen hatten im Rathaus ungesichert in einer offenen Kiefernholzkiste gelegen, beschriftet mit 27-U in brauner Lackfarbe. Er ließ sie sofort abholen und ins Stadtmuseum bringen, auf seinen Labortisch. Zu einer gründlichen Untersuchung kam es auch diesmal nicht. Dem Antrag Wegners, Geld für ein externes Gutachten bereitzustellen, wurde nicht stattgegeben. Im

Klo, Pissoir, Dusche

Februar 1960 wurden sie in den Stadtbunker II unterhalb des Stadtgartens gebracht, etwa dort, wo sich heute das neue Rathaus befindet. Da liegen sie sicher bis heute. Wenn Sie möchten, begleite ich Sie gerne dorthin."

Schleitzers Besucher fragten, ob nicht andere Unterlagen aus der fraglichen Zeit Auskünfte geben könnten über das geheimnisvolle Inzwischen, das Verschwinden der Fundstücke. Schleitzer war sich ganz sicher.

"Sie werden nichts finden. Die Dunkelfelder der Stadtgeschichte haben erhebliches Ausmaß. Die Regale 32 bis 45 sind leer. Ein paar Texte, ein paar Fotos. Das war's. Alles was ich aus der verschatteten Zeit, wie ich sie nenne, vorlegen kann, bringe ich Ihnen in Kopie gerne ins Studio. Erwarten sie bitte nicht viel. Das alles passt in eine kleine Mappe."

"Dortmunder Union-Bier. Die ehemals größte Brauerei des Landes! Der Brauerei-Direktor 1933 war zugleich Staatskommissar und Theaterdezernent! Da muss es doch Akten geben, Bilder, Listen, Protokolle!"

"Ich habe nichts dergleichen gefunden", antwortete Schleitzer lächelnd. "Sie hätten vielleicht eine Chance, wenn Sie Zeitzeugen oder deren Nachkommen befragen, ich gebe Ihnen gern die Adresse von Hanspeter Szymaniak. Leider will er mit städtischen Stellen nicht kooperieren. Versuchen Sie es. Er war Fuhrparkleiter der Brauerei bis 1995, sein Vater vierzig Jahre lang Leiter der Reklame-Abteilung. Wenn Sie was Interessantes finden, denken Sie an mich. Ich bin nicht weniger neugierig als Sie."

Kapitel 7

Szymaniaks Wohnhaus, Hochofenstraße, Phönix-West

Am folgenden Samstagnachmittag besuchen Winkelmann und Krüger den vierundsiebzigjährigen Rentner Hanspeter Szymaniak in seiner Wohnung.

(JK Turm-Notizen)

"Draußen an der Haustür fragt A.: Was wollen wir bei ihm eigentlich herausfinden? Ich sage amüsiert, alles! Das ist dein Urwald, den wolltest du haben. Und es gibt Apfelkuchen, hat er versprochen."

Szymaniak ist geboren 1935, er war Angestellter der Union-Brauerei von 1955 bis zur Schließung der Braustätte Rheinische Straße 1995. Es gibt Apfelkuchen, selbstgemachten mit Sahne, Kaffee und Wacholder und sofort die erste Überraschung. Das Dortmunder U, lacht der Rentner, sei ja fast ein Ü geworden. Er holt ein Foto aus einem Schuhkarton und erzählt. "Das ist von 1967, steht hinten drauf – Entwurf 1967 Schrägstrich und der Name Ullrich Umlaut. Zwei Stadtheinis waren deshalb mal hier und wollten mir das abluchsen. Alles, was ich weiß, habe ich von Kollegen gehört und von jemand,

Entwurf 1967, U. Umlaut

der seinerzeit beim Denkmalschutz und dann abgeschoben beim Friedhofsamt war. Es ist also nicht eine Faktenlage, wie man sagt, sondern Gerücht und Gerede. Ich habe übrigens die Leute, um die es da geht, mal gesehen, aber nicht kennengelernt. Und der Dr. Ullrich Umlaut, der bis 1968 zweiter Bürgermeister war, eigentlich noch mehr werden wollte, ist 1977 gestorben. 1972 verlor er alle politischen Ämter, weil das Finanzamt etwas Peinliches entdeckt hatte. Irgendwas mit Schwarzgeld, hieß es."

Aus dem, was der gut gelaunte Rentner erzählt, setzt sich folgendes Bild zusammen:

In der Geschäftsführung und Werbeabteilung der Brauerei wird in den Jahren 1967 und 1968 über die Bekronung des Kühlhauses diskutiert, erst intern, dann mit dem städtischen Baudezernat und der Denkmalschutzbehörde. Ein weithin sichtbares U steht zur Debatte, es wäre im Ruhrgebiet einzigartig und konkurrenzlos: bestehend aus vier goldgelben Einzel-Us, eins

Das goldene Vierfach-U

für jede Himmelsrichtung, nachts von innen erleuchtet. Die Brauereileitung, das Baudezernat und Dr. Umlaut sind für die Durchführung – unter anderem auch, um Bochum zuvorzukommen, das ein O auf dem Malakowturm der Zeche Hannover in Bochum-Hordel zu errichten plante.

Der Denkmalschutz ist gegen das U. Der Leiter des Denkmalschutzes Siegfried Möller spricht von einer unwürdigen Verschandelung. Die Botschaft des Architekten manifestiere sich in der massigen dunklen Wucht des Turms und dürfe keinesfalls durch billige Lichteffekte in Frage gestellt werden.

Der Streit hinter den Kulissen verschärft sich, Siegfried Möller wird versetzt, und die einflussreichen Befürworter setzen sich durch. Die übergeordnete Denkmalbehörde in Münster stimmt der werblichen Bekronung in der vorgeschlagenen Weise im Juli 1967 zu. Ein Jahr später leuchtet das U auf dem Turm.

Szymaniak lächelt. "Aber nicht das Ü, das Ulli Umlaut noch viel lieber gesehen hätte. Auch wegen seiner Firma U. Umlaut, Draht & Eisen Handelsgesellschaft mbH."

Umlauts Vorschlag sei von Anfang an gewesen, dem U acht kleine Pünktchen aufzusetzen, zwei für jede Himmelsrichtung, um den "Kronencharakter" der Installation herauszustellen. Die Polemik des Denkmalschützers Möller, es gehe dem Herrn Doktor nur um seine persönliche Selbstdarstellung – U. Umlaut ergibt eben Ü – hatte den Angegriffenen von Anfang an nur amüsiert.

"Und das ist noch nicht alles", sagt Szymaniak und gießt die Wacholderpinnchen ein weiteres Mal voll. "Ich erzähl mal, und da hab ich

Mauro Bettanini, Fotograf

auch Fotos dazu. Hier von einem italienischen Fotografen, der Bettanini hieß, Mauro. Der ist bei mir gewesen und hat mir alles erzählt, weil er meinte, ich, angestellt bei der Brauerei, könnte was damit anfangen. Also – er war da 1967 öfter am Turm, um zu fotografieren. Wenn ich ihn richtig verstanden habe, hatte er eines Tages bemerkt, dass die Turmkolonnaden im Hintergrund ihre Schatten in eine andere Richtung werfen als die Straßenhäuser im Vordergrund. Er fand den Schattenwurf einfach geil.

Immer donnerstagsmorgens von sieben bis elf war er am Turm, weil er da frei hatte. Eines Tages fiel ihm eine Frau auf, die zum Turm ging und sich davor mit einem Mann traf. Und dass sie ihm etwas übergab. Er nahm in der Woche drauf sein Teleobjektiv mit und konnte erkennen, dass die Frau Geldscheine aus der Handtasche zog. Und der Mann steckte sie in die Jacke. Und dann wieder eine Woche später ist dieser Bettanini der Überbringerin nachgegangen. Und wo ging sie hin? Ins Stadthaus. Später über die Zeitung ist dann alles rausgekommen. Sie hieß Margot Borchardt, Vorzimmer Dr. Umlaut.

Geldübergabe

Das Geld war direkt aus der Stadtkasse, und sie hat es stapelweise, manchmal drei- oder viertausend Mark pro Woche, zum Turm gebracht. Dass Umlaut damit sein Ü finanzieren wollte, ist nie bewiesen worden. Wahrscheinlich haben die Brauereileute das Geld eingesackt und die Pünktchen trotzdem weggelassen.

Margot Borchardt wurde später gerichtlich verfolgt wegen Veruntreuung und Betrug. Den Namen ihres Auftraggebers hat sie nicht genannt, aber später nach der Haft soll sie ihn aus Rache angezeigt haben. Beim Finanzamt. Und dann sollen die was in seiner Eisenhandelsfirma gefunden haben. Auch deshalb ist er, ich glaub, 1972, raus aus der Politik."

Der Rentner erzählte weiter, sein Vater sei Leiter der Reklame-Abteilung gewesen und habe vermittelt, dass er dort anfangen konnte, zunächst als Fahrer. Leider seien die wahrscheinlich interessantesten Ordner, die der Vater zu Hause hatte, 1945 in einem mit Löschwasser vollgelaufenen Keller untergegangen. Auf jeden Fall habe es schon lange vor Dr. Umlaut, der beim U auf

Margot B., nach der Haftentlassung mit ihrem Mops Bruno

dem Dach mitmischte, Werbemaßnahmen gegeben. Das Wort Werbefeldzug habe er allerdings zum ersten Mal erst so um 1955 gehört, als es um die neue Bundeswehr ging und das Exportbier.

Szymaniak zeigte sich überrascht, als seine Besucher zugeben mussten, nichts von der Rolle der Union-Brauerei im Deutschen Reich zu wissen. "Das weiß man nicht? Die kaiserliche Reichswehr wurde bis 1918, was Bier betraf, ausschließlich von der DUB beliefert."

Er selbst habe mit Reklame direkt nichts zu tun gehabt, er sei immer nur Fuhrparkmeister und in dieser Eigenschaft dafür verantwortlich gewesen, dass auf dem Betriebsgelände geparkte Fahrzeuge ein akkurates Bild abgaben. Im privaten Fotoalbum seines Vaters, das die Mutter wie ihre Schmucksachen gerettet hat, gebe es ein paar ganz alte Aufnahmen vom Fuhrpark. – Ohne lange zu suchen, schob er uns das aufgeschlagene Fotoalbum hin.

Szymaniak konnte sich erinnern, dass sein Vater von Fahrzeugen mit Fassattrappen zu berichten wusste, die ins Umland und bis tief ins Sauerländische geschickt würden, um auch die Landbevölkerung auf das Union-Bier aufmerksam zu machen. Was die nähere Umgebung und die empfindlichen Nachbarstädte betraf, waren die Fahrer und Propagandisten angehalten, sich nicht in der unmittelbaren Nähe der Konkurrenz-Brauereien zu zeigen. Ziel der qualitätsbewussten Union-Brauerei in dieser Zeit sei es nicht gewesen, um neue Absatzmärkte zu kämpfen, sondern den guten Geschmack in die Welt zu tragen, hatte Szymaniaks Vater immer wieder gepredigt. Das bedeutete auch, den Kontrahenten keinen Vorwand zu liefern, die friedlichen Absichten der Unionisten anzuzweifeln. Die Parole war: gutes Bier und gutes Benehmen.

Winkelmann war unzufrieden, wollte ja eigentlich mehr über den Turm erfahren. "Haben Sie Ihrem Vater nie die Frage gestellt, warum der Turm diese sonderbare Stufenpyramiden-Gestalt hat? War das auch eine Werbemaßnahme?"

Szymaniak schüttelte den Kopf und goss sich einen weiteren Wacholder ein. "Ich kann mir vorstellen, dass der Turm auch deshalb so kolossal wurde, weil die Brauereifürsten groß und mächtig erscheinen und die anderen Brauer

IX-45226 Anfahrt auf Stadt Hallenberg, Kreis Brilon

Drückerkolonne der Reklame-Abteilung 1934

Für Werbefeldzüge aquirierte Autokolonnen, denen Reklametafeln aufmontiert wurden oder gelblackierte 2 Meter 50 hohe U's aus Holz (später Leichtmetall)

Vor der Montage der in eigenen Holzwerkstätten angefertigten Vierfach-U's. Vormontiert zu sehen: die aufgeschweißten Kernsäulen

Werbe-Promenade am Borsigplatz

einschüchtern wollten. Trotzdem war es ein Kühlturm, ein Zweckbau und keine Werbemaßnahme. Die Reklame-Abteilung hat den Turm bestimmt nicht entworfen. Der Baumeister hieß Emil Moog. An diesen Namen erinnere ich mich genau. Meine Eltern haben viel über den Moog gesprochen. Aber da war der Turm längst gebaut und der Architekt mit dem Bauherrn zerstritten. Ich hab am Küchentisch gesessen und meinen Teller extra langsam ausgelöffelt. Weil ich die ganze Geschichte hören wollte. Es ging um was Geheimnisvolles, den Kampf zwischen Nachtgestalt und Taggestalt. Und darum, dass die Nachtgestalt auf jeden Fall stärker war. Die haben mich bis in meine Träume verfolgt, diese beiden Gestalten."

"Es hat sich gelohnt", sagte Krüger auf dem Rückweg. Auf den aufgestiegenen Mond zu, über die Nortkirchenstraße fuhren sie Richtung Innenstadt. Wie zwei angestrahlte Skelette ragten die Reste der Hochöfen Phönix-West in die Nacht.

"Der Kuchen hat geschmeckt", maulte Winkelmann.

"Und du willst wissen, warum sich Emil Moog mit seinem Bauherrn zerstritten hat."

"Das ist einfach zu beantworten: Bauherren und Architekten streiten sich immer dann, wenn der Architekt etwas baut oder plant, was der Bauherr nicht will oder sich nicht vorstellen kann."

"Und was hat er gebaut?"

"Eine Nachtgestalt, was denn sonst", lachte Winkelmann.

Krüger sah zu den verschwindenden Skeletten der alten Öfen zurück. Der Glitzerbau des BMW-Centers schob sich ins Bild und blendete ihn.

Malzturm der Union-Brauerei, drei Jahre nach der Fertigstellung

Kapitel 8

5. Februar 2009. Längst war die Suchanzeige in der Lokalpresse und in den Anzeigenblättern erschienen. Krüger hatte reichlich zu tun gehabt; zu bearbeiten waren an die neunzig Briefe, die meisten mit beigelegten, auch unzivilen Casting-Fotos und über hundert Telefonanrufe von geständnisbereiten Dortmundern. Eingeladen für diesen Morgen war unter anderem die Beichtkandidatin Mia K., 34, Beamtin aus Wambel. Winkelmann holte sie selbst aus dem Maskenraum ab, bestätigte ihr, dass ihre Pelzmütze und die künstlichen Wimpern doch sehr natürlich aussähen, besorgte ihr das gewünschte Kakaogetränk und brachte sie ins Studio.

Ihr unbefangenes Geständnis wurde zweimal aufgenommen, der erste Take war wegen der kleinen Zögerpausen, fand sie selbst, der bessere.

Das Geständnis der Mia K., Winkelmann hat es später für die Rolltreppeninstallation mit der Burgschauspielerin Stella Marisi nachgestellt, lautete wie folgt:

Mia K.

“Ab und zu während des Studiums – da hab ich – gemeinsam mit Udo, also mit meinem späteren Mann – haben wir Bücher mitgehen lassen. Also rein in den Buchladen, er vorne die Frauen mit ein paar komplizierten Fragen abgelenkt, ich hinten geklaut.

Also nur die teuren, die Kunstbücher, die großen und schweren und so. Ich hab da nie reingeguckt, ehrlich gesagt. Ich hab die so ins Regal gelegt. Als Blickfang, wenn Gäste kommen. Mit 29 bin ich dann verbeamtet worden, seitdem geht das natürlich nicht mehr.”

Mittags saßen sie im Biskotto, Techno Park, wo es nur donnerstags Würstchen mit Kartoffelsalat gibt, und Krüger glaubte, nicht richtig gehört zu haben.

Der Filmmacher hatte gerade allen Ernstes seine Absicht erklärt, sich die Goldstreifen aus dem Stadtbunker zu holen. Schleitzer sei nett, aber unfähig, die Sache müsse in professionelle Hände.

“Was meinst du mit holen?”, fragte Krüger und griff fahrig nach seinem Tabakpäckchen.

Würstchen mit Kartoffelsalat im appetitlichen Energiesparlicht

“Hier wird nicht geraucht. Ich gehe mit Ayse in den Stadtbunker, sie lenkt vorne die Mitarbeiter mit ein paar komplizierten Fragen ab, und schon hab ich hinten die Dosen geklaut. Ich war da schon mal. Ich wette, sie liegen unter 27 U.”

Ayse Manyas, die Aufnahmeleitungsassistentin, bestätigte später: Er kannte sich wirklich aus. Eine unscheinbare Tür im Tiefgaragengeschoss unter dem Neuen Rathaus. Mit dem Auto hatten Unautorisierte keine Zufahrt, zu Fuß aber konnte man hin. Neben den Luftschutz-Bunkertüren gab es noch eine kleine, weiße mit normaler Klinke. “Es gab eine Klingel, eine Sprechanlage und ein Kamera-Auge. Er sagte, hier Professor Winkelmann, die OB-Referentin weiß Bescheid, hielt seinen Hochschulausweis hin, da ging die Tür gleich auf. Die Archivarin hieß Frau Konrad. Der Korridor hinter ihrem Kabuff führte auf einen Aufzugsschacht zu, in dem man auf minus sechs Meter runterfährt. Hier befindet sich das Reich der Stadtschatzsicherung. Ich hab Frau Konrad abgelenkt”, erzählte Ayse. “Sofort nach Aspirin gefragt. Nach ein paar Minuten kam der Chef zurück und sagte, danke, Frau Konrad, ich

Rollwagen mit neutralen Transportkoffern auf dem Weg durch Dortmund, hier Herrmannstraße 117

kenn den anderen Ausgang hinten hoch, ich hab die Unterlagen eingesehen. Wir sind dann hinten durch wieder raus."

Unten am Aufzug, der direkt ins Rathaus fuhr, hatte ein Aktenwagen aus Aluminium gestanden. Über die fünf Dosen hatte Winkelmann seine Daunenjacke gelegt. Sie waren hoch ins Rathaus gefahren, Erdgeschoss. Ein Rathausdiener hatte sich angeboten, den leeren Aktenwagen zurückzubringen. Sie hatten dankend abgelehnt.

An diesem Nachmittag, im Schneetreiben des 10. Februar, luden die Assistentin Ayse Manyas und Winkelmann die entwendeten Dosen auf dem Friedensplatz um, von einer kleinen, gummibereiften Archivkarre in den Kofferraum des Produktionskombis. Fünf Rollendosen aus den Regalfächern U 27. So kam das Material, von jetzt ab 'abgeholt' genannt, in das Filmstudio.

Auf ihren iPhones hatten Manyas und der Regisseur die dreiste Aktion, so gut das unter den Lichtverhältnissen möglich war, dokumentiert. Sie brachten Video-Aufnahmen mit, von denen etwa zwanzig Minuten brauchbar, nicht zu verwackelt waren. Winkelmann ordnete an, die Dosen im Büro einzuschließen.

(JK Turm-Notizen)

"Am Abend in der Hövelpforte gehen wir die Straftatbestände durch, die man uns anlasten wird. A. findet den Tag gelungen und sagt: Wir machen ja nichts kaputt. Und falls es Ärger gibt, können wir dem Richter zeigen, wie wir es gemacht haben. – Fügt nachdenklich hinzu: Ich sollte vielleicht doch meinen Anwalt anrufen."

Ullrich von Behr, seit Urzeiten Winkelmanns Anwalt, war wie immer um einen guten Rat nicht verlegen: "Gib mir am Anfang der Geschichte einen ordentlichen Auftritt, dann ersparst du dir im letzten Kapitel den Anwalt als Hauptfigur."

Kapitel 9

Fiebrige Stimmung, Geraune und Spekuliertes. Noch nie hatte einer der Anwesenden einer Schatzöffnung dieser Art beigewohnt.

Das Meeting war für 11 Uhr angesetzt. Leider war Ullrich von Behr noch nicht eingetroffen. Sein IC hatte laut www.bahn.de einen Personenschaden. Auf dem Studio-Frühstückstisch lag eine der abgeholten Dosen aus dem Stadtbunker. Sollten sie warten? Winkelmann wusste, dass der Anwalt sein Mobiltelefon nur widerwillig benutzte. Dennoch versuchte er mehrfach, ihn anzurufen. Vergeblich.

Augenscheinnahme, 20.02.09

“Wir machen eine halbe Stunde Pause”, sagte er. “Wenn er dann immer noch nicht da ist, fangen wir an.” Er schaute in die Runde. Der Rautenpullunder des Produktionsbuchhalters erinnerte ihn an seinen Vater.

Neunzehnhundertsechzig. Winkelmanns Vater war Jäger gewesen, Hobby-Jäger. Von Beruf war er Spediteur, angestellt bei einer großen Transportfirma, Abteilungsleiter Möbeltransport. Überall wurde gebaut, die Umzugsbranche boomte. Die lukrativsten Aufträge gab es bei der Stadtverwaltung. Er lud die zuständigen Beamten in die Hövelpforte oder in die Krone am Markt zum Arbeitsessen und Trinken ein. Fünfzehntausend Kartons mit Akten vom Alten ins Neue. Auf der Rückseite eines Bierdeckels addierte er die Mannstunden und machte sein preiswert klingendes Angebot. Wenn er den Großauftrag geangelt hatte, ließ er in der Firmenschreinerei passende Rutschen bauen, vom zweiten, dritten, vierten Stock direkt in den Wagen. Darauf war er stolz.

Von der Stadtverwaltung hatte er auch die amtliche Schalldämpfergenehmigung für sein Kleinkalibergewehr. Wegen der Taubenplage in der Stadt. Manchmal schoss er an einem einzigen Sonntagmorgen hundert Tauben von den Dächern.

Winkelmann erinnerte sich genau, wie er mit seinem Vater zu Hause, Rheinische Straße 38, dritter Stock in der Küche stand. Die Taubenknarre in der Hand, sagte der Vater: “Guck mal, der Mann da unten. Wenn ich den jetzt mal abknipse, dann dreht der sich ein paar Mal um die eigene Achse und liegt auf der Straße, Loch im Kopf. Keiner hat was gehört, keiner weiß, was passiert ist.”

Sie schlenderten draußen auf dem Hinterhof des Studios auf und ab, die Wollmützen über die Ohren gezogen. Die Luft war frostig. Unverabredet waren Krüger und Winkelmann ins Erinnern gekommen, sprunghaft und planlos. Das konnten sie schon immer gut. Erzählten einander, was sie wussten, von ihren Familien und Geschichten aus der Kindheit und was sie aus den Fotoalben alles nicht erfuhren, die ihre Mütter mit weißer Tinte liebevoll beschriftet hatten. Wie sie mitten im Hoeschpark riesige, kreisrund trichterförmige Wasserlöcher fanden und Molche herausfischten, Metallteile ausgruben und im Tornister zum Schrotthändler brachten. Die Kinderparadiese rund um die verwüstete Westfalenhütte herum waren für sie eine Fantasy-Landschaft voller Geheimnisse gewesen. Und die Kinder damals, fiel Krüger ein, hießen Blagen, die Blagen von der Schule oder die vom Borsigplatz.

In welcher Welt sie wirklich lebten, im Umkreis von traumatisierten Vätern und Lehrern, begriffen sie erst viel später. Warum der Geschichtslehrer immer wieder von der zugefrorenen Beresina angefangen hatte, in der er mit seiner Fahrradkompanie – nicht wissend, dass man im Tiefschnee einen Fluss überquerte – genau in der Mitte zwischen den Ufern eingebrochen war – immer wieder vom Russen mit dem wummernden Mörser sprach, der heimtückisch das Eis zerschoss.

Ging es im anderen Schuljahr um Napoleon, tauchte im Zwielicht Russlands alsbald der fürchterliche Fluss auf; ging es um Troja, sah das Trojanische Pferd nach spätestens zwanzig Minuten aus wie eine zugeschneite Geschützstellung, aus der die Granaten aufstiegen.

J. K., schon des Schreibens mächtig. A. W., seinen kleinen Bruder würgend

Da der Anwalt immer noch nicht eingetroffen war, machten sie ohne ihn weiter: Augenscheinnahme. Winkelmann gab das Zeichen. Der technische Leiter Tobias Marder zog die mitgebrachten Leinenhandschuhe an, nahm den Deckel ab und legte einen vorbereiteten Leichtmetallteller auf die geöffnete Dose. Dann hob er das Ganze an, drehte es in der Luft wie einen Kuchen in der Backform.

"200 Gramm, mehr nicht. Mal fünf sind ein Kilo", sagte er, als die goldene Streifenrolle nackt auf dem Tisch lag.

Alle waren ratlos, hatten so ein Material noch nie gesehen. Schatzgräberstimmung. Winkelmann hatte plötzlich eine Lupe und einen Zollstock in der Hand.

Marder holte aus dem Werkzeugschrank seine HD-Brille und besah sich die Goldoberfläche. Die Umstehenden, nach einem Augenblick der Stille und des Staunens, fingen an zu flüstern und zu spekulieren. Schließlich redeten alle durcheinander, um den Tisch laufend, sich überholend und wegschiebend, um den Fund von allen Seiten zu sehen, und stritten, teils ernsthaft, teils amüsiert, über Sinn oder Unfug. Krüger äußerte, die aufgewickelten

Tobias Marder, Ltd. Studio-Ingenieur, mit HD-Brille

Streifen sähen aus wie silbern-goldene Weihnachtsgeschenk-Paketbänder, obwohl das Material eigentlich zu dünn sei. Hanno Hassler, der 3D-Layouter, hielt es für Halbzeug zur maschinellen Veredelung von Orden und Ehrenzeichen. Marder lachte, nein, das sei Tonbandmaterial aus der Zeit vor der Kunststoffchemie, man müsse nur noch den Grundigkasten finden, den mit dem Eichen-Chassis. Die Produzentin gab ernsthaft zu bedenken, es könne auch einfach nur Gold sein, in diese merkwürdige Form gebracht, um es zu tarnen. Viele Kriegsgewinnler und abgesägte Aristokraten hätten nach dem Ersten Weltkrieg das Problem gehabt, ihre Familiengoldvorräte zu retten, und hätten sie versteckt in Prothesen oder eingenäht in Mäntel und Gardinen aus Angst vor revolutionären Enteignungen oder Reparationszahlungen. Es sei doch im Ruhrkampf bis 1925 durch die französischen Besatzer immer wieder zu spontanen Hausdurchsuchungen und Konfiskationen gekommen. Heiner Rudolph schloss sich Marders These an: Tonbandmaterial. Die Gruppe um David Wiesemann gab bekannt, alles spreche für die Hypothese, dass die Strom leitenden Goldschichten zwischen dem nicht leitenden Trägermaterial der Trennung elektrischer Flüsse dienten.

Ausstatter Jonny Preuss plant eine Drehtellerbühne zum Umspulen der Goldstreifen. Kamera-Assistent Ben Lensing versucht einen Wickelmotor zu konstruieren

Um dem Tohuwabohu ein Ende zu machen, schlug Jenny, die Regie-Assistentin, vor, Folgendes, das Faktische im Protokoll festzuhalten:

a) Sehen aus wie goldene Alu-Folien.

b) Erkennbar keine Staub- und Abriebreste.

c) Die Breite der Streifen beträgt 70 mm.

d) Goldbeschichtung mittig, beidseitig, 60 mm breit.

e) Die Spulkerne der Rollen, innen fünfsternig, passen – auf den ersten Blick ersichtlich – weder auf alte noch neuere Magnetbandgeräte noch auf industrieübliche Film-Schneidetische. Das heißt, Umspulmaschinen uns bekannter Art kommen für die weitere Untersuchung nicht in Betracht.

Winkelmann erklärte, er werde einen befreundeten Ingenieur vom Münchener Technikmuseum anrufen und unter der Zusage, dass nichts an die Öffentlichkeit dringe, bis er jemanden dazu autorisiere, privat engagieren und ins Studio kommen lasse.

Eindringlich sagte er: “Wir haben eine Chance, die wahrscheinlich nie jemand hatte, aber nur, wenn wir ungestört weitermachen können. Jost, und ich werden das alles dokumentieren. Der Bericht wird heißen ‘Die Reise ins U’, und alle hier werden, wie ich selbst, mit ihren Vollnamen darin vorkommen.” Fügte nachdenklich hinzu: “Auch wenn dabei nichts rauskommt.”

Die ihn nicht kannten, hätten den nun gerade Angereisten – rosafarbene Seidenkrawatte, maßgeschneiderter Anzug mit Ziertuch – für einen italienischen Impresario oder Chefkuppler im Zirkus der Lobbyisten gehalten. Der Anwalt Ullrich von Behr erläuterte kurz den Umfang der Sprechverbote im Rahmen der zu vereinbarenden Geheimhaltungspflicht. Den Projekttitel ‘Die Reise ins U’ benutzte er geschickt als Aufhänger für umfangreiche und farbige Schilderungen seiner eigenen Reisen durch Marokko und Brasilien. Am Ende hatten alle Teammitglieder die mitgebrachte Verpflichtungserklärung unterschrieben.

In der späten Mittagspause – die anderen waren in die Kantine gegangen – hörte Krüger, im halb abgedunkelten Studio zurückgeblieben, um auf

Ole, den sechzehn Monate alten Sohn des Editors Heiner Rudolph, aufzupassen, ein Geräusch. Er ging nachsehen, auf die Zwischenwand zu, die den Arbeitstisch zum Studio-Eingang hin abschirmte, und beobachtete, wie Winkelmann sich erst ein kleines Stück, dann ein größeres Stück von der fünften Rolle abschnitt, etwa einen halben Meter lang, und schnell in die Hosentasche steckte.

(JK Turm-Notizen)

"Soll ich ihn gesehen haben? Ich schlich ein paar Meter zurück, frage laut: Ist da jemand? Gehe wieder hinüber, da kommt W. mir entgegen. Ja, hallo, du bist es. Er gibt mit die Schere, fasst in die andere Hosentasche, zieht ein Streifenstück heraus von etwa drei Zentimeter Länge und hält es mir hin. Das kommt nach Münster ins Physikalisch-Chemische Institut, und du bringst es selbst hin. Ich muss die Frau Dr. Nielitz, die ich kenne, vorher anrufen. Und auch die Ingenieure Erbig in München und hier das Physik-Institut. Werde aber keinem sagen, wo das herkommt. Vielleicht ja – aus dem Schmuckkasten meiner Mutter. Und mehr weißt du auch nicht. Du

RA. U. von Behr

warst doch fünfunddreißig Jahre beim Theater, also – kannste doch den Weiß von Garnix sicher spielen!? Kein Wort von unserem Projekt. – Ich muss verbessern: siebenunddreißig."

Die Metalldosen mit Inhalt – Winkelmann erinnerte daran, Achtung wertvoll, dass jemand aus dem Stadtmuseum sie 'The Magic Foils of Dortmund' genannt hatte – wurden kurz darauf beiseite gestapelt an eine Studiowand und mit einem banal geblümten Gardinentuch abgedeckt.

Ole – "Die Zukunft steht vor uns wie eine schwarze Wand" (Gottlieb Daimler)

Kapitel 10

6. März. Plötzlich ging alles ganz schnell. Winkelmann hatte im Büro des OB vorsichtig angefragt, ob es möglich sei, den Herrn Oberbürgermeister in Sachen David und touristische Attraktivität unseres westfälischen Oberzentrums irgendwann kurz zu sprechen. – "Ist ihnen heute Nachmittag recht?", war die knappe Gegenfrage. Das schnelle Dortmund existiert.

Mittags in der Hövelpforte – es gab Stielmus, westfälisch. Winkelmann war angespannt. Er wusste, er konnte gleich viel versemmeln, vielleicht das ganze Projekt riskieren. Krüger ermutigte den Zögernden. "Du musst jetzt gehen. Fall mit der Tür ins Haus. Kunst ist Behauptung. Mal sehen, was passiert."

Als er schließlich gegangen war, bestellte sich Krüger einen Capuccino und packte eins seiner Lieblingsbücher aus: Stanislaw Lem, Imaginäre Größe, 1981. Das Kapitel über die zahllosen, theoretisch unzählbaren, noch zu schreibenden Vorworte zu Romanen und Sachbüchern, die es nicht gibt. Vom Schicksal der alten Vorwörter, immer nur traurig kratzfüßig, immer nur Diener des Folgenden, der Majestät des Haupttextes gewesen sein zu müssen. Dass man sie endlich befreien müsse von dieser Last. Man müsste auch ein reich bebildertes Theaterlexikon erstellen, dachte Krüger, über Theaterstücke, die es nicht gibt. Nach einer Stunde klingelte sein Handy. Winkelmann rief an und sagte: “Die Tür ist ins Haus gefallen. Bis gleich.” Und legte auf.

Was hieß das jetzt? Was war passiert? Die Tür ist gefallen? Das Ende des blühenden Urwalds? Krüger wartete. Winkelmann kam nicht.

Auf jede Weise überrascht, fast betäubt, hatte sich Winkelmann nach dem Rathausbesuch auf die Suche nach seinem Auto gemacht.

Auf dem Weg zum Parkplatz, an den er sich plötzlich erinnerte, wurde er an der Kleppingstraße vor dem Heimatdesign-Laden von einer Frau Mitte dreißig angesprochen. Ihre Pelzkappe, Fuchs oder rotbrauner Panda, war gewagt. Er glaubte, sie zu kennen. Mia Kuba-Soundso.

“Nein, ich bin die Vera. Mia ist meine Zwillingsschwester. Eigentlich wollte ich schon anrufen oder einen Brief schreiben – ich hätte noch mehr Geständnisse für Sie. Aber nicht für umsonst. Wie wär’s aufn Kaffee?”

Er vergaß den wartenden Krüger und ließ sich ins Edward’s einladen. “Pro Geschichte hundert Euro, wär das okay?”

Er machte einen Gegenvorschlag, sie dürfe vier, fünf erzählen, alle unter zwei Minuten lang, er würde zuhören und eine auf jeden Fall kaufen.

Vera Kubasik lehnte ab, lachte und sagte: “Wie doof wär das denn? Mir dabei die andern klauen oder was?”

Er war beeindruckt, schrieb einen Scheck aus über hundert Euro und legte ihn zwischen die Kaffeebecher. Sie steckte ihn ein, knabberte an ihrer Waffel. “Erfunden oder erlebt?”

Er tat so, als müsse er überlegen. Die abstehenden Haare der Pelzkappe hatten längst entschieden. “Ich sag mal ein Stichwort: Shopping.”

Als der Filmmacher in die Hövelpforte zurückkehrte, lies er sich zuerst einmal Essen bringen. Dann berichtete er von einer Vera, ihrer monströsen Nerzkappe und dass sie in einem Haus wohne, bei dem jeder Balkon mit einer Schüssel verziert sei.

Über das Gespräch mit dem OB, das Krüger mehr als alles andere interessierte, lies er sich vier kurze Sätze entlocken:

Schüsselverziertes Wohnhaus, Hörde

“Die Metropole braucht Superlative.

Der David ist eine Idiotenidee.

Willkommen an Bord.

Ganz großes Tennis.”

Krüger kannte diese Anfälle, lakonisch zu mauern. Er wusste, weiteres Nachfragen würde nichts bringen. Er ließ es sein.

Am späten Nachmittag kam endlich der Anruf aus München. Das Ingenieurpaar Erbig, das die Produzentin telefonisch nie erreicht hatte, meldete sich auf eine zusätzlich geschickte Mail und sagte zu, wegen des Goldfundes für zwei Tage nach Dortmund zu kommen – wenn gewährleistet sei, dass sie sich keines Beihilfedeliktes schuldig machten und das Zweieinhalbfache des angebotenen Honorars gezahlt würde. Allerdings müssten sie vorher noch nach Saigon fliegen, um ein Entwicklungsprojekt zu starten.

Winkelmann erfuhr abends davon, als er ins Studio zurückkehrte, um mit dem Editor Rudolph einen Rohschnitt zu besprechen. Die Produzentin fing ihn ab. Er musste sich fragen lassen, wer derartige Honorare zahle. “Woher soll ich das Geld nehmen?” Sie war äußerst aufgebracht. “Und weil wir schon bei den schlechten Nachrichten sind, ich hab mal angerufen wegen der Schmuckgoldanalysen in Dortmund und Münster. Deine Wissenschaftler haben den Eingang der Anfrage höflich bestätigt, aber wollen keine Terminzusagen machen. Was soll das alles? Außerdem hättest du mal anrufen können, wie es beim OB gelaufen ist.”

Er holte tief Luft. “Das kann ich so schnell nicht erklären. Mach dir keine Sorgen. Es ist gut gelaufen. Ich schreib es in mein Zettelbuch, heute noch. Und dann kannst du es lesen.”

(AW Zettelbuch)

“Durch zwei hintereinander gestaffelte Vorzimmer erreiche ich das Oberbürgermeisterbüro. Ich bleibe im Türrahmen stehen. Siebzehn, achtzehn Meter entfernt ein riesiger leerer Schreibtisch mit einem Mann dahinter. Im Vordergrund, links von mir, ein schwarzer Ledersessel und drei mächtige

Sofas als Sitzgarnitur. Der OB steht auf und macht sich auf den langen Weg mir entgegen. Ich nutze die Zeit, schaue mich weiter um. Versuche, das völlig stilfreie Szenenbild abzuspeichern. Büromöbelkatalog für besonders gehobene Ansprüche. Echtbuchenfurniert, Echtlederoptik, repräsentativ, pflegefreundlich. Das Büro misst, schätze ich, hundert Quadratmeter. Dortmund hat gut eine halbe Million Einwohner. Wie groß mag das Büro des Bürgermeisters von Buenos Aires oder Singapur sein? Dann entdecke ich an der kahlen Wand gegenüber der endlosen Fensterfront ein einsames Sideboard. Darauf ein Fransendeckchen und eine schlechte Kopie von Dantes Totenmaske! Die passt zu Michelangelos David. Steht zumindest in der Kunstgeschichte im selben Kapitel.

Als der OB endlich vor mir steht und mir die Hand entgegenstreckt, verlässt mich der Mut, und ich frage mich, ob ich nicht wieder gehen soll. Ich sage: "Guten Tag" und ansatzlos sofort: "Der David muss weg." (Es ist raus. Mal sehen, was passiert.)

Er zeigt die Zähne, lächelt und antwortet: "Wissen Sie, Herr Winkelmann, der David ist eine dieser Kulturhauptstadtideen. Und zwar die einzige,

Dante Totenmaske, Original mit Glasbehausung und Samtrückhänger, Uffizien, Florenz

die mehrheitsfähig war. Stadtmarketing, Dortmund-Tourismus, Kulturwerk, Verein der Freunde der allgemeinen Museumskultur, dieser ganze Mief, da sind nicht nur helle Geister versammelt." Er bietet mir einen Platz in einem seiner großflächigen Ledersofas an. "Ich habe Sie eingeladen, weil ich Ihre Ideen großartig finde."

Er hat mich eingeladen? Und welche Ideen? Ich will ihn fragen, aber ich komm nicht dazwischen.

"Ich bin so froh mit dem, was Sie da vorhaben. Großartig. Die Metropole braucht Superlative. Wir müssen uns unbedingt einmal Zeit nehmen, damit Sie mir die Einzelheiten erklären. Jetzt bin ich einfach glücklich, dass Sie sich meine Vorstellungen zu eigen gemacht und dieses bahnbrechende Konzept entwickelt haben. In Düsseldorf sieht man das übrigens auch so."

"Mein Konzept ist noch etwas unausgesprochen –", stottere ich. "Roh."

Der vatikanisch wendige Diplomat lächelt – unergründlich, aber herzlich scheinend. "Solange wir beide uns einig sind, dass Dortmund nichts weniger als das größte Kunstmuseum des Landes bekommt, und ich spreche von zehntausend, besser fünfzehntausend Quadratmetern, solange wir uns darüber einig sind, dürfen Sie es roh, al dente oder richtig weich konzipieren. Ich nehme es, wie es kommt. Willkommen an Bord. Ich zähle auf Sie!"

Beim nochmaligen Lesen fand die Produzentin einen Satz besonders interessant: "Düsseldorf sieht das auch so."

Was mochte das heißen? War es wirklich möglich, dachte sie, dass sowohl die CDU-Landesregierung als auch der SPD-Oberbürgermeister das Projekt unterstützen würde? Eine ganz neue Liebesgeschichte? Hat Düsseldorf mit Geld gewedelt? Ihm ein Angebot gemacht, das er nicht ablehnen kann?

Irgendjemand musste unbedingt herausbekommen, was dahintersteckte. Sie rief Kosinski an. Kosinski wusste nichts. Fahlhoff auch nicht. Der eine war nach Hamburg gezogen, der andere nach Moers.

Erst Monate später erfuhr sie, dass Winkelmanns Vier-Augen-Gespräch mit dem Oberbürgermeister nicht unbeobachtet geblieben war. Beim Amtsstubenleiterstammtisch im Ritterstübchen blühten die Spekulationen. Dass es um den U-Turm ging, lag auf der Hand. Über Dortmund braut sich etwas Neues zusammen, war schnell einhellige Meinung. Über das OB-Umfeld war der Inhalt des Gesprächs in Stichworten durchgesickert. Die Amtsstubenleiter beschlossen, wachsam zu sein. Bis heute war es ihnen noch immer gelungen, die Großprojekte des ungeliebten Chefs lautlos zu kippen oder auf ein verträgliches Maß zurückzustutzen. Eigentlich war auch das U-Turm-Projekt seit langem mausetot, existierte nur noch auf dem Papier. Welche Rolle Winkelmann bei der zu befürchtenden Reanimation spielen könnte, war schwer einzuschätzen. Es gab keine Vorgänge, keine Akten. Der Filmmacher hatte sich noch nie in einer Amtsstube blicken lassen.

Zwei Tage nach Winkelmanns Rathausbesuch erschien die Selbstdarstellerin Vera Kubasik im Studio. Auf Wunsch des Filmmachers hatte sie die Fellattraktion mitgebracht und sagte: "Ich hab was überlegt zu Shopping in Dortmund." (siehe Anhang 05: Geständnis Vera Kubasik)

Burgschauspielerin Stella Marisi als Vera Kubasik

Kapitel 11

(AW Zettelbuch)

"Fast täglich telefonieren wir mit Schleitzer im Stadtmuseum. Von der Entwendung der Foils scheint er noch nichts mitbekommen zu haben. Oder – sagt er nichts? Verspricht sich was davon? – Er ist sehr belesen, unglaublich, kennt die Stadtgeschichte, die Geschichte Westfalens, seine Märchen und Legenden und kann lebhaft davon erzählen. Jost berichtet, neulich hätten sie sich fast zwei Stunden lang über den Mythos vom Rheingold unterhalten und das Hunnenlager König Attilas in Soest, ehemals Susa genannt. Josts Hinweis, wir sollten Schleitzer auch mal etwas von unserer Arbeit, ein paar von den ersten Geständnissen und vielleicht das Studio zeigen, ist gut. Ich habe ihn für heute Morgen ins Atelier eingeladen und will ihn, kleiner Service für gute Informanten, fotografieren und filmen lassen.

Darf teilnehmen, wenn er Lust darauf hätte, an einem zweistündigen Medientraining – kleine Einführung in Kamera- und Mikrofonpräsenz. Er freute sich, anderswo müsse man so was teuer bezahlen, sagte sofort zu. Und hat uns etwas mitgebracht. Für nachher, sagt er mit Blick auf seine Aktentasche. Er blinzelt in die Scheinwerfer und fragt, wie er am besten sitzen und was er in die Kamera sagen soll. Ich mache ihm den Vorschlag, irgendetwas über sich selbst oder die Stadtverwaltung oder die Hunnen."

"Wollen Sie von mir hören, dass ich gerne in der Stadtverwaltung arbeite? Ich könnte auch sagen, ich als Leiter des Büros für Archivsicherung muss vermeiden, dass durch Aktivität meiner Mitarbeiter Kosten entstehen. Unsere Planstellen allein sind schon teuer genug. Das könnte ich sagen, sag ich aber nicht. Oder haben Sie das jetzt schon aufgenommen, Herr Winkelmann?"

"Wenn wir Profis wären, hätten wir das aufgenommen. Wir hätten vorne und hinten die Konjunktive weggeschnitten und den Rest gesendet", sagte der Filmmacher und lachte. "Aber keine Sorge. Wir sind keine Profis." Winkelmann brachte dem Museumsmann, immer noch lachend, ein Glas Apfelsaft, winkte die Maske heran und zeigte auf Schleitzers Schläfe. "Falls wir weitermachen, die Strähnen hier weg und den Puder reparieren."

Medientraining

Die Maskenfrau platzierte seinen Kopf sanft auf die Nackenrolle. Während sie ihn mit dem Puderpinsel streichelte, sprach Schleitzer leise weiter, als sei er für sich allein, mit geschlossenen Augen: "Es ist nicht angenehm, wenn man nicht weiß, was überbleibt von dem, was man sagt. So wenig wie – wenn man ins Protokoll will und zensiert wird. Ich erinnere mich an eine Sitzung, da habe ich, das müssen Sie sich mal vorstellen, in der ersten Aufregung selbst zugestimmt. Es war so: Bei der Beiratssitzung des Perspektivkreises kam es zu einem Eklat, als ich darauf hinwies, dass wortgeschichtlich Beziehungen bestehen zwischen den Wörtern: Pott, der Pöter, lateinisch puteus/die Grube – Pütt, Pfütze, Votze, Wutz und Butzemann."

Die Maskenbilderin stellte seinen Kopf gerade und fixierte die Haarsträhne. Schleitzers Stimme wurde heftiger und merklich lauter, er betonte jedes einzelne Wort: "Das alles steht jetzt nicht im Protokoll. Pott, der Pöter, lateinisch puteus/die Grube – Pütt, Pfütze, Votze, Wutz und Butzemann. Und ich habe zugestimmt."

In diesem Moment richtete sich Schleitzer unvermittelt aus dem Maskenstuhl auf, sah dem Filmmacher in die Augen, lächelte und fragte: "Kennen

Pottmonolog

Sie sich mit den Protokollgewohnheiten der Verwaltung aus? Da sollten Sie mal einen Film drüber machen! Glauben Sie mir, was in diesen Sitzungsprotokollen steht, ist nicht gesagt worden, und was gesagt worden ist, steht nicht im Protokoll. Ich bin seit siebzehn Jahren Teil der Verwaltung. Erst in Bocholt, jetzt in Dortmund. Und ich weiß, wovon ich spreche. Es gibt einen Satz, der in allen denkbaren Variationen in diesen Sitzungen immer und immer wieder gesagt wird. Dieser Satz heißt: Das kommt jetzt aber nicht ins Protokoll! Wussten Sie das, Herr Winkelmann? Das wissen nur die, die dabei sind und darunter leiden oder davon profitieren."

Winkelmann zog Krüger beiseite, sagte leise: "Schreib das auf."

"Kann ich mir nicht merken", antwortete Krüger.

"Ist nicht nötig. Neben dem Pinseltäschchen am Maskenstuhl liegt mein Diktiergerät und läuft."

Den Pottmonolog hat Winkelmann später für die Rolltreppeninstallation im U-Turm mit einem Schauspieler nachgestellt.

Nach dem Präsenz-Training packte Schleitzer aus. Eine kleine 'Backfisch-Sammlung', wie er sie nannte. 19 s/w-Kopien aus den dreißiger Jahren. Auf der Rückseite waren die Fotos jeweils handbeschriftet in der seinerzeit verbindlichen Sütterlin-Schulschrift. Die Motivsammlerinnen müssten, falls noch lebend, heute an die Hundert sein, seien Sekretärinnen der U-Geschäftsleitung gewesen: Alma Dock und Ursula Montag. Unter den wenigen Dokumenten aus der verschatteten Zeit 1932 bis 1945, sehr viele gebe es nicht mehr, habe er diese in einen einleuchtenden Zusammenhang bringen können. Die letzten vier Fotos der Sammlung seien natürlich nicht aus der verschatteten Zeit, es handle sich, wie er recherchiert habe, um die späteren Ehemänner der beiden Frauen und ihre Söhne.

(AW Zettelbuch)

"Vielleicht haben die beiden Damen ihre Sammlung beim Verfertigen des Firmen-Fotoalbums abgezweigt. Könnte sich um automobilfixierte Erotomanie handeln. Mal bei Inka Weinwirt nachschauen!" (Siehe Anhang 06: Inka Weinwirt, 'Eros, Schutz und Pferdestärken', Exkurs über automobilfixierte Erotomanie)

Alma D. und Ursula M. – Die Damen des Sekretariats

"Casanova Heinrich Deusen, Chauffeur (Lebensstellung!) von Brauereidirektor Dr. Baldur Hübner, ab 1933 Staatskommissar in Dortmund und auch Theaterdezernent!"

"Wenn die Herren Jagdausflüge machen, ist Max Schütte zuständig mit dem Hanomag, der besser durch Geröll und Schlamm marschiert. Mobiler Hochsitz."

“Da gab es hier ab 39 mit Brauckmann am Steuer die Ausflüge ins Emsland und an die Nordsee, wo Hübner und Umlaut angeln waren oder Seehunde schossen.”

“Der kleine Michallek war süß. Sein Cabriolet sogar von BMW. Er war nur zwei Tage da. Ist nie wieder aufgetaucht.”

Dazugelegt: Außendienstmitarbeiter Helmut Jägermann bei seiner Mittagspause (heiratet Alma D. 1949)

Dazugelegt: Handelsvertreter Dieter Klein, seit 1952 verheiratet mit Ursula M.

Dazugelegt: Erwin, 15, Sohn von Helmut und Alma Jägerman

Dazugelegt: Volker, 15, Sohn von Dieter und Ursula Klein

Schleitzer legte einen zweiten Stapel auf den Tisch, schob die Bilder auseinander wie Spielkarten und drehte sie um. Es waren sechs Fotos. Der angegilbte Briefumschlag, dem er die Bilder entnommen hatte, war mit blass gewordener grüner Tinte beschriftet:

*"Unschöne Auswüchse der Werbefeldzüge
der dreißiger und vierziger Jahre."*

Schleitzer hatte bei der Staatsanwaltschaft der Stadt Kamen ein dazu passendes Dokument entdeckt. "Es macht Sinn, das Dokument im Zusammenhang mit diesen Fotografien zu sehen. Einer der Vorgänger des Union-Fuhrparkleiters Hanspeter Szymaniak war Gerd Augenthaler, genau gesagt von 1932 bis 1948. Der hat Folgendes zu Protokoll gegeben:

(G. Augenthaler)

"Wir haben niemanden angegriffen. Ich weiß aber, dass Konkurrenzbrauereien aus der Nachbarschaft sich eigens getarnte Kollisionsfahrzeuge

20. März 1937: Reklamefahrzeug der Unionbrauerei, von mehreren LKWs der Konkurrenz in der Nähe von Wattenscheid in einen Graben gezwungen

angeschafft haben, um Union-Fahrzeuge bis zur Schrottreife in Bedrängnis zu bringen und gleichzeitig die Verursacher-Schuld auf andere abzuwälzen. Die Union-Brauerei hat niemals derartige Kampfwagen besessen und auch keine Fahrer beauftragt, Fahrzeuge anderer Unternehmen planmäßig anzugreifen und untauglich zu machen."

1. Oktober 1939: Bierbrauer versuchen am Borsigplatz ihren umgeworfenen Traktor wieder auf die Räder zu stellen

10. April 1940: Demolierter Schwerlastschlepper S4 in Kupferdreh nach der Beweisaufnahme der Essener Kriminalpolizei

18. Februar 1942: Der aufmerksame Hafenbahnfahrdienstleiter Gernot S. verhindert das Eindringen eines Bochumer Braufahrzeugs

22. Februar 1942: Wenige Tage später rammt ein nicht identifizierbares dunkles Großfahrzeug den Triebwagen 542 der Dortmunder Straßenbahn GmbH

11. September 1944: Zerstörte LKWs der Riepe Brauerei, Bochum

1945

Fast hätte sich Winkelmann für die detailreiche Präsentation der Brauereigeschichte bedankt. Er hatte mit allem anderen als mit Kampfwagen gerechnet. Um einer Pampigkeit schnell zuvorzukommen, fragte Krüger: "Haben Sie Unterlagen über die Architektur des Turms? Da müsste es doch reichlich Material geben aus den zwanziger Jahren. Winkelmann würde gern wissen, welchen Sinn hat diese merkwürdige Betonkonstruktion oben am Turm? Oder haben Sie etwas Vergleichbares schon mal an anderer Stelle gesehen?"

Schleitzer dachte nach. Nach seiner Erinnerung war im Hallendach des Turms die Kühlschiff-Anlage untergebracht gewesen.

"Sicher. Deutschlands größter Kühlschrank", lachte Krüger.

"Und warum sieht er aus wie eine Stufenpyramide mit Fensterlöchern?" Winkelmann zeigte sich ungehalten. "Jetzt sagen Sie nicht, die Maurer haben aus Versehen zu viel Beton angerührt, wussten nicht, wohin damit, und haben deshalb oben auf dem Dach einfach weitergebaut und noch ein paar überflüssige Bauteile aufgesetzt. Geisterfenster, mit nichts dahinter."

(JK Turm-Notizen)

"Verstehe jetzt, was Schleitzer mit seinem Seufzer meinte, nichts mache den Zuspätgeborenen deprimierter als das Brüten über fragmentierten und noch unerschlossenen Beständen, bei keiner Chance, sie je restlos zu entschlüsseln. Ich glaube, er hat das Gefühl, es muss ganz anders gewesen sein."

Turmbaustelle 1926 – überflüssige Bauteile?

Kapitel 12

Mitte März 2009 waren Ausschnitte des englischsprachigen PR-Films 'You are Ruhr' der Agentur Moser, Kösel und Schmitt, Düsseldorf, mit Dave Raven in der Rolle des Reiseleiters ins Internet gestellt. Der Fernsehkritiker Dieter Leber schrieb dazu auf die Visitor Card: "Überproduziert. Überladen. Aufdringlich. Schlechter Text. Schlecht gespielt. Das Übliche."

Eine Eintragung von T. S. aus Ratingen war allerdings begeistert und las sich, Krüger war sicher, so unsäglich wie bestellt. "Das ist endlich die brillante Strukturwandelhymne, die all den neuen Glanz aufstrahlen lässt."

In Winkelmanns Studio saßen ein paar Dortmunder vor dem Bildschirm und amüsierten sich über Ravens geölte Hüften.

Benjamin Sadler als Reiseleiter im Kulturhauptstadt-PR-Spektakel 'You are Ruhr'

(JK Turm-Notizen)

"A. sagt, ich habe Raven noch nie so gesehen. Ich werde das Ding runterladen und in voller Länge im Treppenhaus des U-Turms zeigen. Legal oder illegal ist mir egal. Was noch fehlt, sind eine türkische, eine russische und eine italienische Assistentin, die seinen unsäglichen Text simultan falsch übersetzen."

Fünf Tage später, am Wochenende, flog Winkelmann nach Rom und castete Biancamaria Melasecchi an der Fontana di Trevi. Olga Bralgina wurde von der Produzentin in den staatlichen Mosfilm Studios, Moskau, engagiert. Die Darstellung der türkischen Dolmetscherin übernahm Ayse Manyas, die schon lange als Aufnahmeleitungsassistentin in der Firma arbeitete.

Auch mit den Foils ging es weiter. Die angereisten Spezialisten – Dieter Erbig und Frau Dr. Vera Langkeiler-Erbig, die bis 1999 am Deutschen-Technik-Museums beschäftigt waren – bestätigten am 17. März das Vorergebnis. Sie hatten solche Goldstreifen noch nie gesehen, konnten aber helfen, die

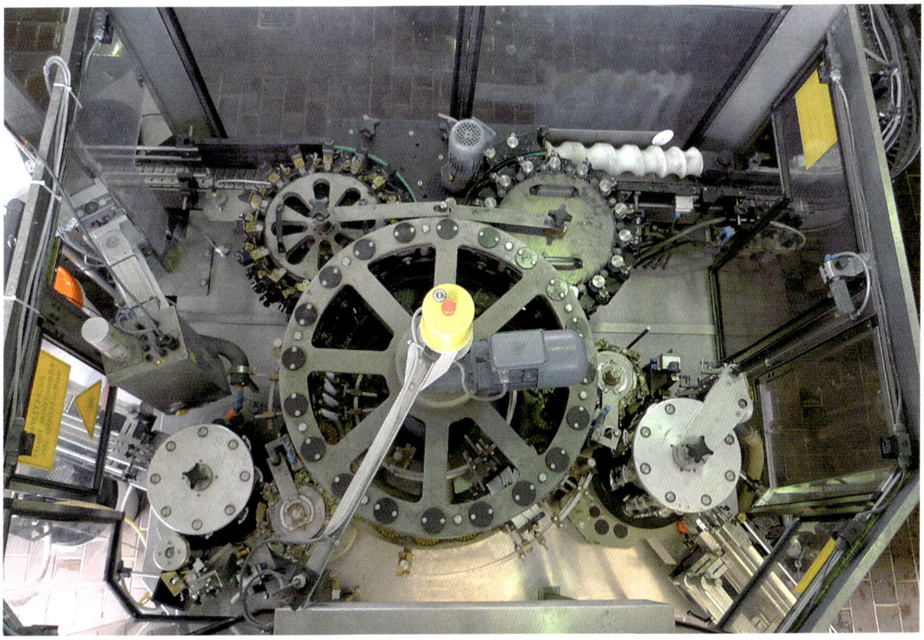

Umspulapparatur von Langkeiler-Erbig, unter Verwendung von Bauteilen konstruiert, die im Deutschen Technikmuseum, München vorübergehend entnommen wurden

Streifen auf Spulkerne mit heute gebräuchlicher Innenkernung umzuwickeln. Wegen des vagen Verdachts, den die Münchener, wenn auch ungläubig, von Anfang an nicht ausschlossen, das ungewöhnliche Folienmaterial könne elektromagnetisch codiert und maschinenempfindlich sein, wurde die Umspulung unter größter Vorsicht mit einer eigens dafür konstruierten Apparatur ausgeführt, Meter für Meter, auf moderne Spulkerne. Dabei wurde die Gesamtlänge aller Streifen auf den fünf Rollen gemessen. Es lagen vor, kaum glaublich, aber durch die Dünnheit der Folien erklärbar, 9006 Meter und 12 Zentimeter.

Die Erbigs schlugen vor, ein Streifenstück mit nach München zu nehmen und es von versierten Metallurgen und Radiologen untersuchen zu lassen. Winkelmann vertraute ihnen an, dass er eine solche Expertise bereits in Auftrag gegeben habe an ein Universitätslabor in Münster. Zurzeit ausgebucht, große Industrie-Aufträge würden leider vorrangig behandelt.

(JK Turm-Notizen)

"Der Schatz ist da und schweigt. Die Vorstellung, dass er nichts zu erzählen hat, ist schwer erträglich. – Anruf A. nachts. Lieber Jost, vielleicht müssen wir mal nach Münster fahren und die Laborbande bestechen, dass sie sich beeilt. Wir müssen wissen, was ist das für ein Zeug und gibt es überhaupt Hinweise, dass es mehr ist als teures Metall? Bist du nicht nervös, ungeduldig? – Ich sage, lieber Adolf, der gute Erzähler muss etwas geschehen lassen. Und der Preis ist Warten. – Meine kleine Retourkutsche kommt nicht an. Er findet sie niedlich."

Kapitel 13

Ab Ende März war es am U-Turm zu gravierenden Bauverzögerungen gekommen. Winkelmann ließ sich von Bauleiter Rasch den Umfang der zusätzlich nötig gewordenen Arbeiten erklären. Wegen seines außerordentlichen Gewichts und der Fragwürdigkeit der Fundamentierung blieb bei der Restaurierung des Turms nur eine radikale Lösung. Der gesamte übermäßig schwere Betonbaukörper musste gänzlich entfernt und Schritt für Schritt, von oben nach unten durch ein leichtes Stahl-Titan-Skelett ersetzt werden. Federleichte, wetterbeständige Carbon-Formteile in Beton- bzw. Ziegeloptik außen und Rigips-Platten innen sollen das ursprüngliche, jetzt nicht mehr vorhandene Gebäude in den alten Proportionen und Wandstärken nachbilden. Der U-Turm werde deshalb nach seiner Restaurierung – die renommierte Architekturzeitschrift 'Insight Architecture' spreche in diesen Fällen von einem 'historisierenden Neubau an gleicher Stelle' – fast wieder so aussehen wie bei seiner Errichtung vor 83 Jahren.

"Originalgetreue Nachbildungen historischer Bauten in Leichtbauweise wurden zum ersten Mal in Anaheim, California in einem weltbekannten Vergnügungspark, allerdings dort verkleinert im Maßstab drei zu fünf, dem erstaunten Publikum vorgestellt." (Haus und Hütte, Architekturmagazin, Zürich 1983)

Im obersten Bauabschnitt sieht man bereits die ersten Teile der Fassadenimitation in Betonoptik

Krüger war nicht mit zum U-Turm gefahren, die Polyarthritis hatte sich heute das rechte Knie gekrallt und ließ es knirschen.

Die Produzentin nutzte die Gelegenheit, ihn auf die sich anbahnende Krise anzusprechen. "Ich habe seit Wochen ein Problem", sagte sie. "Wir drehen und drehen, und ich kann keinem erklären, was wir eigentlich machen. Kein Kino, kein Fernsehen – ist es überhaupt Film? Oder ist es Theater? Wie soll ich für so etwas Geld auftreiben?!"

"Das weiß ich auch nicht", lachte Krüger gequält. "Mir sagt er, er habe eine Vorstellung von einer Erscheinung, aber die kann er nicht beschreiben. Und wenn er sie zutreffend beschreiben würde, könnte das sowieso keiner verstehen. Ich habe protestiert, weil ich so eine Auskunft ärgerlich finde. Natürlich gibt es Erscheinungen, vor denen die Sprache irgendwann versagt. Einverstanden, hab ich gesagt, aber wenigstens mal anfangen könntest du. Und wieder kommt nichts. Er guckt mich dann so an, als ob er was ausbrütet und sich freut, dass ich noch nicht weiß, was."

"Wenn ich bis morgen nichts Schriftliches habe, ein Exposé oder wenigstens einen Pressetext, werde ich die Produktion abbrechen. Das ist mein Ernst!"

Krüger versprach, ihr einen Text zu bringen. Für den Abend in der Hövelpforte nahm er sich vor, Klartext zu sprechen und den Freund so lange festzunageln, bis er genug herausbekommen hatte. Es wurde eine lange Nacht. Um zwei Uhr morgens, die Stühle waren schon hochgestellt, wurden sie von der Putzkolonne hinausgeworfen.

Zu Hause angekommen, kochte sich Krüger eine Kanne Kaffee und machte sich daran, das stundenlange Gespräch, heimlich mit Winkelmanns Diktiergerät aufgenommen, abzuhören und die Ideensplitter zu einem siebenseitigen Statement zusammenzufassen, das sich las, als sei das Unerklärliche erklärbar.

Als er den Text am anderen Morgen, er hatte kaum geschlafen, auf den Schreibtisch ihres Laptops kopierte, musste er der Produzentin in die Augen schauen und schwören, kein Wort erfunden zu haben. Es fiel ihm nicht sonderlich schwer. In der langen und feuchten Hövelpforten-Nacht war jedes der

Die Arbeit abbrechen?

aufgeschriebenen Wörter gesagt worden. Krüger versicherte, er habe nur die Reihenfolge verändert.

Wäre er nach Gründen gefragt worden, hätte er freilich zugeben müssen, keine andere Wahl gehabt zu haben. Das digitale Diktiergerät hatte wegen eines banalen Bedienungsfehlers das Aufgenommene stark fragmentiert und in veränderter Abfolge wiedergegeben. Es waren Hunderte kleine und kleinste Sounddateien entstanden, nach einer Maschinenlogik geordnet, die er nicht verstand. Warum, dachte er wütend, während die Produzentin das Statement las, habe ich nicht meinen Steinzeit-Kassettenrecorder genommen, der nie, nicht ein einziges Mal gestreikt oder den gefürchteten Bandsalat produziert hat.

(aus: 'Exposé für eine U-Turm-Bilderuhr')

"... ich will die Krone mit Filmbildern zum Leuchten bringen. Der Eindruck soll sein, man schaut durch eine Gaze ins Innere des Gebäudes. Je nach Wetter, Jahreszeit und Lichteinfall werden Schleierbilder erscheinen, die mehr oder weniger durchsichtig sind, eigentlich in jeder Minute anders.

Die Filme behaupten einen Raum hinter den Kolonnaden und erfüllen ihn mit Leben. Wir können diesen Raum mit imaginärem Wasser füllen oder mit Bier oder die großen Tauben darin wohnen lassen. Ich kann mir vorstellen, dass wir so dem Turm das altbacken Historische nehmen und den Kolonnaden einen Sinn geben, den sie niemals hatten."

Winkelmann nahm am 27. März einen weiteren Baustellenbesuch zum Anlass, das Gebäude zu fotografieren mit Blick auf technische Details, die seine Installation betrafen. Krüger, wegen des Knies noch etwas humpelnd, und Slama fragten weiter nicht, was er da sehe – ließen ihn vorgehen, sie sahen es nicht, noch nicht – und unterhielten sich angeregt über Grundfläche und Höhe der Kolonnaden-Geschosse und wie viele Hektoliter man benötige, sie mit Bier zu füllen und wie sich der Schaum verhalten würde.

Als die beiden dann Winkelmann an der Westseite des Turms wiederfanden, machten sie die erstaunlichste Entdeckung: Der Gips-David in der

Gerüstnische war nicht mehr da. Irgendjemand musste entschieden haben, dass die Neu-Inszenierung des U-Turms so nicht geht, nicht mit Deko-Gips und nicht mit Renaissance.

(JK Turm-Notizen)

"Wir haben mehrere Maurer und Bauleute gefragt, ob sie am Abbau der Statue beteiligt waren. Niemand war dabei. Sie wussten aber von einem der Nachtwächter, dass in der Nacht von Sonntag auf Montag (22./23. März) ein Kranwagen und der Tieflader einer Speditionsfirma aus Hattingen am Turm, Westseite angehalten hatten. Wegen ihrer Sonderausweise hatte er die Fahrer aufs Grundstück gelassen. Mit einer Art Röhre, in Blaufolie verpackt, waren die Hattinger am Montagmorgen um halb fünf wieder weggefahren."

(AW Zettelbuch)

"Das David-Projekt ist städtischerseits gekippt. Jost rät mir, dringend ein Gespräch mit dem OB zu suchen. Wenn ihr euch auf einen Vertrag einigen

Turm-Baustelle mit entferntem David

könntet, wäre das ein unumkehrbares Ergebnis, und du könntest endlich deinen nebulösen Plan aus der Schublade holen und verwirklichen. Bis heute kennt den doch kaum jemand. Wir sind mitten im Urwald, du drehst und drehst, und nichts ist wirklich geklärt. – Er hat mal wieder recht."

Die Produzentin wollte nicht in der Luft hängen. Sie wollte Klarheit und die Namen der zuständigen Entscheider. Irgendjemand müsste doch etwas wissen über die Hintergründe der David-Absage und überhaupt über das ganze Finanzgerüst, den Umbau des Turms betreffend? Wer könnte das wissen? Da fiel ihr der alte Fröbel ein, den sie kennengelernt hatte, als er noch Ratsherr war, der oft gewusst hatte, wo und wie das Gras wuchs. Sie rief ihn an und hatte Glück, dass er sich noch nicht auf der Rückreise in sein Umbrien-Haus befand.

"Ich misch nicht mehr mit, wissen Sie, bin auch nicht mehr in der Partei. Man kann Gründe dafür haben. Aber dass ich mich ehrenamtlich nur noch um Spielplatzbegrünungen kümmere – so ist es auch nicht."

Fröbel wollte sich gerne mal umhören, rief tatsächlich am selben Nachmittag zurück.

"Ich hab mich mal umgehört. Meine Quelle hat sich so ausgedrückt: Der OB will sein Museum, die Landesregierung will etwas Originelleres. Und dabei könnte Ihr Projekt durchaus eine Rolle spielen. Aber die Patenstadt Düsseldorf ist weit. Und das ist eine absehbar nicht ganz bequeme Lage für den verehrten Herrn Winkelmann. Grüßen Sie ihn und auch den Herrn Krüger. Meine Quelle kennt Krüger aus Zeiten, als wir unglücklicherweise das Schauspiel schließen wollten. Ihnen allen das Beste. Ach ja, bevor ich's vergesse, passend zum David schick ich Ihnen ein Foto, das ich neulich in Florenz machte. Den dazu passenden Zeitungsartikel hab ich Ihnen übersetzt. Kommt mit der Post. Internet kann ich nicht."

Winkelmann und Krüger erfuhren abends vom Rückruf des alten Fröbel. "Versteh ich nicht. Ist mir auch egal", sagte der Filmmacher. "Sagt mir einfach, mit wem ich reden soll."

“Nach wie vor mit dem OB, mit wem sonst?” Plötzlich legte die Produzentin ihre Hand auf Krügers Unterarm. “Und du kennst Fröbel auch?”

“Ja, aber nicht so gut.”

“Er hat eine Quelle.”

“Die haben alle eine Quelle.”

“Ja, eine, die dich grüßen ließ. Sie muss dich gut kennen. Wieso hast du nie was gesagt?”

“Also, eine ziemlich gute kenn ich. Sie heißt Rita. Nachname unwichtig. Die Rita von der Stadt.”

“Und wenn ich sie anrufen, was wissen will?”

Krüger weigerte sich, die Privatnummer der geliebten Stimme, wie er sie nannte, herauszurücken. “Schreib mir die Fragen auf. Ich gebe sie weiter.” Als er sich umsah, war Winkelmann schon aus dem Büro gegangen.

Kapitel 14

Am 8. April schickte die Produzentin Winkelmann ins Rathaus. “Sei pünktlich, dein Termin ist um 14 Uhr 30. Und sag mir sofort, wenn du zurück bist, ob der OB dich umarmt hat. Das ist wichtig.”

“Warum das denn?”

“Ich hab noch mal mit dem alten Fröbel telefoniert, er ist jetzt in Umbrien und repariert sein Haus. Er sagte, es könne durchaus sein, dass der OB es gut mit dir meint. Dann umarmt er dich nicht. Aber wenn er dich umarmt, kannst du sicher sein, dass er dein Feind ist. Egal, was er sagt oder nicht sagt, auch wenn er überhaupt nichts sagt – umarmt er dich, ist er dein Feind.”

Als Winkelmann das Rathaus wieder verließ, blendete ihn die tief hängende Sonne. Den ganzen Tag über hatte es geschneit, jetzt gerade klarte es auf. Beim Essen in der Hövelpforte erzählte er, keiner habe ihn umarmt, überhaupt sei alles anders als erwartet gewesen. “Vom Oberbürgermeister keine Spur. Die Praktikantin des persönlichen Referenten des OB hat mich begrüßt und dann wieder stehenlassen müssen. Wegen anderer Wichtigkeiten. Sie war rothaarig und hübsch, der Pullover hätte dir gefallen, aber du solltest nicht glauben, dass die irgendetwas weiß. Ich sagte, dann rufen Sie an, suchen Sie ihn, Sie arbeiten doch hier! – Seit letzter Woche erst, hat sie gesagt, und sorry, tut ihr leid. Und dass ihr Chef mit größter Wahrscheinlichkeit in einem Funkloch steckt.”

“War denn sonst niemand zuständig”, fragte Krüger. “Irgendjemand muss doch zuständig sein. Oder jedenfalls verantwortlich oder den Überblick haben.”

“Sollte man meinen”, stöhnte der Regisseur. “Sie sagte nur, bis in alle Einzelheiten bekäme das bei der ungeheuren Größenordnung des Projekts kaum noch einer zusammen. Vielleicht hat sie auch auseinander gesagt und nicht zusammen.”

“Und was machen wir jetzt? Wie geht alles weiter?”, fragte Krüger.

Der Filmmacher starrte auf die doppelte Kraftbrühe. “Ich kenne einen Schauspieler, der sonderbarerweise genauso aussieht wie unser Museumsmann. Das glaubst du nicht. Mit dem möchte ich das nachspielen. Wir nennen die Szene Funkloch.” (Siehe Anhang 07: Geständnis eines Wartenden)

Krüger fand, das sei eine lustige Ausflucht, aber keine Lösung. “Vielleicht hat der OB auch gar nichts mehr zu sagen, was deinen Vertrag angeht. Aber wer sonst hat was zu sagen? Ich weiß nur, dass Rita auch nichts weiß. Sie will mir aber heute Abend einen sagen, der vielleicht was weiß und es auch sagt. Sie sagt, die meisten, die was wissen, sagen ja nichts.”

Das von Fröbel avisierte Foto kam anderntags mit der Post, beiliegend der übersetzte Artikel.

(Il Giorno, 5. Marzo, Firenze)

“Die Bürger der Stadt Dortmund schenkten Florenz einen Kreisverkehr aus Waschbeton als Dank für die erteilte Genehmigung, eine Nachbildung der David-Figur, zweiundzwanzig Prozent größer als das Original, im City-Bereich von Dortmund aufzustellen.”

Gegen 14 Uhr 30 kam Krüger aus der Kantine Kuhstraße zurück. “Ich habe mit jemand vom Städtischen Kulturwerk Rouladen gegessen, die nicht gar waren. Vor Jahren war er Praktikant im Theater. Vorher war er bei den Wanderfalken, wo es Wochenendseminare im Sauerland gab, die gar nicht stattfanden. Die Dozentenhonorare wurden als Spenden irgendwo gut angelegt. Du verstehst. Alles Gerüchte. Rat mal, was der mir erzählt hat?”

“Das weiß ich nicht. Ich kenne die Leute nicht. Ich hab mit keinem Kulturwerk gesprochen.”

“Da hab ich aber ganz andere Dinge gehört! Du hast einen Museumsexperten geärgert. Unter anderem ist der Ausdruck gefallen, Sie sind ja ein halbgarer Gurkenbieger.” Krüger schlug seine Kladde auf. “Beim SKW, dem

Städtischen Kulturwerk, wird schon ab etwa Anfang März kolportiert, du habest angefragt, ob für dich noch Platz im U sei. Ich mache Film, sollst du gesagt haben, und Film sei im weitesten Sinne auch Kunst. Es ist alles schon vergeben, soll dir geantwortet worden sein. Dann sollst du gefragt haben, wirklich alles vergeben? Na ja, sei dir beschieden worden, in der Eingangshalle irgendwo neben der Museumskasse bei den Sanitäranlagen könntest du unter Umständen deine Kunst aufhängen, zur Not auch im Treppenhaus. – Nirgendwo sonst? Nein, das U ist voll, die Brötchen sind belegt: Museum, Wanderausstellungen, Lager, Vereine, Gastronomie, Direktorenbüros, Verwaltung, Technische Betriebsräume, Jugendarbeit, Vorstandssitzungen. Auf dem Dach sei noch Platz, da sei es aber zugig und kalt."

Winkelmann freute sich plötzlich. "So was erzählen die?"

"Geht ja noch weiter. Um Platz zu schaffen, hättest du dem Chef der Städtischen Sammlungen bei einer Begegnung vor dem Hansa Theater vorgeschlagen, alle 128 Gemälde der Museums-Dauerausstellung in einem einzigen Raum direkt nebeneinander aufzuhängen, der Platzgewinn würde erheblich sein. Der Sammlungschef war nicht bereit, darauf einzugehen. Er habe Anspruch auf alle Etagen. Und hätte dir banausenhaften Umgang mit der großen Kunst vorgeworfen. Das sei ja so, als würde man zehn verschiedene Spielfilme gleichzeitig auf zehn Leinwänden in einem einzigen Saal abspielen."

"Und dann?"

"Du hättest ihn stehen lassen. Und er hätte dir nachgerufen, dann machen Sie Ihren Pop-Zirkus auf dem Dach, in der Halle und im Treppenhaus."

"Der Mann tut mir leid", sagte Winkelmann leise. "Er muss raus aus seinem alten schönen Museum und wird mitsamt seiner Sammlung in den Turm gesperrt."

Das Rolltreppenhaus betreffend, entschied sich der Filmmacher für die Installation 'Neun Fenster'. In einem von der WAZ (Westfälische Arbeiter Zeitung) am 14. April abgedruckten Interview erklärte er: "Ziel der Installation ist es, dem Brauhaus die Fenster zurückzugeben, die es nie gehabt hat. Der Architekt des U hat sie 1926 in seinen Plänen vergessen. Ich habe deshalb

Firence, Piazzale Francesco d'Assisi

in einer Kölner Kunstschreinerei historische Fenster einem alten Kupferstich nachempfinden lassen. Die Kölner haben schon die historischen Fenster des Adlerturms und die Glasmalereien des Hauptbahnhofs vorlagengetreu angefertigt."

Die fachtechnische Betriebskonferenz der U-Turm-Nutzer beschloss angesichts dieser Verlautbarung, über weitere Sicherheitsfeatures im Housekeeping und eine Verstetigung der Schließanlage nachzudenken. "Damit am Ende mit seinen fliegenden Fenstern nicht noch ein Unglück passiert!"

Und der westfälische Bauhütten-Präsident beklagte sich in einem wütenden Leserbrief über die üble Nachrede:

"Wir Architekten vergessen keine Fenster! Es ist unverantwortlich, solchen Unsinn abzudrucken. Schließlich glauben die Leute doch, was in der Zeitung steht!"

Die Produzentin kämpfte um einen neuen Termin im Rathaus. Sie bekam keinen. Vorzimmerkräfte, Referenten, Dezernenten und Abteilungsleiter verwiesen einhellig darauf, dass frühestens im September, nach der Kommunalwahl belastbare Entscheidungen getroffen würden.

Krüger nahm es auf sich, regelmäßig mittags in die Stadtkantine zu gehen. Er überwand seinen Widerwillen gegen den geschmacksverstärkten Kantinenfraß, um die Chance zu haben, rein zufällig Rita zu treffen, 'die geliebte Stimme'. Aus ihren diskreten Andeutungen reimte er sich nach und nach das Folgende zusammen:

Beim Stammtisch der Amtsstubenleiter wurden Pläne geschmiedet. Da sich abzeichnete, dass sich die Bewegtbild-Inszenierung der Dachkrone des Dortmunder U anscheinend nicht mehr stoppen oder irgendwie verhindern ließ, entwickelte Oswald Brüngeler beim Bier im Ritterstübchen einen viel bejubelten Plan.

Man müsse dem Turm das Fotogene nehmen, erklärte er, ihn irgendwie verstecken. Die Strategie sei nicht neu, aber in der Stadt schon häufig erfolgreich praktiziert. Das Stichwort laute: Sichtachsenversperrung.

Ziel der Amtsstubenleiter-Offensive zur optischen Verdrängung des U-Spektakels sei, sämtliche Grundstücke im direkten Umfeld des Turms an Investoren zu veräußern, mit der Auflage, dort mindestens 9-geschossige Krankenkassengebäude zu errichten.

Gleich am nächsten Tag sei es, Rita zufolge, Oswald Brüngeler gelungen, das Filetgrundstück an der Südost-Seite des U-Turms an einen in Georgetown, Cayman Islands, ansässigen Hedgefond zu veräußern. In einer Telefonkonferenz erläuterte er seinen Kollegen die Maßnahme. "Wenn da gebaut wird, kann man von der Kreuzung Hiltropwall/Rheinische Straße aus die geplante Dach-Installation nicht mehr sehen."

Die Stammtischbrüder sollen begeistert gewesen sein. "Wir werden selbstverständlich Sachzwänge und abzufedernde Folgekosten als Grund anführen und herausstellen, dass die Baumaßnahme wichtig für die Entwicklung des Stadtviertels ist. Schließlich hat der Stadtrat beschlossen, rund um den Musenturm Künstler und Kreative anzusiedeln. Diese kommen aber erfahrungsgemäß nur, wenn ihre Krankenversicherungen fußläufig zu erreichen sind."

Winkelmann eskortiert eins seiner verbotenen Fenster vom Technologiezentrum ins U

Kapitel 15

Marder fragte am 16. April nach, schriftlich, in Form eines Memos, ob die Geschäftsleitung des Studios einen Auftrag zur chemischen und radiologischen Analyse erteilt habe. Er habe diese Frage bereits zigmal gestellt und keine Antwort erhalten. Es müsse doch anhand einer Legierungsanalyse festzustellen sein, wann ein solcher Typ von Alu-Gold-Streifen in der Industrie- und Technologiegeschichte in Gebrauch gewesen war. In der Mittagspause, beim Nilbarschfilet in der Kantine, präzisierte er seine Vermutung:

"Irgendwann vor der Kunststoffchemie. Meine Voraussage ist, bei allen weiteren Untersuchungen wird nur die aufgetragene Goldbedampfung eine Rolle spielen. Wir suchen nach Spuren im Gold. Eskimomäßig ausgedrückt: Audi! Quattro!" (Tobias Marder zitiert nach AW Zettelbuch)

Winkelmann beruhigte ihn. Er habe kurz nach der ersten Augenscheinnahme ein paar Zentimeter des Materials abgeschnitten und von Ayse Manyas und Krüger nach Münster bringen lassen, ein zweites Probestück selbst zu Susi Thiemann ins Physik-Institut Dortmund gebracht. Letzter Stand: Gestern sei ein Fax gekommen, das einen alsbaldigen Bericht avisierte.

Der Bericht des Physik-Instituts der Universität Dortmund, von Frau Dr. Thiemann unterschrieben, traf am 18. April ein. Er war knapp und ernüchternd. Man habe das Probestück zunächst unter eine ultraviolette Lichtquelle gelegt und keine Bearbeitungsspuren gefunden. Die Goldoberfläche auch in der Vergrößerung 1:1000 wirke homogen und nicht auffällig, wenn auch schwach changierend zwischen heller und dunkler. Weiter seien verschiedene Farbfilter aller Spektralbereiche ausprobiert worden, unter anderem ein Polarisationsfilter. Der empfindlichste Geigerzähler, der zur Verfügung stand, habe nichts Signifikantes angezeigt.

Marders Hoffnung, es gebe eine 'Geheimschrift' und sie sei optisch entschlüsselbar, rückte damit in die Ferne, ebenso die Hypothese einer schwach radioaktiven Tinte.

"Pleite. Rausgeschmissenes Geld." Winkelmann warf Krüger das Gutachten auf den Schreibtisch. "Hol das Probestück ab und bring's zu dieser Feng-Shui-Schnalle, die du mal kanntest. Sie soll's mit ihrem Quellensucher versuchen."

Krüger erinnerte sich, lächelte versonnen. Es hatte einmal diese schöne Frau gegeben, siebzehn Jahre jünger, die ihm riet, zwei massive Wohnungstüren zu versetzen, das Südfenster zu vergrößern und die Wasseradern unterm Kellerboden energetisch optimal zu nutzen.

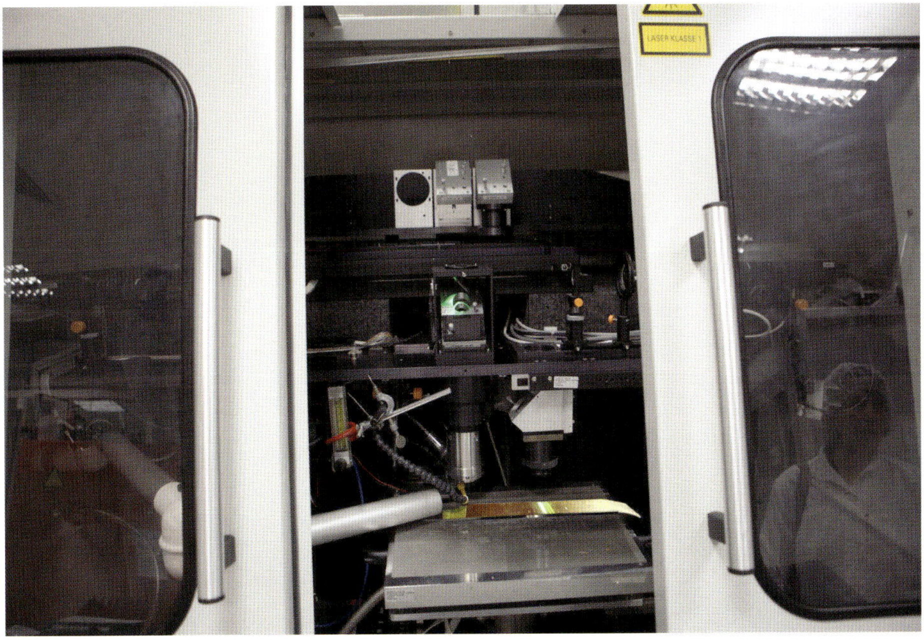

Goldstreifen im UV-Qualifikator bei geöffneter Arbeitsschutztür

Kapitel 16

Der Frühling kam. Die Film-Crew drehte draußen, Termine von Unna bis Duisburg, 360-Grad-Schwenks für die Panorama-Installation.

Am 20. April erschien er morgens nicht im Studio. Die Kamera- und Tonleute standen an den fertig gepackten Produktionsfahrzeugen im Hinterhof und warteten. Er kam nicht. Und war zu Hause über Festnetz und sein Handy nicht zu erreichen.

Die ratlose Produzentin schickte die Teams los. "Ich kann nicht dauernd Termine machen, und keiner von uns ist da. Wir machen uns nur lächerlich. Dann dreht ihr das Windrad heute eben ohne ihn."

Gegen 15 Uhr tauchte er auf, ging in die Studio-Küche, machte sich einen Milchkaffee und setzte sich auf die Besuchercouch. Er wirkte nicht geknickt, aber abwesend, weit weg, sah unentwegt zum Fenster hin

"Warum kommst du erst jetzt?", fragte Krüger.

"Ich überlege, ob ich sie zurückbringe, direkt auf Schleitzers Schreibtisch."

"Wieso nicht zurück in den Bunker? Du kennst den Weg und würdest dir Ärger ersparen."

Und wieder wandte er sich dem Fenster zu, blinzelte, riss die Augen auf, blinzelte wieder. "Sag mal, der Himmel heute – wie würdest du die Farbe beschreiben?"

Ohne hinzusehen, knurrte Krüger: "Bin ich Werbetexter? Der Himmel über der Ruhr ist blau! Weißt du doch."

"Ich hab den Eindruck, dass er heute mehr so ist, wie er früher war, als wir zur Schule gingen, mehr so bräunlich."

Die Produzentin sah ihre Chance gekommen und drückte ihm den Tagesdrehplan in die Hand. "Ich fände es gut, wenn du jetzt arbeiten gehst. Dann kannst du drauf achten, dass deine Jungs nichts drehen, was dir hinterher wieder nicht gefällt. Sie müssten gleich am Alsumer Berg sein."

Winkelmann blickte kurz auf den Plan und verließ das Büro. Krüger sah vom Fenster aus, wie er unten zum Auto schlenderte, in die Vorderradfelge trat und einstieg.

Dreharbeiten

Der Himmel über der Ruhr

Kapitel 17

11 Uhr am nächsten Morgen, sie waren am Synagogenplatz verabredet. Er kam nicht. Nach zwanzig Minuten rief Krüger an. Der Teilnehmer meldete sich nicht. Krüger rief die Produzentin an, auf der Festnetznummer ihres Büros. Sie nahm nicht ab. Krüger rief Schleitzer an, die Angestellte im Vorzimmer gab ihm die Auskunft, Herr Schleitzer sei wegen eines Außentermins in Bochum.

Beunruhigt fuhr er ins Studio. Ayse Manyas, sie war seit 10 Uhr hier gewesen, hatte den Gesuchten noch nicht gesehen. Die anderen seien, genau nach Drehplan, mit David Slama irgendwo an der Emscher bei Mülheim.

Krüger ging nachsehen, fand die Dosen unter der geblümten Gardine. Zwei hob er an – sie waren nicht leer –, ließ sich das Büro aufschließen, setzte sich an sein MacBook. Um 14 Uhr 29 sagte ihm das Mailsignal, dass Post gekommen war.

14 Uhr 28 / Mail der Produzentin:

"Keine Sorge, sind im ersten Autogrill am Brenner. Was passiert ist? Er hat in der Nacht seine Phillips 8 x 10 zusammengepackt und eine ganze Packung Planfilme aus der Tiefkühle geholt (die drittletzte Packung!) Da war mir alles klar – ich packte schneller, saß schon im Wagen, als er mit seinem Koffer kam. Wenn er freiwillig verreisen will – das kann ich mir nicht entgehen lassen! Ihr kommt schon klar. Und nicht erlahmen im Guten!

LG.

PS: Er sagt, nicht 'irgendwelche' Planfilme habe er mitgenommen, sondern: Fujicolor NPS 160! / Wird im 8 x 10 Inch Format seit langem nicht mehr hergestellt."

(JK Turm-Notizen)

"Gestern sagte er noch, Jost, du siehst blass aus. Dir fehlt Eisen. Kauf dir Rote-Beete-Saft. Und jetzt? Er gibt doch sonst nicht auf. Was hat er nur? Eine Motivationsblockade? Ist er krank? Und was ist eine Phillips 8 x 10?"

Krüger fand eine Beschreibung auf www.niceequipment.com, die ihn nicht wirklich weiterbrachte. Wie sollte er sich eine Kamera vorstellen, über die er las: A camera thats looks like no camera you've ever seen before? (Siehe Anhang 08: www.niceequipment.com/Phillips8x10)

Am nächsten Tag traf eine Abbildung ein, die die Produzentin ungefragt an ihn abgeschickt hatte. In der Bildunterschrift hieß es: A. mit seiner Phillips 8 x 10.

W. mit seiner Phillips 8 x 10.

BaumWegWiese 1

BaumWegWiese 2

BaumWegWiese 3

BaumWegWiese 4

Jenny, die Regie-Assistentin, übernahm vorübergehend die Studioleitung. Nach zwei Drehtagen, die vororganisiert gewesen waren, hingen auch sie und die Crew in der Luft. Sie vertrieben sich die Zeit mit Aufräum- und Putzarbeiten. Krüger beschäftigte sich zu Hause mit seinem Projekt nicht existierender Theaterstücke, die er in Form von Inhaltsangaben, erfundenen Rezensionen oder grandiosen Verrissen von erfundenen Kritikern beschrieb, fuhr aber jeden Morgen kurz ins Studio und öffnete die Post – in einer dritten Mail hatte die Produzentin ihn darum gebeten.

Eines Morgens öffnete Krüger einen Umschlag aus Essen, ein amtliches Schreiben. Der Geschäftsführerin der Bewegtbild-Gesellschaft mbH, war eine einstweilige Verfügung des Essener Amtsgerichts zugegangen, die es den Studiobetreibern untersagte, im Essener Remondis-Werk (Abfallsortierung) gedrehte Aufnahmen von den in der Windsichtanlage auseinanderfliegenden Gelben Säcken und Plastiktüten öffentlich zu zeigen. Dies sei zum Beispiel geschehen am 27. März 2009 auf einer Vorpräsentation in Winkelmanns Studio, auf der zahlreiche Gäste vom Essener Marketingclub – neben denen aus Bochum und Dortmund – anwesend waren.

(Aus der Begründung)

"Die vier Antragsteller weisen darauf hin, dass die in der Wirbelluftkammer herausfallenden Inhalte der zuvor maschinell aufgeschlitzten Säcke und Tüten übergroß sichtbar und erkennbar gewesen waren – umso mehr, als es sich um in Zeitlupe abgespielte Aufnahmen gehandelt hat. Der Antragsteller 1, P. T. – Inhaber einer Anwaltskanzlei in Bredeney – hat hierbei seinen eigenen Müll erkannt, u.a. Gemüse- und Langustenreste, die eigentlich in die Bio-Tonne gehört hätten, und mehrere Fetzen einer goldroten Flagge aus Brügge, die fast drei Jahrzehnte lang im Wartezimmer seiner vom Vater übernommenen Kanzlei über der Wandcouch hing, somit für jeden seiner Mandanten – sähe einer diesen Müllfilm in Dortmund, dort projiziert auf 3 Meter breite Flachbildschirme im U-Turm – wiederzuerkennen. Die anderen drei Antragsteller wohnen im selben Stadtteil und fürchten, dass auch ihre am selben Tag abgeholten Abfälle dabei gewesen sein können, die vor der Öffentlichkeit ausgestellt werden sollen."

Der Amtsrichter teilte die Befürchtung. Was ein Mensch wegwirft, geht niemanden sonst etwas an – außer es handelt sich um Gift-, Klinik- und Pharmastoffe in strafrechtlich relevanten Mengen und Schlachtabfälle. Die einstweilige Verfügung wurde termingerecht rechtskräftig, da die von Krüger informierte Geschäftsführerin von Italien aus keine Rechtsmittel eingelegt hatte. Sie fand den Vorgang lächerlich, wollte es darauf ankommen lassen.

In der Wirbelluft tanzende Tüten und Indizien

Kapitel 18

Nach einer Woche kehrten Winkelmann und die Produzentin überstürzt vom Benaco zurück. Er hatte die kleinen, abgeschnittenen Streifenstücke die ganze Zeit mit sich herumgetragen – sie immer wieder betrachtet. Es war auf der Terrasse gewesen, etwa zwei Stunden nach Sonnenuntergang. Die Streifen schimmerten im Kerzenlicht. Winkelmann beobachtete die Fledermäuse, die in abenteuerlichen Kapriolen nach Insekten jagten und keine Angst davor hatten, mit Dachfirsten, Ästen oder seinem Kopf zusammenzustoßen, und er fragte sich, wie sich die Goldreflexe im Ultraschalluniversum dieser hochentwickelten Jäger abbilden mochten.

Zwölf Stunden später waren die Ausreißer zurück in Dortmund, und noch am selben Morgen fuhr der Filmmacher nach Hörde zu einem befreundeten Zahnarzt. Er schloss sich mit der MTA in den Röntgenraum ein und überredete die junge Frau, die ihn so oft schon hatte leiden sehen, nicht seine schlechten Zähne, sondern den hingehaltenen Goldstreifen aufzunehmen. Der Befund war positiv.

Im Ultraschalluniversum

Die Röntgenstrahlen wurden offensichtlich von der Goldoberfläche unterschiedlich reflektiert. Die Aufnahme zeigte deutlich ein chaotisches Bildgestöber, vergleichbar mit dem eines alten Fernsehempfängers nach Sendeschluss. Dr. Günnewig taufte das Bild 'Schneegestöber im Zwielicht' und bat allen Ernstes um eine vom Künstler signierte Vergrößerung für sein Wartezimmer, obwohl der Schnee eigentlich zu abstrakt sei. "Versuch's doch mal mit den Kinderfuß-Durchleuchtern, die früher jedes Schuhgeschäft hatte", meinte der Zahnarzt, "da konnte jeder seine Fußknochen sehen."

Die mit Winkelmann befreundete Chemikerin Prof. Nielitz in Münster ging sofort ans Telefon. Winkelmann berichtete von seinem Zahnarztbesuch und hörte überrascht, das bestätige, was ihr selbst und den Studenten aufgefallen sei. Auch ihre Mitarbeiter hätten Reflektionsvarianzen festgestellt, aber als Messfehler interpretiert. Sie werde sich die Diagramme noch einmal genauer ansehen und das Ergebnis morgen mailen.

"Und dass es so lange gedauert hat, tut mir leid. Danke fürs Warten. Honorar: ein Abendessen. Und grüß den Zahnarzt, die Richtung war gut."

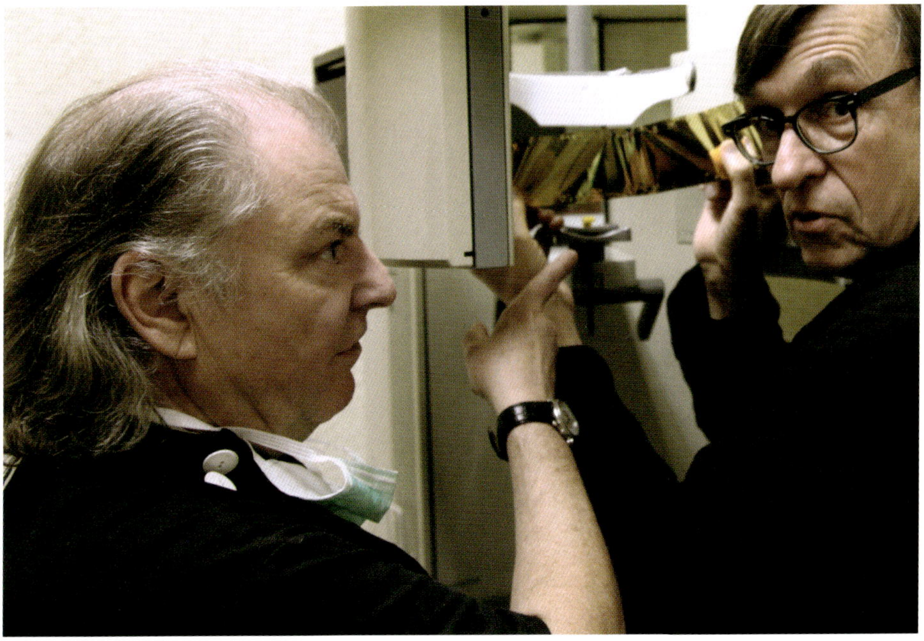

Positiver Befund am Röntgengerät

Die Stoffanalyse des Universitäts-Institutes, das ca. 0,5 Gramm des Rollenmaterials untersuchte – von Winkelmann telefonisch in Auftrag gegeben ohne Hinweis auf ein etwaig bekanntes Alter und ohne den heiklen Zusammenhang mit dem 'Dortmunder Fund' je zu erwähnen – bestätigte Marders Spekulation.

(Christa Nielitz, Münster, 8. Juni 2009)

"Eine Aluminiumlegierung dieser Zusammensetzung, elektrisch nicht leitend, ist bereits ab 1910 in Deutschland und England gängig gewesen und blieb, soweit mein Institut die metallurgischen Vergleichsdaten des vorigen Jahrhunderts übersieht, bis Ende der dreißiger Jahre industriell häufig genutzt.

Was das Gold betrifft, handelt es sich um zwei Schichten molekularen Goldes, die in zwei Prozessgängen auf den Träger aufgedampft wurden. Im Elektronenrastermikroskop sichtbar: Die Oberfläche ist in der Feinstruktur nicht durchgehend plan, ziemlich exakt 50 Prozent. Die andere Hälfte zeigt Schrägstellungen, eine leichte Aufwinkelung sozusagen. Die Winkeldifferenz

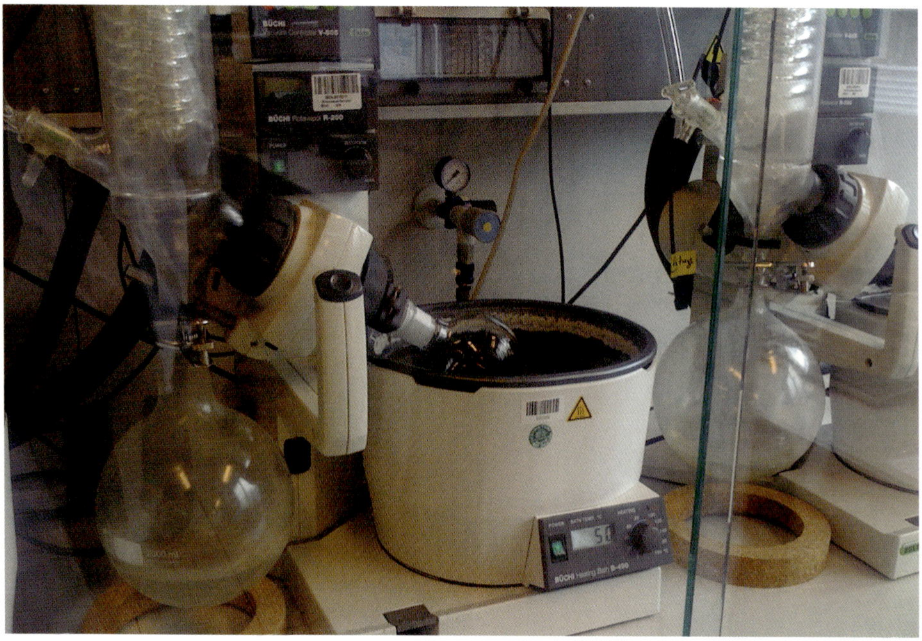

Chemische Analyse

beträgt ca. 10 bis 40 Grad. Elektromagnetische Strahlung irgendwo im Terahertz-Bereich müsste die verschiedenen Reflexionswinkel exakt messbar machen. Diagramme und Fotos anbei …

PS: Bitte seid vorsichtig mit Terahertz-Strahlen, könnten unerwünschte Nebenwirkungen haben, sind bisher kaum untersucht! Viel Glück, und lass mich irgendwann mal wissen, worum es überhaupt geht und wie du weiterkommst."

Die Nielitz-Analyse ließ vermuten, dass in den zwei Materialschichten Informationspartikel gespeichert sein könnten, wobei das benutzte Frequenzspektrum auf eine Informationsdichte hinweist, die heute gebräuchliche DVD- oder Blueray-Scheiben ziemlich alt aussehen lässt. Krüger betrachtete die erklärenden Zeichnungen, die Winkelmann beim Reden anfertigte, und meinte zu verstehen. "Sie hat was gefunden, und ich erklär's dir. Aber von Verstehen können wir nicht sprechen. Niemand kennt eine Technik, die das in den zwanziger Jahren so steuern konnte, fünfzig Prozent plan, fünfzig Prozent wie angekippt."

Prof. Christa Nielitz im Institut für Materialkunde

Der Filmmacher rief gleich darauf bei seinem Zahnarzt an, der zugeben musste, dass sein Röntgengerät seit Monaten eine, wie er sich ausdrückte, leichte Fehlfunktion aufwies. Das Frequenzspektrum sei etwas verrutscht, die Reparatur sei kostspielig, im Übrigen aber seien Terahertz-Strahlen in kleiner Dosis ungefährlich, sie würden demnächst auch bei den Körperscannern im Flughafen benutzt.

Winkelmanns sanfter Druck veranlasste den ertappten Zahnarzt, der Filmproduktion sein gesamtes Röntgen-Equipment auszuleihen inclusive der bildhübschen MTA. Schon am nächsten Samstagmorgen erschien Inka Ploog in ihrer frisch gestärkten, blütenweißen Arbeitskleidung im Studio, um bei der Bedienung des Gerätes zu helfen. Marder digitalisierte die Röntgenbilder und sammelte sie auf einer DVD.

Der Editor Rudolph lachte. "Wenn wir bekifft waren, haben wir am liebsten nach Sendeschluss geguckt. Jeder hat was anderes gesehen, und es waren richtige Filme dabei. Die haben wir uns erzählt und dabei Marmeladengläser ausgelöffelt. Ich immer Pfirsich."

Mit einem breiten, blauen Edding-Stift schrieb Winkelmann am Abend in handgroßen Buchstaben auf die Pinnwand des Produktionsbüros:

"AN ALLE! Wer das hieroglyphische Schneegestöber entziffert, gewinnt eine Dauerkarte für den Signal-Iduna-Park."

Eine gewisse Euphorie machte sich breit.

Kapitel 19

Wegen der ausgesetzten Prämie flog Krüger am 25. Juni 2009 ins 70 km nordwestlich von London gelegene Milton Keynes. In Bletchley Park, am Stadtrand traf er sich mit einem noch lebenden Geheimschriftexperten des Ultra Projects, dem er zuvor Marders DVD mit den Bildgestöbern zugeschickt hatte.

Sechsunddreißig Stunden später war Krüger, keineswegs niedergeschlagen, wieder in Dortmund.

“Was ist rausgekommen? Ich habe zehn Minuten Zeit”, sagte Winkelmann, nahm sich ein Messer und eine Apfelsine mit auf die Besuchercouch und lehnte sich in die Kissen zurück. “Ich ahne – nichts Gutes. Sonst hättest du mich sofort angerufen. Also gibt es keine Dauerkarte.”

“Hätte ja sein können.” Krüger packte zwei DVD-Scheiben aus und legte sie mit den Spesenquittungen auf den Schreibtisch.

“Jost, sie haben sich immer nur mit Analogsprachen beschäftigt. Mit der Entschlüsselung von deutschen Morsesprüchen. Sie haben die ENIGMA-Maschinen geknackt.”

“Das stimmt nicht. Soll ich berichten?”

“Du hast noch neuneinhalb Minuten. Lass mich raten. Deine Geschichte heißt: Tränenüberströmt kehrt Jules Vernes aus den Karpaten zurück.”

Krüger ließ sich nicht beeindrucken. “Eher war’s dein Urwald. Also – ich wäre nicht hingefahren, wenn ich nicht vorher rausgefunden hätte, dass dort eine Kryptologin arbeitet. Sie digitalisiert die Dokumente der alten Dienststelle, heute Museum.”

Winkelmann grinste. “Und sie war zweiunddreißig.”

“Achtundzwanzig. Cindy Randerclitt. Studentin aus Oxford, im letzten Semester. Die zweite DVD ist von ihr. Die alten Baracken gibt es noch, sie arbeitet in Hut Seven. Der Museumsdirektor McKelly brachte mich hin. Ende siebzig, spricht gut deutsch. Er fragte mich, was genau eine Filmproduktion mit solchen Problemlösungen zu tun habe. Da ich ja nicht von unseren Foils sprechen wollte, hatte ich mir was ausgedacht. Erzählte ihm von deinen Arbeiterstadt-Komödien und dass du einen neuen Film planst über eine Künstlerstadt in der Zukunft, in der die vorsichtigen Menschen nicht mehr sprechen, sich nur noch schreiben. Und dass es um Liebespaare geht, und was wohl passieren würde, wenn deren Dechiffriermaschine defekt ist und nur noch unleserliche Zeichenmengen liefert. Was man dann tun würde. Ob McKelly mir glaubte, weiß ich nicht, egal, er nickte amüsiert. A mystery movie.”

Winkelmann gab dem Berichtenden die Hälfte der geschälten Apfelsine ab. “Du meinst, ich mache jetzt schon Filme, von denen ich nichts weiß?”

Krüger nickte. “Halte ich für möglich. Jedenfalls, Baracke sieben – so idyllisch sie unter den Walnussbäumen von außen aussah, ein wenig windschief und mit abblätternden Holzfarben wie für einen Jane-Austen-Film

1940, die Ultra-Telefonistin ‘Sheriff’ Jane Asher

nachgebaut – innen war sie ein hell beleuchtetes Labor von etwa sieben mal fünf Metern. Ringsum Regale und offene Schränke, vollgestellt mit alter Elektronik und neuen Rechnern. Miss Randerclitt bat mich, an ihrem Rechnertisch Platz zu nehmen. Sie zeigte auf eine Tür, die zu einem hinten anliegenden Raum führte. It's closed, I'm sorry, even for me. Sie erklärte, dass sich dort eine der letzten, heute noch funktionierenden Alan-Turing-Maschinen befinde – zwei mal drei Meter groß und fast eine Tonne schwer. Es wäre unhöflich gewesen, sie zu unterbrechen. Sie ging auch noch zu einem mehrlöchrigen Steckbrett in einem der Schrankfächer und sagte: This was The Steckbrett, leading to Alan. Die Vorrichtung heißt auch im Englischen The Steckbrett, hat sechsundzwanzig Löcher, so viele, wie es Buchstaben gibt im Deutschen und Englischen. Mit Steckkabeln wurde zum Beispiel das Loch A mit Loch M und Loch T mit Y verbunden und so weiter, je nach den Schlüsselcodes, die Alan im Nebenraum durchzuprüfen hatte."

Winkelmann klopfte ungeduldig auf den Apfelsinenteller. "Die junge Kryptologin, ja. Alles klar. Und dann habt ihr erst noch Minigolf gespielt."

Krüger lachte. "Ne schöne Frau, das stimmt. Sie war rotblond, hatte Sommersprossen und blaugrüne Augen. So eine Irische, wie es sie wirklich gibt. Also, das Resultat. Das Ergebnis ihrer Versuche mit unserem Bildgestöber ist niederschmetternd. Sie hat es auf vielfältigste Weise bearbeitet und zu entziffern versucht. Sie zeigte mir etwa vierzig modulierte Varianten. Die Flimmerbilder sind nicht anders als die, die wir schon kennen."

"Netter Ausflug. Teuer, aber Fehlschlag." Winkelmann stand auf, sah die Quittungen durch, die Krüger der Produzentin auf den Schreibtisch gelegt hatte.

"Das da war nachts an der Hotelbar. Cindy hat mir erklärt, was der Unterschied ist zwischen irischen und schottischen Whiskys. McKelly und seine Kollegen, Ronny und Sean, tauchten auch noch auf und sangen dreistimmig ein deutsches Weihnachtslied. Stille Nacht."

"Und wir haben inzwischen einen Tresor abgestaubt." Der Filmmacher war zur Bürowand gegangen und betrachtete still das große Foto mit dem Olivenbaum.

Auch mit der inzwischen vom Konrad-Zuse-Museum/Hoyerswerda ausgeliehenen und nach Dortmund transportierten Rechner-Apparatur von 1941 (der historisch ersten Datei- und Rechenmaschine, die auf binärer Basis mit Gleitkomma-Rechnung codierte und decodierte) kam man nicht weiter. Marder hatte die desaströse Idee gehabt, und Winkelmann hatte gegen den Einspruch der Produzentin leider zugestimmt. Zwei Tage vor Krügers Rückkehr wurde auch dieser Versuch abgebrochen. Die Bildgestöber lichteten sich nicht.

(AW Zettelbuch)

"Ein Heidengeld für die Versicherung vorab bezahlt. Allein für den Transport der Zuse-Rechner und Speichermedien und Kabelbäume hatten wir vier LKWs und den leeren Tanzsaal im Parkhaus Barop gemietet und ein Reservestrom-Aggregat. Und alles hier wieder zusammengesteckt. Eine Security-Firma engagiert zur 24-Stunden-Bewachung des Geländes. Hinzu kommt, wir wissen nach dem Fehlschlag noch immer nicht, ob die Signalmengen aus dem Dortmunder Fund überhaupt für eine binäre Decodierung

Baroper Fehlschlag

in Frage kommen, wie wir seit Zuse und seinem Z3 von 1941 keine andere kennen. Die in Barop aufgebaute Installation von 3,2 Tonnen Gewicht wurde wieder abgebaut und ins Museum zurückgebracht. Wir sind dabei aufzugeben. Gab es denn Ende des Ersten Weltkriegs und in den zwanziger Jahren eine nicht-binäre Rechenbasis? Ja, sicher, und in unserer Enttäuschung lachten wir darüber. Das Kinder-Rechenbrett Abakus mit den Querstangen und den jeweils zehn verschiebbaren bunten Holzkugeln. Eine Lösung ist nicht in Sicht. Die Aufforderung zur Euphorie nahm ich zurück.

Gewinn am Rand – wir haben einen Tresor abgestaubt. Er war als Beiladung bei der Anlieferung und versehentlich bei uns abgeladen worden. Und da er nicht auf dem Lieferschein verzeichnet war, weigerte sich der Spediteur, ihn wieder mitzunehmen. Das schwere Ding ist ein kleiner Gorgo T-4,5. Den Schlüssel hatte jemand mit Tape auf die Rückseite geklebt. Der Tresor war leer bis auf ein Foto unbekannter Herkunft, auf dem der Tresor selbst abgebildet ist. Endlich haben die wertvollen Dosen einen sicheren Ort. Ich hab nur keine Ahnung, was wir sichern."

Tresor in unbekanntem Büro, ca. 1952

Kapitel 20

Die Stimmung wurde in den Sommer hinein immer gereizter. Sie gingen sich manchmal schon aus dem Weg. Winkelmann, in seinen Bilder-Urwald flüchtend, drehte Rundschwenks auf Halden und Türmen. Krüger fuhr nach Antwerpen, besuchte einen thailändischen Koch und Restaurantbesitzer, den er seit langem kannte, und machte, als Hilfskoch verkleidet, in der brütend heißen Küche einen Kochkurs. Nachts im Hotel las er die SMS-Nachrichten seiner Tochter Hanna und beantwortete sie, alle anderen ließ er ungeöffnet. Als Winkelmann anrief und fragte, ob man das Zitronengras längs oder besser quer schneide und wann er zurück sei, es gebe was zu überlegen, kehrte Krüger nach Dortmund zurück. Winkelmann nahm ihn mit hoch ins Büro und flüsterte im Tonfall eines Verschwörers: "Es geht nicht um die Lösung, sondern um die gedanklich zugespitzte Fragestellung."

Er zog die weiße Kochmütze auf, die ihm Krüger mitgebracht hatte, und zeigte ihm an der Pinnwand mehrere Fotos. "Wir müssen uns um die vermuteten Informationsmodule auf der Goldoberfläche kümmern. Wenn es sie gibt, müssen sie lesbar gewesen sein. Die richtige Frage ist, wie sind sie auf der Fläche angeordnet und mit welchem Werkzeug kann man sie aufspüren, abtasten und lesen?"

Krüger verstand immer noch nicht, welche Kriterien eine Frage zur richtigen Frage machen, hörte aber geduldig zu und fragte seinerseits Zwischenfragen. Winkelmann lief auf und ab und dozierte. Seine Ausführungen umkreisten das Problem in immer neuen Bildern und Beispielen. Nach eineinhalb Stunden fragte er nach einer Tasse Kaffee. Krüger rief im Studio an, und sofort erschienen drei Praktikanten, weigerten sich allerdings, Kaffee zu kochen, Sie seien gekommen, um sich zu beschweren. Der Chef habe sie letzte Woche einen ganzen Tag Pflöcke, vierhundert Pflöcke in ein Stück Brachland am Phönixsee schlagen lassen. Ohne jede Erklärung, warum und was sie dabei lernen sollten. Das sei kein Film- und Fernsehpraktikum, das sei Tiefbau. Sie verlangten wenigstens einen angemessenen Hilfsarbeiterstundenlohn. Krüger schickte sie ins Büro der Produzentin.

Im Maskenraum, wo er allein sein konnte, notierte Krüger in seine U-Turm-Kladde:

(JK Turm-Notizen)

"Wir sind es gewöhnt, in Zeilen zu schreiben. Von links nach rechts oder von rechts nach links oder von oben nach unten. Unsere Drucker drucken Zeile für Zeile und das mit einer feinmechanischen Präzision, die wahrscheinlich 1920 bis 1926 nicht zu erreichen war. Zur Verdeutlichung zeigt A. mir zwei Bilder, zwei konkurrierende Modelle zur Anordnung der Information auf der Metalloberfläche als Land-Art-Vergrößerung.

1. Das Rechteck, das die abgebauten Requisiten-Container auf der Wiese hinter dem Studio hinterlassen haben.

Geregelte Verteilung

Regellos verteilte Bildpunkte. Wären sie zum Beispiel Buchstaben, bei welchem fängt man an? – welcher wäre der nächste?

2. Ein von unseren genervten Praktikanten angelegtes Feld mit regellos verteilten Markierungspflöcken.

Das Rechteckraster kann man Zeile für Zeile scannen. Ja, verstehe ich. In welcher Reihenfolge aber soll man die Signalpfähle pflücken?"

Sie fuhren über die B1 Richtung Gartenstadt. Zwischen den Chausseebäumen hing Nebel. Aus der Westfalenhalle schimmerte Licht, sie sah aus wie ein schwebendes Raumschiff. In Winkelmanns Küche las Krüger vor, was er verstanden und aufgeschrieben hatte. Winkelmann schien mit den Spaghettini und seiner Pestosauce zufrieden zu sein. "Geht doch. Nur nicht verkrampfen. Die Frage einfach liegenlassen."

Nach dem Essen erzählte er Krüger die Geschichte des Feinmechanikers und Naturfotografen Oskar Barnack, der bei dem Versuch, einen Belichtungsmesser zu bauen, versehentlich die berühmte Leica erfand. Die Kamera setzte sich mit dem Kleinbildformat 24 mal 36 mm ab 1925 weltweit durch und war bis heute nicht grundsätzlich verbesserbar. Barnack war Asthmatiker und nicht in der Lage, die großen und schweren Platten- und Großformatkameras zu tragen.

"So viel zum Thema Behinderungen, Umwege, Ankommen vor der Wand und Nichtweiterkommen", sagte Krüger und warf sich müde in die Couchkissen. "Jetzt musst du nur noch sagen, welche Krankheit uns in der derzeitigen Lage, ohne dass wir es merken, weiterbringt."

"Glückwunsch, das ist eine verdammt gute Frage."

Die ersten Herbsttage kamen und – eine Terminzusage aus dem Rathaus. Auf dem Weg dorthin hielt Winkelmann an der Kreuzung Hiltropwall/Rheinische Straße an und fotografierte die schon fertiggestellten drei Untergeschosse der Krankenkasse. Noch vier weitere Etagen, dachte er, dann kann man wirklich von hier aus den Turm nicht mehr sehen.

Als er zur vereinbarten Zeit im Rathaus erschien, war das OB-Büro verschlossen. Was los war? An den Tischen der wunderbaren Wahlparty, die hier

Aufbau West

FREUNDLIEB
DIENSTLEISTUNG UND BAU

nachts zuvor stattgefunden hatte, waren die Mitarbeiter des Partyservice beschäftigt, die Luftschlangenknäuel aufzusammeln, die Gläser und Essensreste beiseite zu räumen und auf die Geschirr- und Abfallwagen zu packen. Vereinzelt huschten Würdenträger und Angestellte durch das Rundfoyer und die Gänge.

Einen der Vereinzelten, der fassungslos, mit Tränen in den Augen an eine der Säulen gelehnt stand und in die Kuppel starrte, sprach Winkelmann an. "Entschuldigen Sie, was ist denn passiert?"

"Das Fest ist aus", sagte der Entnervte. Er nahm seine goldene Brille ab und nestelte ein Taschentuch aus der Jacke. "Alles war so gut, ein Riesenfest, ein Fest der Freude und des Glücks, wie ich es in vierzig Jahren Zugehörigkeit noch nie erlebt habe, soviel Eintracht und Solidarität. Und der Wähler hat uns belohnt. Noch nie war die Partei so stark, auch mental. Der Alte ist sogar auf seinen Nachfolger zugegangen, das hätte er weiß Gott nicht nötig gehabt nach allem, was man ihm angetan hat. Er ist auf ihn zugegangen, oben auf der Balustrade, alle haben es gesehen und applaudiert. Und dann hat er den Neuen tatsächlich umarmt."

"Danke für die Auskunft", sagte Winkelmann, sah sich um und versuchte, im Foyer weiteres zu erfahren. Die Frau hinter dem Rezeptionstisch winkte freundlich ab. "Wir wurden noch nicht informiert. Kein Kommentar."

Dann stellte sich Winkelmann zwei heraneilenden blonden Ratsfrauen in den Weg. Sie klärten den Sachverhalt auf. "Sehen Sie, was sich in diesem Rathaus abspielt, ist für unpolitische Menschen schwer zu verstehen", sagte die Ältere. "Das, was für Sie wie eine Katastrophe aussieht, ist in Wahrheit eine total spannende Hängepartie, einzigartig, bundesweit noch nie gespielt. Es gibt zwar einen neuen GOB, einen gewählten Oberbürgermeister, ob aber dessen Wahl tatsächlich gültig ist, muss noch festgestellt werden. Es soll plötzlich Einsprüche und Anfechtungen geben."

Die Jüngere fiel ihr ins Wort. "Dass diese Wahl ein Nachspiel haben würde, war doch jedem klar. Sind Sie von der Presse?"

"Nein, ich habe einen Termin", sagte Winkelmann. "Beim OB. Aber das Büro ist verschlossen."

"Wird es auch noch eine Zeitlang bleiben", lächelte die Jüngere. "Möglicherweise muss man sogar das nächste Jahr abwarten im Fall, dass eine Wahlwiederholung angeordnet wird."

"Und stattfindet", ergänzte sie Ältere. "Und wenn dann keiner wählen geht oder die Wahl nicht finanzierbar ist, ist absehbar, dass Dortmund gar keinen neuen OB bekommt. Das könnte man für ein Volldesaster halten, muss man aber nicht. Wir hätten die Chance, PR-mäßig in eine herausragende Vorreiterrolle zu geraten. Das große Ziel der Ruhrgebietsstädte ist es doch, sich zusammenzuschließen und die eifersüchtige Kirchturmpolitik zu unterlassen. Dortmund könnte ein Zeichen setzten und als erste Ruhrkommune auf einen eigenen Oberbürgermeister verzichten."

"Es sind auch noch andere Innovationen im Gespräch", mischte sich die Jüngere wieder ein. "Weiterreichende!" Der Vorläufig Runde Tisch, VRT, diskutiere den Vorschlag, Verwaltungsfunktionen nicht abzuschaffen, sondern zusammenzufassen. Nehmen wir mal ein Beispiel. Die Tätigkeiten des Brachflächendezernenten, des Kämmerers, des Freizeitkurators und des Stadtdirektors sind so wenig arbeitsintensiv, dass man eine einzige tatkräftige Person mit allen vier Aufgaben betrauen könne. Die Einsparungen könnten signifikant, die Synergien erheblich sein, und es sei vorläufig beschlossen, ab Herbst 2010 ein derartiges Pilotprojekt zu starten. Es wäre doch schön, wenn Dortmund in Zukunft als erste Ruhrkommune sagen könnte: Niemand ist zuständig, außer einem – und der für alles.

Winkelmann gab nicht auf. "Es geht um das Dortmunder U. Wer ist denn dafür wenigstens vorübergehend zuständig?"

"Um Himmels Willen, das Dortmunder U", entfuhr es der Älteren. "Da werden Sie keinen Zuständigen finden. Aber Sie können ja mal Ihr Glück im Alten Gildehaus versuchen. Da tagt heute die ganze ehemalige Stadtspitze im Aufsichtsrat der DGS 21."

Winkelmann rief Krüger an, bat ihn, im Studio zu bleiben und den Ausstatter anzurufen. "Sag ihm, wir brauchen sofort ein Bernsteinzimmer. Für eine Märchenszene. Material ist egal, es muss nur richtig funkeln und glänzen, wie ein Büro aussehen und am Ende wachsartig schmelzen. Die Vorklärung der Drehtermine und die Verhandlungen mit dem Darsteller des unzulässig Gewählten mach ich gleich selbst. Und find mal raus, was die DGS 21 ist."

Die Dortmunder Goldsammel-Stelle DGS 21, wie Krüger am 6. September herausfand, gab es wirklich. Am Rand eines Konzertes im Lord-Rasenburg-Haus hatte ihm ein im Beförderungsverfahren übergangener Landebahn-Assistent aus Wickede den entscheidenden Hinweis gegeben.

Mit dem Kameramann fuhr Krüger zum Hinterhof der ehemaligen Union-Wäscherei. Slama fotografierte die Warteschlange der Stadtbürger, die dem Aufruf der in Finanznot geratenen Kommune gefolgt waren und hier altes Münz- und Familiengold spendeten. Ein Zusammenhang mit unterirdischen Metallversuchen, die der Landebahn-Assistent auch noch erwähnt hatte, wurde im Sekretariat der DSG 21 nicht bestätigt.

Slama und Krüger bekamen beim Geschäftsführer der Sammelgesellschaft keinen Gesprächstermin.

Sammelstelle

“Der Chef ist auswärts, und ich kann ihn nicht erreichen, sein Handy-Akku ist leer”, sagte die Vorzimmerfrau. “Sie können aber davon ausgehen, dass unsere Aktion im Sinne des sozialen Zusammenhalts von großem Sinn ist. Die Schlange draußen steht freiwillig da.”

Einer der Wartenden draußen, den Krüger interviewte, bestätigte die Version. “Wenn wir alle hier helfen können, tun wir das. Ihren Paparazzo können Sie zurückpfeifen. Wir sind Westfalen und mögen es nicht, fotografiert zu werden. Im Gegensatz zum Rheinländer, der sich vor jede Linse schmeißt.”

Eine ältere Dame, den Tränen nahe, zeigte Krüger ein Foto, das sie aus der Handtasche zog. “Hier, an genau dieser Stelle war damals die Winterhilfe. Da hat schon meine Mutter mitgemacht.”

Ausgabestelle

Kapitel 21

Winkelmann hatte unterdessen von der Leitung der Westfalenhalle die Genehmigung bekommen, während des Vorsaison-Trainings der Steher-Profis zu drehen – Bilder für das Elfer-Oval im U-Turm. Die mit 70 Stundenkilometern vorbeijagenden Rennfahrer hinter den ohrenbetäubend donnernden Maschinen waren die Objekte, die Chefauge Slama mit der Kamera einzufangen versuchte. Krüger hockte etwas abseits, neben dem Regiestuhl, auf einem Aluminiumkoffer.

Der Filmmacher war unzufrieden. "Ihr sollt die Radfahrer nicht einfach verfolgen! Sie sollen so langsam wie möglich von rechts nach links durchs Bild fahren!"

Der Schwenker war hilflos, bis Slama ihm die Regie-Anweisung übersetzte: "Sei genau so schnell wie sie. Nur etwas langsamer."

Runde für Runde versuchte der Schwenker sein Glück. Krüger notierte den abstrusen Dialog.

(JK Turm-Notizen)

"Genauso schnell wie sie, nur etwas langsamer! Du musst die Bahn mit der Kamera ablecken! Kratz die Kurve! Grab dich in die Bahn! – Plötzlich sah A. mich an: Wie komm ich auf graben? Und nach einer Pause: Wir sollten uns mit Bergbaumaschinen beschäftigen! – Es war das erste Mal in all den vielen Jahren, dass ich dachte, jetzt noch einen Schritt und er ist unerreichbar weit weg."

Spiralschwenkversuche anlässlich eines Steher-Rennens in der Westfalenhalle 1

Krüger zeigte auf den Kontrollmonitor. "Tolle Bilder, aber ihnen wird was fehlen."

Winkelmann schaute auf. "Willst du mich ärgern? Was denn?"

"Der eigenartige Geruch des verbrannten Methanols. Die Nebelschwaden der Verbrennungsgase. Sie wirken narkotisch."

Der Filmmacher winkte ab. "Die verschärfte Fragestellung heißt: Wie ist es möglich, scheinbar regellos verteilte Objekte auf einer Bahn nacheinander zu erfassen? Ist das klar? Ich spreche von den Dateipartikeln auf den Foils."

"Und da kommst du so eben auf Bergbaumaschinen?"

"Genau. Die holen jede einzelne Kohle aus dem Flöz."

Das Gespräch brach ab – gerade war einer der Rennfahrer von der Rolle, aus dem Windschatten gekommen und verlor in Sekunden den Anschluss, 20, 30, 50 Meter. Die Motoren der Konkurrenz drehten auf. So macht man einen Abgehängten noch fertiger.

(Exkurs)

Bei der kursorischen Sichtung der Geständnis-Sammlung fiel Winkelmann einige Tage später auf, dass die Selbstaussage von Frau Pauly fehlte, die am Rand des Steher-Trainings in der Westfalenhalle aufgezeichnet wurde, aus Versehen, in Abwesenheit des Kamerateams. "Ayse, Jenny, bitte, wo ist die?"

Krüger, nicht dabei gewesen, er war erst später in die Halle gekommen, verstand nicht, was das hieß, aus Versehen. Winkelmann erzählte von der Tätowierten.

(JK Turm-Notizen)

"Slama bestätigt, es ist so gewesen. In den Katakomben der Westfalenhalle, wo sie gerade ein paar Tests gedreht hatten, standen Stehtische herum, ein paar Mitarbeiter der Haustechnik, die dort rauchten, und eine Frau im Kostüm. Die Crew war durch die offene Tür rüber zum Catering nebenan. Als sie zurückkamen, war der Raum leer, aber es lag auf dem Stehtisch, wo die Frau gestanden und den Kameraleuten unverhohlen neugierig zugesehen hatte, eine Autogrammbildkarte, unterschrieben mit I. P. Auf die Rückseite

hatte sie geschrieben: Hab was in Ihre Kamera gesagt. Lief noch. – Als A. den Sportlichen Leiter der Veranstaltung fragte, wer die Frau auf der Autogrammkarte sei, bekam er zu hören, eine Schauspielerin aus dem Hotel nebenan, sie habe mittags hier trainiert, 40 Runden, Inka Pauly, eine Talentierte." (Siehe Anhang 09: Geständnis der Tätowierten)

Der telefonischen Anfrage der Produzentin, ob man die Beichte aus der Westfalenhalle später im U-Turm veröffentlichen dürfe, stimmte Frau Pauly zu.

(Exkurs Ende)

Das Geständnis der Inka Pauly

Kapitel 22

Krüger und die Produzentin waren ratlos. Jetzt ging es also um Bergbaumaschinen? Winkelmann und sein Technikerteam beschäftigten sich zwei Septemberwochen lang ausschließlich mit Bergbaumaschinen – im Besonderen mit der beeindruckenden Kohlenschräme. Welchem Phantom er nachjagte, verriet er schließlich bei einem Abendessen, überrascht, dass jemand schon wieder von Krise sprach.

"Ich hab es doch Slama erzählt."

"Danke. Uns aber nicht."

Die Produzentin war sauer, Krüger auch. Winkelmann nahm die beiden mit zum nächsten Bildschirm und zeigte ihnen die Fotos, die er in Bochum gemacht hatte. Es ging um die SL 750. Das bei der Firma Eickhoff in Bochum stehende Exemplar, es wurde gerade für eine Zeche in Shenhua/China fertig montiert, wiege komplett 78 Tonnen, hatte ihm der Chefingenieur erklärt. Es werde eine Förderleistung von täglich zwanzig bis dreißigtausend Tonnen Kohle haben. Ihre Zähne bearbeiten lückenlos jeden Punkt der angefahrenen Schräm-Fläche im Flöz.

Er hatte schon vor Tagen die Idee gehabt, die Bergbaumaschine zu miniaturisieren, eine einfache mechanische Konstruktion, die seiner Ansicht nach geeignet sein könnte, die scheinbar regellos auf der Goldfläche verteilten Zeichen lückenlos abzutasten. Er vermutete, dass es eine solche Kreiselabtastung Anfang der zwanziger Jahre durchaus gegeben haben könnte. Das Prinzip der Schrägabschrämung, habe der Bochumer Spezialist erklärt, sei gar bereits um 1820 bekannt gewesen und in mechanischen Schmirgelmaschinen zur Anwendung gekommen.

Was hat Kohle mit Gold zu tun?

(AW Zettelbuch)

"Wenn wir weiterkommen, werde ich das Gerät SPIRA nennen. – Spiralschraubabtaster, schräg laufend."

Winkelmanns 3D-Operator Hanno Hassler konstruierte auf präzise Vorgaben hin – "Mach schräger!" – den kinderschuhgroßen SPIRA 1 auf seinem Reservecomputer als 1:1 Drahtmodell. Er brauchte Tage, um die aus Bochum vom Hersteller Eickhoff mitgebrachten Blaupausen zu entziffern, dann war es soweit.

Der erste Lesekopf der SPIRA-Klasse wurde am 29. September in Auftrag gegeben bei Voxi Haase, der ehemals Autoschrauber, heute stolzer Betreiber einer Werkstatt für belastbare Feinmechanik war, gefördert von der Landes-Innovations-Initiative mit EU-Mitteln.

Die Vorgabe war: exakte Verkleinerung der Großschräme, Spurbreite 60 mm passend für die vorliegenden Goldstreifen. Die Firma Haase versprach, bis zum 20. Oktober fertig zu

Lesekopf wird gefräst, vierter Versuch

Kapitel 23

Der bestellte Lesekopf kam nicht. Haases Ausreden wurden täglich fadenscheiniger, schließlich erklärte er die Verzögerung damit, dass er und seine Freundin Herpes bekommen hätten und er wegen des Medikamentes weder richtig schlafen noch konzentriert hätte arbeiten können.

Winkelmann blieb guter Dinge, riet zur Geduld, gab aber selbst nicht das Bild eines Geduldigen ab. Seine Phantasiebilder überschlugen sich, nahmen Gestalt an und wickelten sich um den Turm. Allerdings nur in seinem Kopf. Das reichte ihm nicht.

Am 19. Oktober beauftragte er Tobias Marder, ein technisch realisierbares Konzept zu entwickeln, mit dem er in der Lage sein würde, seine Bilder um den Turm fliegen zu lassen. "Und damit es für euch nicht ganz so einfach wird", sagte er und blickte dabei fast bösartig in die Runde, "nicht außen, vor dem Beton, sondern dahinter!"

"Und wenn ich dich richtig verstehe", stöhnte Marder, "sind die Bilder nicht aus irgendeinem Material, sondern aus Licht!?"

"Genau! Ausschließlich Licht. Ein Mantel aus Licht. – Nein, ich korrigiere: Unterwäsche aus Licht. Oder sagen wir: durchsichtige Dessous, ein transparenter Schleier aus Licht, wenn ihr versteht, was ich meine."

Von diesem Tag an mussten Marder und sein eigens erweiterter Technikerstab jeden Morgen um halb acht, zwei Stunden bevor das Drehteam mit der Arbeit begann, zum Jour fixe erscheinen und über den Fortschritt der Erfindungen berichten. Schnell war klar, dass man ein bis zwei Millionen

Lichtpunkte applizieren müsste, um den anspruchsvollen Vorgaben von Unstofflichkeit, Transparenz und Schwerelosigkeit der Installation gerecht zu werden. Diese Lichtpunkte als LEDs in irgendeinem asiatischen Billiglohnland günstig zu beschaffen, sei durchaus denkbar, meinten die Techniker. Das viel größere Problem sei die Ansteuerung. Jede einzelne LED müsse schließlich mindestens fünfzigmal in der Sekunde angesprochen und aufgefordert werden, von zweihundertsechsundfünfzig möglichen Helligkeitszuständen einen ganz bestimmten anzunehmen. Das Volumen der Steuerelektronik schätzten sie auf fünfzehn bis zwanzig Kleiderschränke.

"Irgendein Versteck werden wir schon finden", sagte Heiner Rudolph.

Wenn Marder morgens um halb zehn mit seinen Leuten abgezogen war, gönnte sich der Hyperaktive, eigentlich nur um das frühstückende Drehteam aus der Kantine zu scheuchen, eine Tasse Kaffee und drehte ein Geständnis nach dem anderen.

Den fotogenen Studio-Buchhalter Peter Rothkötter zu nötigen, vor der Kamera ein Geständnis abzulegen, fiel ihm nicht schwer. Rothkötter war

Peter Rothkötter, Single

schon mehrfach dabei ertappt worden, während der Bürostunden private Mails abgesetzt und Internet-Kontakte gepflegt zu haben.

Am 23. Oktober war es soweit, dass er ermahnt werden musste. Winkelmann sagte: "Entweder oder – und oder heißt, Sie kommen jetzt mit in den Aufnahmeraum und erzählen, was Sie da dauernd machen. Gage gibt's nicht."

Rothkötter war die Alternative zwar peinlich, aber er stimmte nach kurzem Überlegen zu. Er hatte sich vor der versammelten Studiomannschaft an einen ausgeleuchteten Tisch zu setzen und das Notebook aufzuklappen. Nach zwei leicht verstotterten Takes war der Filmmacher zufrieden. (Siehe Anhang 10: Geständnis des Buchhalters)

In den nächsten Tagen drehte er eine Vielzahl weiterer Geständnisse. Alles und jedes inspirierte ihn. "Er rauscht", berichtete Krüger. Manche Texte schrieben sie selbst, erfanden sie, oft nachts und hastig. Für andere gab es – oft gar nicht verbesserbar – reale Vorlagen in der Sammlung der O-Töne und Interviews, die sie aufgezeichnet hatten. Winkelmann nahm die Texte

Ida Rilke hat Gemüse abgewogen

Vera Kubasik weiß nicht, wie es angefangen hat

Pierre Lohmer, gequälter Schalke-Fan, zu Hause

und entwickelte mit seinen Schauspielern Miniaturen über die Last des Lebens, die Trauer, die Hilflosigkeit. (Siehe Anhang 11: Vera Kubasik weiß nicht wie es angefangen hat und 12: Ida Rilke hat Gemüse abgewogen)

Einer befreundeten Journalistin, die an einem Werkstattreport arbeitete und Winkelmann fragte, was der Sinn der Porträtsammlung sei, erklärte er, das entscheide jeder für sich. "Stell dir einfach vor, du sieht eine Briefmarke an, vergrößert im Treppenhaus des U-Turms, ein Porträt, ein Gesicht, und plötzlich fängt die Person an zu sprechen und erzählt dir, was sie in ihrem Leben falsch gemacht hat. Du wirst stehen bleiben und zuhören. Du willst es nämlich wissen."

Abends in der Hövelpforte – sie hatten Linda Gräber, die Radiofrau, zum Essen eingeladen – kam er mit seiner neuesten Entdeckung heraus. "Ich hab's erst nicht geglaubt. Die haben 1926 den Turm nach FIFA-Maßen gebaut! Tatsächlich. Wusstet ihr das? Die hochformatigen Rahmen zwischen den Pfeilern der Dachkrone sind genauso groß wie Fußballtore, 7 Meter 32 mal 2 Meter 44, nur hochkant gestellt."

Gab es damals schon die FIFA?

Linda wusste mit der Auskunft nichts anzufangen. "Weiß man, warum der Architekt so was gebaut hat? Zweite Frage – gab es damals schon die FIFA?"

Der Filmmacher putzte seine Brille und rieb sich die Augen. "Die Maße können Zufall sein. Aber nicht die Rahmen selbst. Leere Rahmen. Der Mann hat in Lichtbildern gedacht. Jost, du erinnerst dich an den kleinen Szymaniak, der nachts nicht schlafen konnte, weil sie gegeneinander kämpften – die Taggestalt und die viel stärkere Nachtgestalt." Winkelmann setzte die geputzte Brille wieder auf. "Die Taggestalt ist der Steinklotz, der da steht, das, was ein Baumensch wie Christian Rasch sieht, wenn er draufschaut. Die Nachtgestalt ist das, was Emil Moog eigentlich im Sinn hatte. Ich habe noch einmal meine Fotos durchsucht und eins gefunden, das die Kolonnaden von innen zeigt. Sie sind Kulisse, zur straßenabgewandten Seite hohl, gebaut, um Scheinwerfer verstecken zu können. Man kann die alten Befestigungspunkte noch sehen! Nach meiner Überzeugung hat er das Dach aus dem Inneren der Pfeiler beleuchtet und die Pfeiler selbst als dunklen Rahmen für das Lichtbild genutzt. So erscheint der nachts beleuchtete Teil des Gebäudes wie ein

Das Innere der Dachkrone von oben

Juwel in seiner Fassung. Ein geniales Beleuchtungskonzept aus verdecktem, nicht blendendem Flutlicht, einem Kupferdach und hellen Putzoberflächen als Lichtbrecher und Reflektoren. So erklären sich auch die eigenartigen Pilaster an den Betonteilen der Dachkrone. Die plastische Durchformung sorgt für zusätzlichen Schattenwurf. Der U-Turm, wie Emil Moog ihn geplant hat, war Lichtarchitektur, die Nachtgestalt des Gebäudes war ihm wichtiger als die Taggestalt. Und das war 1926 echt Avantgarde. Ich habe unseren 3D-Operator Hanno Hassler gebeten, uns mal diese ursprüngliche Beleuchtung des Turms als Modell zu realisieren. Ihr werdet staunen."

Linda zog die Abbildung zu sich herüber. "Hat denn der Denkmalschutz nicht darauf bestanden, dass das genau so rekonstruiert wird?"

"Die haben nur Beton gesehen und das Kupferdach und sich weiter keine Fragen gestellt."

"Kann das heißen, der Begriff Lichtarchitekur ist beim Denkmäleramt noch nicht angekommen?" Die Radiofrau wollte es nicht glauben. "Wie kann man denn bei einem solchen Gebäude das Licht außer Acht lassen? Wie borniert!"

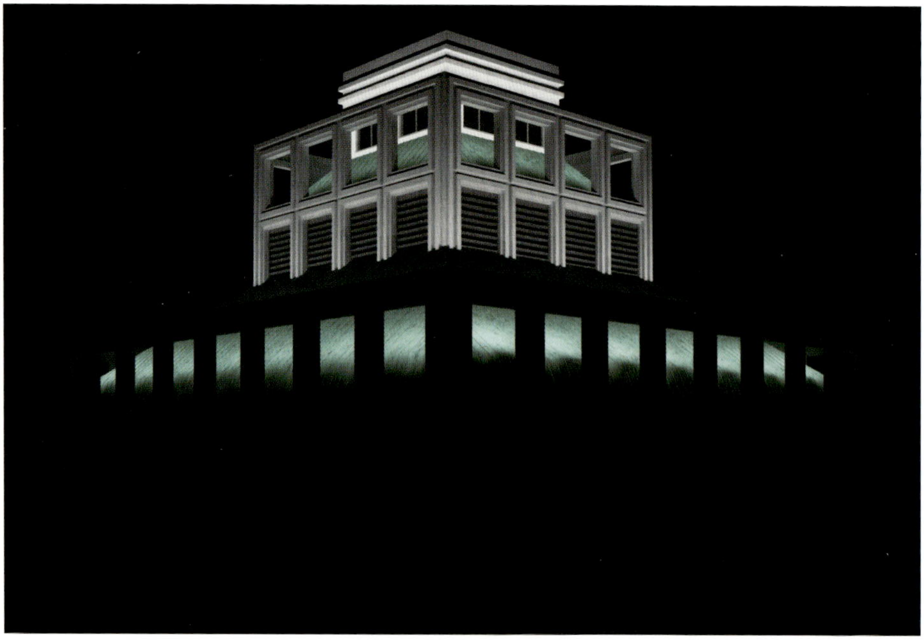

Die Nachtgestalt 1927, Rekonstruktion

"Sie haben darauf bestanden, dass das Dach wieder mit Kupfer gedeckt wird. Dabei vergessen, dass Kupfer in der sauren Luft heute nicht mehr grün oxydiert, sondern unansehnlich dunkelbraun wird."

Krüger mischte sich ein. "Jetzt sag doch schon, was du mit den Betontoren machen willst. Mach's nicht so spannend."

Winkelmann nickte. "Es ist spannend, ja. Wir machen einfach da weiter, wo Moog aufhören musste. Jedes einzelne Tor wird ein Bilderrahmen. Da setzen wir Tauben rein, sechs Meter groß. Einmalig! Größer als das Original! Wir suchen uns eine besonders große Rasse. Damit wir sie nicht so stark vergrößern müssen. Ich mach mal eine Zeichnung."

Winkelmann ließ sich von der Kellnerin die Tageskarte bringen, begann zu zeichnen und erklärte, dass ein Taubenvatter – FIFA-mäßig ohne Privatschmuck, Kette, Ring oder Ohrring – hinter einem der Anflugfenster stehen müsse, um mit einem Läppchen etwas landesweit Übergroßes abzuwischen.

Linda, als Winkelmann zur Theke vorgegangen war, um zu bezahlen, stellte augenrollend die mitfühlende Frage: "Wie hältst du das aus, jeden Tag? Oder hab ich das richtig verstanden, er will Tauben vergrößern?"

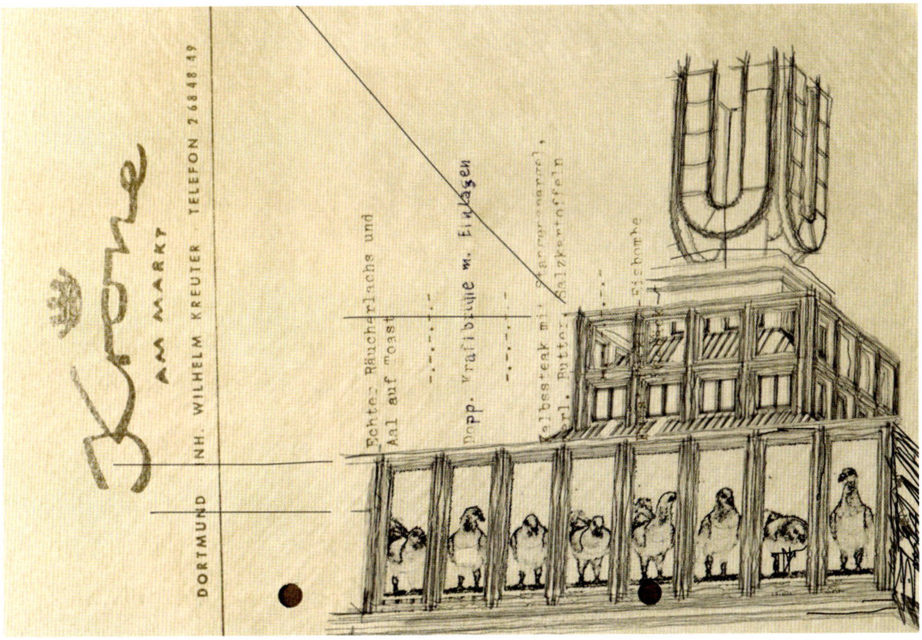

Menükarte 'Krone am Markt' – Scribble 'Tauben im Turm'

(JK Turm-Notizen)

"A. war völlig überdreht, euphorisch. Das mit der Taubenkacke wollte ich nicht ernst nehmen. Bis Ovis anrief."

Als Krüger – auf den SOS-Ruf hin – den Bildhauer Ovis Wende in der Werkstatt am Krückenweg aufsuchte und fragte, was denn zu klären sei – er sei nicht der Filmmacher –, legte der Künstler den Schlagbohrer beiseite, nahm Schutzhelm und Staubbrille ab und räumte die Tür zum Kabuff frei, in dem eine kleine Küche und eine Bettstelle eingerichtet war.

Während er einen Espresso vorbereitete und zwischen Kraut und Rüben zwei saubere Tassen suchte, erklärte er, dass er sich über Winkelmanns hastigen Besuch am Morgen zwar erst gefreut habe, hinterher aber bloß verwirrt gewesen sei. "Richtig hab ich's nicht verstanden. Ich dachte, vielleicht weißt du Bescheid. Er sagte, er braucht ein Bühnenbild, große Tauben aus Styropor, naturalistisch bemalt. Sie sollen aussehen, als ob sie im offenen Verschlag hocken und neugierig rausgucken, aber noch nicht losfliegen. Die würde er dann auf das Dach der Bahnhofshalle stellen und bei Sonnenuntergang fotografieren. Mit groß meinte er sechs Meter dreißig. Das hätte damit zu tun, dass die Dachkronenfenster der alten Brauerei, in denen er die Tauben später zeigen will, etwas über sieben Meter hoch sind. Das ganze Happening will er filmen und die Dortmunder Bürger auf ein Union-Bier am Bahnhofsvorplatz einladen, von Bergmann-Bräu original nachgebraut. Die fotografierten Tauben würde er später für eine Ansichtskarte, soweit ich verstand, ohne Bahnhof in eine historisch alte Aufnahme des Turms montieren."

Krüger war zunächst sprachlos und musste zugeben, von diesem Plan in dieser Variante noch nichts gehört zu haben. "Ich weiß von dem uralten Foto und von den Tauben, aber warum er sie nicht in klein fotografiert, verstehe ich auch nicht. Was für ein maßloser Aufwand!"

Der Bildhauer sah seinen Besucher mit einem Ausdruck großer Besorgnis an. "Ist alles in Ordnung mit ihm? Du kennst ihn doch besser. Ich werd mich mal umhören, wo es so große Styropor-Blöcke gibt. Aber was ist, wenn er seine Pläne ändert? Steh ich dann hier mit diesen Riesenklötzen rum? Die nimmt doch keiner zurück."

Krüger nahm ihm die Sorge ab. "Seine Pläne ändert er selten. Und wenn deine Tauben kleiner werden, muss er sie eben fotografisch vergrößern."

Die Fragen klärten sich. Ein paar Tage später wurde am Bahnhof fotografiert, mit acht Tauben von sechs Meter dreißig. Das im Sonnenuntergang schimmernde Gefieder der Vögel war nicht aufgemalt, sondern von Ovis Wende kunstvoll aus hochglanzlackierten Wäschedaunen gestaltet.

Nach der Foto-Aktion wurde die schönste der Tauben ins Studio transportiert. Sie reichte bis knapp unter die Decke. Einige Beleuchtungsgeräte mussten deshalb abmontiert werden. Die Produzentin, als sie die Bescherung sah, war begeistert. "Und wo sind die anderen? Die waren ja nicht gerade billig."

"Die hab ich verschenkt", sagte Winkelmann. "Aber diese eine hier kommt zurück zum Turm, wenn's soweit ist. Natürlich nicht aufs Dach. Da sind die Tauben aus Licht. Erinnert euch, der Tresor des Davids, der ist unbewohnt. Stellt euch vor, der Boden rollt beiseite und die Hydraulik fährt diese riesige Taube zwischen den Besuchern hoch auf null. Alles fast lautlos. So was hat noch keiner gesehen."

Winkelmann setzt Tauben ins U

Kapitel 24

29. Oktober. Endlich, die miniaturisierte Spiralschraub-Schräme war angeliefert – SPIRA #1, der Lesekopf, der die Goldstreifen lückenlos abtasten soll. Haase packte ihn stolz aus und erklärte Marder die heraushängenden Drähte für die Verbindung zum Rechner. Marder war sauer. Er hatte mit einer genormten Schnittstelle und ordentlichen Steckverbindungen gerechnet und weigerte sich, die Lötarbeiten zu übernehmen.

Am Ende kam es zu einer friedlichen Einigung. Haase versprach, dem Verärgerten unter der Hand eine neue Wandhalterung für seine private Satellitenschüssel zu schweißen.

Sechsunddreißig Stunden später lieferte der schräg laufende Spiralschraub-Abtaster erste sporadisch aufscheinende Bild-Ereignisse. Heiner Rudolph nannte sie erst "Zitterwolken", dann "Pfeilchaos". Sie veränderten sich minimal, je nach den Codices, die man anwendete. Aber eigentlich waren sie in ihrer Ungestalt alle gleich.

"Wir haben jetzt zwanzig von den Schwabbelzickzackdingern angeguckt", seufzte Krüger. "Frag mich nicht, an welches ich mich erinnere. An ein einziges, weil ich kurz dachte, da stehen zwei Bäume oder Personen."

"Wahrscheinlich du und der Chef." Marder ließ sich in seinen Drehstuhl fallen, warf den Kopf in den Nacken und schloss die Augen. "Und der eine hat zum anderen gesagt, warum machen wir nicht was anderes? Zum Beispiel ein Halmaturnier. K.-o.-System?"

Das Herz des Goldstreifen-Scanners

Feinjustage der Schräme mit einer handelsüblichen Funkfernsteuerung für Modellflugzeuge

(AW Zettelbuch)

“Das hat so keinen Zweck. Planlos suchend sind wir mit unseren Mitteln hier noch dreißig Jahre oder mehr beschäftigt und warten auf den guten Zufallstreffer. Ohne zu wissen, ob es ihn je geben wird. Ein großer, viel schnellerer Rechner müsste her und ein ‘Chefauge’, das entscheidet, was ein Bild ist.”

Marder schlug vor, die Minimalvarianzen einfach zu verstärken und so die fehlende Unterscheidbarkeit zu verdecken. Er verspreche, ein solches Pfeilchaos in spätestens einer Woche in ein Klarbild verwandelt zu haben. “Wenn ihr mich schrittweise interpolieren lasst, kann ich dem Chaos einen Bildinhalt wiedergeben, den es garantiert nie hatte! Das ist zwar auch kein Ergebnis, sieht aber wenigstens danach aus.”

Wie zu erwarten war, lehnte Winkelmann den Vorschlag ab. “Wir fälschen nicht, wir suchen.”

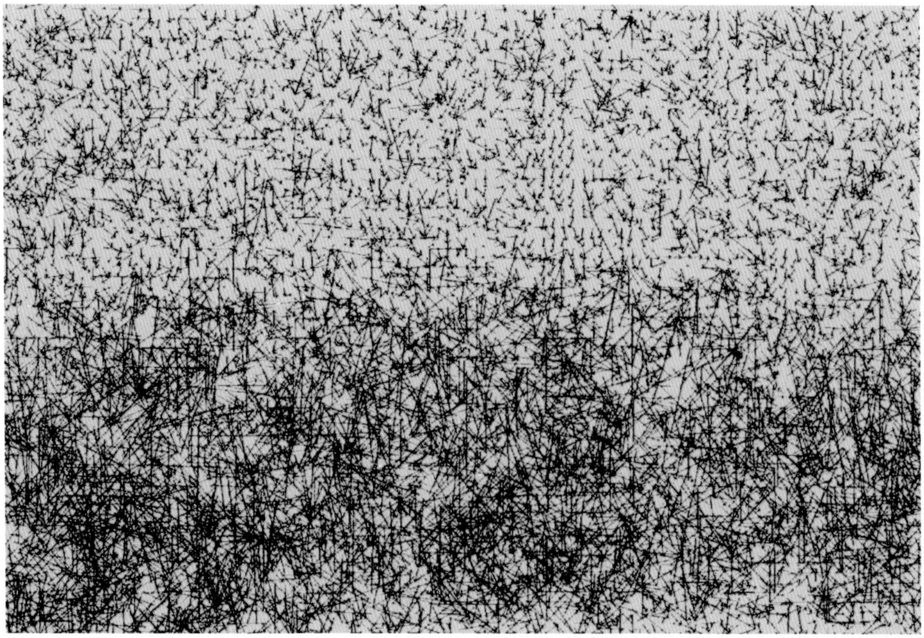

Erstes Bildergebnis, SPIRA 1

Kapitel 25

Treffen mit Mecbec am 23. November nachts im 'Sissikingkong'. Im Hintergrund lief die Crash Dead-CD 'The Ur-Flut'. Man konnte sich halblaut unterhalten. Winkelmann kannte den Chaos-Computer-Club-Hacker seit mehreren Jahren. Auf jeder der jährlichen Conventions des Clubs lief im Nachtprogramm sein 1987 im Kino gefloppter Film 'Peng, du bist tot'.

Der Filmmacher erklärte ihm das Problem – jemand müsste sich in einen Großrechner einhacken und dessen Rechengeschwindigkeit nutzen, alle denkbaren Digitalisierungssprachen anwenden und die Ergebnisse auf den Studio-Rechner schicken. Wo ununterbrochen jemand sitzt und stopp sagt, wenn sich etwas Identifizierbares ergibt.

Treffpunkt Sissikingkong

Mecbec rührte in seinem Moijito. "Was soll sich ergeben? Was hättet ihr denn gern? Bankauszüge oder noch was Netteres?"

"Alles, was aufhört zu flimmern", sagte Krüger. "Was aussieht nach Weißichnicht – was einen an irgendwas erinnert. An etwas Reales."

"Fix und Foxi? So was?" – Es war keine Frage, es war die Weigerung, einem Zaungast seiner Kunst weiter zuzuhören.

Krüger verstand, mischte sich nicht mehr ein und machte sich nur noch Notizen.

(JK Turm-Notizen)

"Mecbec: Wenn ich was mache, dann will ich nicht wissen, warum. Aber das hier geht nicht. Der schnellste Rechner Europas ist der von CERN, bei Genf. Ich war da noch nicht drin. In den von Siemens geh ich nicht mehr rein. Überhaupt nicht mehr in deutsche Systemhäuser, die haben mich fast mal erwischt. Nur der Hacknomade hat 'ne Chance zu überleben. Schnell rein, schnell raus. Okay, ich versuch's. Zehn Tage. Wenn nichts rüberkommt, häng ich mich raus. Gage für einen Monat, wie gehabt. Was hast du für

Ingolf Lück mit Roboter, Plakatmotiv 'Peng du bist tot!', Kinofilm 1987

Drugs?" Winkelmann steckte ihm drei jungfräuliche 64-Gigabyte-USB-Sticks zu.

Seinen Chefkameramann erwischte Winkelmann bei Dreharbeiten im Dortmunder Hafen. Wortlos gab er ihm zu verstehen, dass er unter vier Augen mit ihm reden wolle. Slama verstand sofort und schickte, ohne das Auge vom Sucher zu nehmen, seinen Assistenten in die Mittagspause. Winkelmann übernahm den Schärfejob, und Slama drehte in Ruhe und Konzentration weiter. Es ging um eine endlos lange Einstellung für die Ruhrpanoramen, geplant für die Bilderkette im Turmfoyer.

Ob Chefauge Slama den Freiluftjob eine Zeitlang aufzugeben bereit sei, war Winkelmanns Frage. Das dunkle Studio warte auf ihn. Er werde gebraucht, um Nichtbilder von Bildern zu unterscheiden.

Zu seiner Überraschung war Slama augenblicklich elektrisiert. Das sei doch eine Herausforderung, sagte er, jedenfalls aufregender, als von der 'Santa Monica' aus die am Kanalufer vorbeiziehenden Alleebäume aufzunehmen. "Alles eine Frage des Betrachters und letztlich der Empfindlichkeit."

Slama (als Operator), Winkelmann (als Schärfenassistent)

Später in der Hövelpforte – Krüger und die Produzentin kamen dazu, dann auch Slamas Assistent und Kalthoff, der Tonmann – erzählte Slama, er habe in Prag auf dem Schulelternabend seiner Tochter einen Mann kennengelernt, der sich als ein Cousin zweiten Grades von Garri Kasparov vorstellte und vorgab, auf die Austarierung seismographischer Wünschelruten spezialisiert zu sein. Slama, der als junger Kameramann mehrere Dokumentarfilme über die Wünschelrutengänger in Slovenien und Georgien gedreht hatte, war von den Ausführungen des Cousins zunächst nur irritiert gewesen. "Aber dann hab ich ihn verstanden. Die Rute ist egal, das Medium ist der Botschafter."

Die Produzentin unterbrach ihn. "Alles wird gut. Das Wetter in Wattenscheid, wo ihr morgen dreht, wird auch gut. Hier ist der Stadtplan."

Angeregt von der obskuren Hypothese, behauptete der Tonmeister Günter Kalthoff zwei Tage später gegenüber Winkelmann und Krüger, die mit argwöhnischen Gesichtern vor einem rasenmähergroßen Seismographen standen, dass er damit der Lösung des Problems näher gekommen sei. "Stellt euch vor, ihr sucht in einem fremden Land, dessen Sprache ihr nicht kennt, nach einem Radiosender. Während ihr eure Frequenz einstellt, müsst ihr zuerst entscheiden, ob ihr Rauschen oder das erhoffte Signal hört. Erst wenn man eindeutig festgestellt hat, dass man das Signal hört, kann man anfangen, die Sprache zu entziffern."

Winkelmann bedankte sich für den konfusen, aber sicher gut gemeinten Beitrag und ordnete an, das nutzlose Gerät sei aus dem Studio zu entfernen.

Kapitel 26

Endlich, es war schon Anfang Dezember, kam eine erste Nachricht von Mecbec. "Sorry, tut mir leid, war erst mal chillen, paar Tage auf Goa. Mach mich sofort an die Arbeit. Mal sehen, wie lange sich Genf windet und wehrt. Eure Bildbewertungsstelle soll sich ab sofort bereithalten."

Niemand hatte sich Gedanken gemacht, was es im Ernst bedeuten würde, Nichtbilder zu ertragen. Alle viereinhalb Sekunden lieferte der Genfer Codexdurchlauf ein Ergebnis.

Nach zwei Stunden, das heißt 1600 Ergebnissen, schaltete Slama den Bildschirm ab. Er konnte nicht mehr. Die Aussicht, dass kein anderer ihn

Bildbewertung Slama, Marder

würde ablösen können, bedrückte ihn. “Versuch's selbst”, sagte er zu Winkelmann. “Eine halbe Stunde schaffst du, dann will dein Sehzentrum ins Bett.”

Der Filmmacher brachte ihm Augentropfen. “Für Rallyefahrer. Gegen Überanstrengung.”

“Wenn ich wenigstens wüsste, wonach ich suchen soll.”

“Such nach Gesichtern. Nichts ist für dein Gehirn einfacher zu erkennen als ein menschliches Gesicht.”

“Aber nicht im Nebel”, fluchte Slama und kniff die leicht geschwollenen Augen zu. Die Tropfen fühlten sich angenehm warm an.

Marder, der zugehört hatte, sprang hoch und riss den Materialschrank auf. “Es gibt doch Kameras mit Gesichtserkennung, längst automatisiert. Und natürlich hab ich eine. Nicht verzagen, Thobias fragen.”

Slamas Augen waren geschlossen. “Gerade sehe ich bunte Flecken.”

Marder montierte die Spezialkamera vor einen zweiten Bildschirm. “Sie wird piepsen. Ich kann euch auch ein Babyphon anschließen, dann muss hier keiner mehr sitzen.”

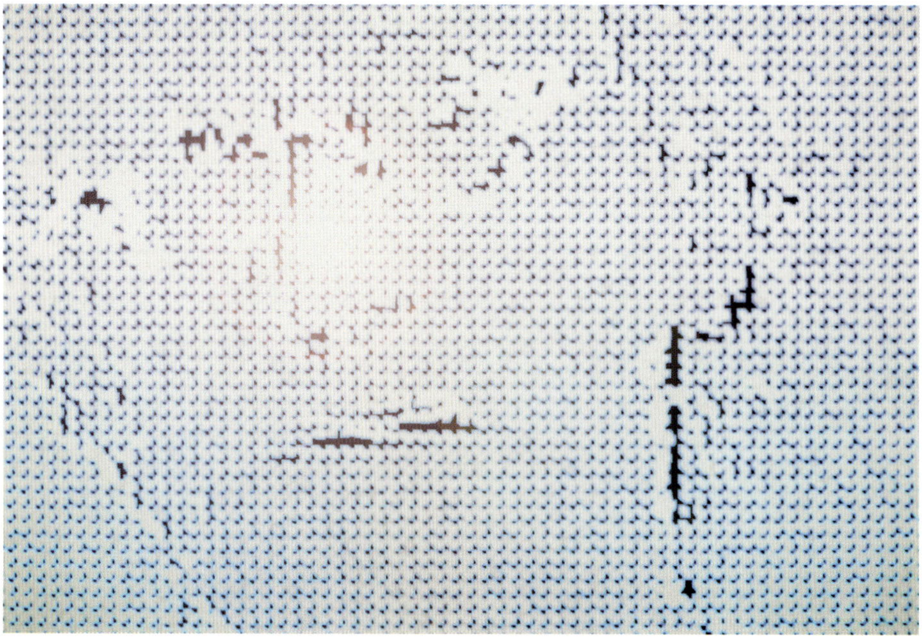

Gesichtserkennung 1

"Geht schon wieder", sagte Slama, machte die Augen auf und den Monitor wieder an.

Am 8. Dezember 2009, frühmorgens um 5 Uhr 40 rief Heiner Rudolph aus dem Studio aufgeregt bei Winkelmann zu Hause an. Chefauge Slama hatte ein Gesicht erkannt. Auch die mit Gesichtserkennung ausgerüstete Digitalkamera hatte gepiepst, beinah im selben Augenblick.

Winkelmann fuhr sofort los und rief noch vom Auto aus den Hacker Mecbec an und bat ihn, ab sofort mit dem laufenden Codec andere Datensätze lesen zu lassen.

(AW Zettelbuch)

"Schweizer Nachrichten seit 05:39:07 Uhr humanoid. Konferenzschaltung Winkelmann – Hacker – Slama. 08:27:13 Uhr Abmeldung des Hackers – Suchlaufprogramm läuft – er muss jetzt pennen. Ab 09:11:42 Uhr Slama und ich sehen weitere gesichtsähnliche Pfeilwüsten. Bei jedem Gesicht halten wir den Bildsuchlauf an."

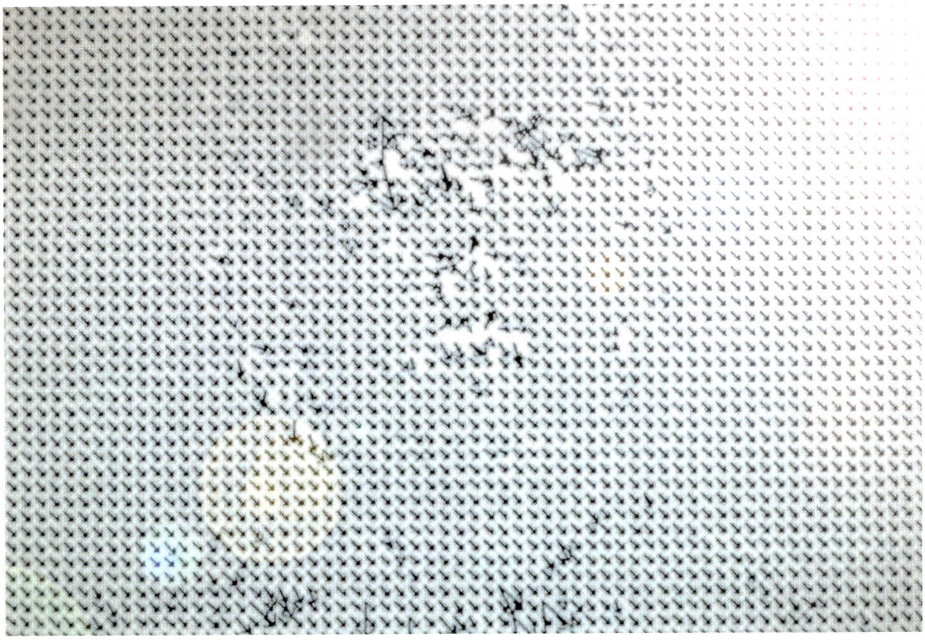

Gesichtserkennung 2

Um 9 Uhr 30 musste sich Winkelmann aus der Beobachtung zurückziehen, um eine Gruppe möglicher Sponsoren durchs Studio zu führen. Die Produzentin hatte den Termin vor Wochen fest zugesagt. Er wies Marder an, jedes identifizierte Ereignis separat und hochauflösend auf ein absturzsicheres Laufwerk abzuspeichern.

"Das wird nicht mehr lange gutgehen", meinte Marder. "Das Raid ist fast voll."

In Gesicht Nr. 92, das minutenlang reglos dastand und alles andere als 'etwas erzählte', kam plötzlich Bewegung. Marder hatte ein kaum vernehmbares tiefes Rollgeräusch oder Grollen gehört. Er sah sich zunächst hinter dem Arbeitstisch um, wo er einen defekten Lautsprecher vermutete, bis er zurückkommend entdeckte, dass die Schallquelle sich neben dem Pfeilraster-Monitor befand. Aufgeregt rief er Winkelmann zu, der die Besuchergruppe endlich am Studioausgang verabschiedete: "Hömma, komma!"

Der Leiter der Gruppe, ein ehemaliger Studienrat aus Hannover, inzwischen Mitglied des Landtags, war entzückt. Weniger über das im Studio

Pfeilraster in Bewegung

Gesehene als über diesen Ausdruck: 'Hömma, komma'. Er hörte nicht auf, Winkelmanns Hand zu drücken. "Dass ich das hier erleben durfte, Sie glauben gar nicht, wie dankbar ich bin!" Für ihn als Linguisten sei es eine einzigartige Freude, die Ruhrgebietssprache, die er wie viele seiner Kollegen für das modernste Idiom des Deutschen halte, am lebenden Beispiel studieren zu dürfen. "Natürlich kämpfe ich als Lehrer der Schriftsprache für die Rettung des Genitivs nach anstatt und so weiter, für die korrekten Kasus- und Verbform-Endungen. Was aber die Umgangsprache betrifft, ist deren Verlust ein Gewinn, wie das Global-Englische beweist."

Grenzenloses Staunen. Die streng in Zeilen geordnete Pfeilwüsten-Textur verwandelte sich, ruckte, geriet in Bewegung. Einige der Pfeile wurden länger, veränderten ihre Richtung, regten scheinbar ihre Nachbarpfeile an, sich ähnlich zu verhalten und sprangen in die Anfangsposition zurück.

Es geschah langsam, zeitlupenhaft, aber es geschah. Das Grollen wurde lauter und modulierter, mit Aussetzern und Frequenzsprüngen zwar, aber dennoch mehr einer tiefen Stimme ähnlich als einem Geräusch aus mechanischer

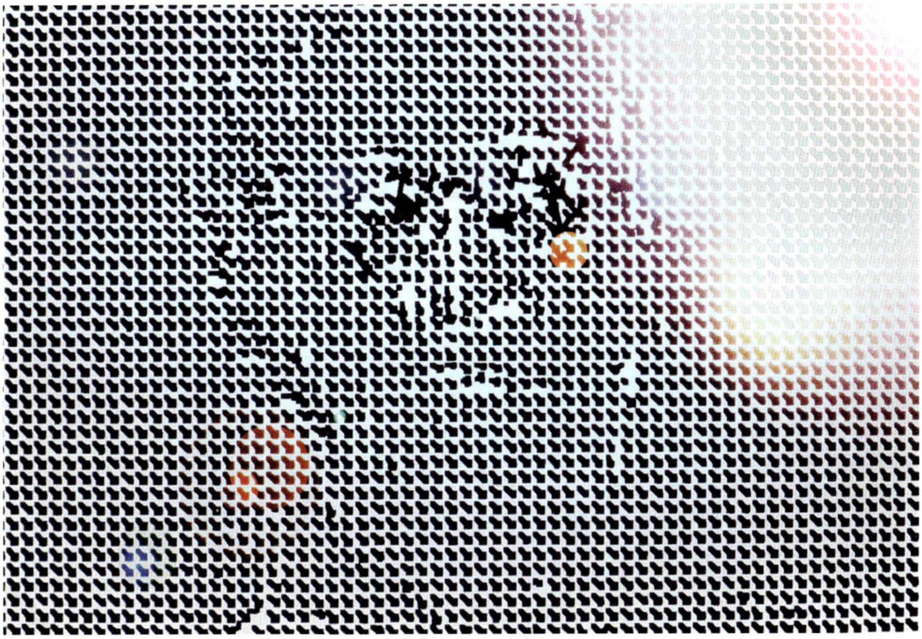

Die Kunst ist lang, das Leben kurz

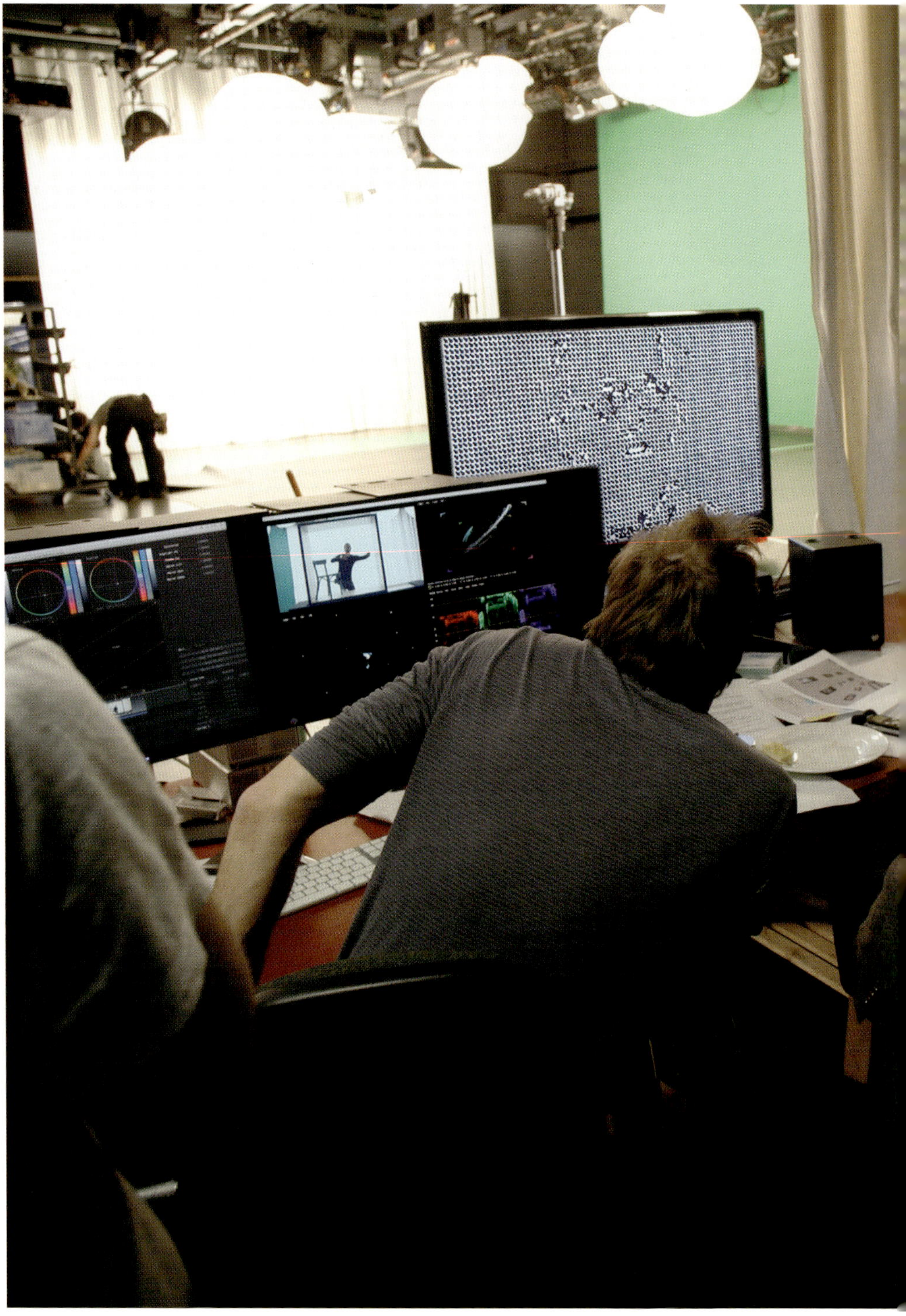

Studio, 09:11:42 Uhr

Quelle – und schließlich ein torkeliges Gurgeln und Grunzen, das von einem gequälten Tier oder einem Menschen stammen konnte. Gleichzeitig hüpften die Pfeile im unteren Mittelteil des Bildes präzise im Rhythmus der Schallereignisse, als wollten sie, abstrakt und primitiv, die rudimentären Schattenpartien eines Mundes nachzeichnen.

"Cooler Clip, wo ist der her?", fragte Wiesemann, der, herübergelaufen, dritter Zeuge der sich abzeichnenden Verlebendigung wurde. Nach weiteren vier Minuten waren sich alle sicher: Da war die Brille, die Nase und der Mund, der sich bewegte, und die Stimmgeräusche kamen und verschwanden je nach Lippenschließung und -öffnung. Jemand sprach, in der Verlangsamung ganz Unverständliches, aber er sprach. Winkelmann rief die Produzentin und Krüger oben im Büro an. "Und bringt euch was zum Festhalten mit, wir sind hier nah dran."

Nach zwei Stunden hatte der hinzugebetene Tonmann Günter Kalthoff mit seinem elastic-audio-plugin das tiefe Gurgeln verwandelt. Das Gehörte glich nun einer Bariton-Sprechstimme. Winkelmann und Krüger waren sich einig, dass das Goethe-Text war: der Anfang des Lehrbriefs aus 'Wilhelm

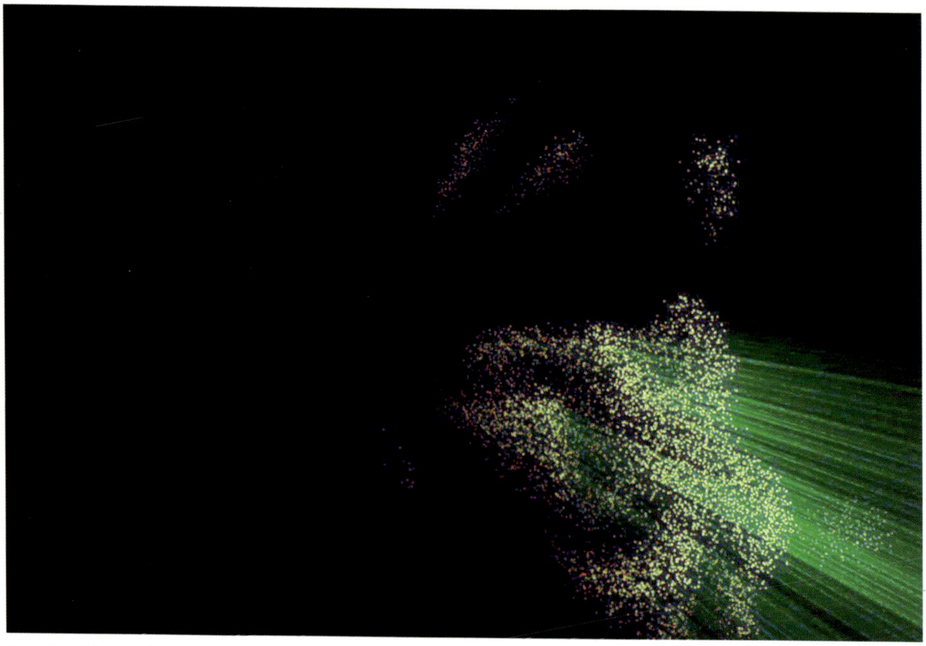

Pixelwolke, gelesen mit SPIRA 1

Meisters Wanderjahre', Satz für Satz erst deutsch, dann englisch, beginnend mit "Die Kunst ist lang, das Leben kurz. Art is long, life is short. Das Urteil schwierig, die Gelegenheit flüchtig. Judgement difficult, opportunities fleeting".

(JK Turm-Notizen)

"Ich war Zeuge. Das Bilderbuch, das erst nicht sprechen wollte, hat zu sprechen begonnen. Der Schatz, The Magic Foils – ich kann mich nicht beruhigen. Neben der technischen Sensation der Lesbarmachung überhaupt wird mir in diesem Augenblick der überwältigende Inhalt als auch die Bedeutung des Fundes für die Wissenschaftsgeschichte im selben Augenblick sowohl erkennbar als auch unübersehbar. Schon vor 1926 konnten Menschen Goldstreifen, 'beschriften' und nutzten sie zur Überlieferung von Bildern und Tönen. Was immer die gerade begonnene Entzifferung ans Licht bringen wird, der Dortmunder Fund wird tatsächlich als ein Schatz gelten in einem märchenhaften wie ebenso realen Sinn. Aufgefunden in den modrigen Kellergewölben der Union-Brauerei und zunächst nur stadt- und

Pixelgesichter, die beginnen, sich mit Hautoberflächen zu überziehen, in der linken Bildhälfte sichtbar (Anhäutung)

industriegeschichtlich von Interesse – wurden fünf Metalldosen. Das hört sich an wie: nicht so viel. Aus den darin gefundenen Dateien wächst freilich nun den Nachgeborenen eine ganze Bibliothek ungelesener Bilderbücher entgegen, wie sie in dieser Stadt noch nie zuvor existierte. Die Reise ins U ist nicht beendet."

Die Ereignisse überschlagen sich. Stunden später übermittelt der Genfer Rechner Bewegtbilder mit Pixelwolken, gänzlich unähnlich den bisherigen Pfeilstrom-Ereignissen.

Winkelmann ruft den Hacker Mecbec an. "Irgendetwas läuft grundlegend besser, ein richtiges Fenster scheint sich geöffnet zu haben, die Nachrichten aus der Schweiz kommen als halbwegs identifizierbare Bilder an. Hör zu, du musst Genf zwingen, unter Nutzung der aktuellen Codec-Typen oder sehr nah verwandter weiterzusuchen. Manche Ergebnisse lösen sich sofort wieder auf."

Hier erstmals veröffentlicht: regellos mutierende Klarbild-Plasmen, die ohne Eingriff des Users zur selbstläufigen Rückauflösung neigen wie organische Proteine.

(AW Zettelbuch)

"Als ob ein ES, ein ETWAS in den Rechnern spielt oder träumt, als wären wir Oberaufpasser nicht da. Jost weist mich darauf hin, dass es eine altpersische Weisheit gibt, die wir zum Vorwort des ganzen U-Buchs machen könnten: Nichts ist niemals es selbst.

Jost behauptet, dies sei auch Achtzehnhundertschnee der erste Lehrsatz des holländischen Kryptologen und Mathematikers Kerckhoffs gewesen.

Ich bin dagegen. Finde ich entschieden zu sülzig, zu poetisch, jedenfalls nicht angebracht."

Ab abends 19 Uhr 46, nach einem nochmaligen Eingriff Mecbecs in den Genfer Rechner, kamen im Dortmunder Studio fast nur noch Klarbilder an. Die Menschenstimmen waren jetzt verständlich. In einen Teil der Bilder waren Geräusche und Musik eingebettet. Zirka 20 Prozent der Bilder verblieben, von Winkelmann so benannt, im Stadium von Vorstufenbildern, die sich nicht weiter entwickelten.

Nach einer Zwangspause von achtundvierzig Stunden, die Marder brauchte, um zwei neue 18-Terabyte-Festplatten-Raids zu installieren, brauchte Genf drei weitere Tage, um die Dateien von über 9000 Meter Goldstreifen entziffert zu übermitteln.

81 Dateien waren nicht zu öffnen. Sie schienen von früheren Nutzern gelöscht, genauer gesagt: überschrieben worden zu sein.

(AW Zettelbuch)

"Erfahrungsgemäß sind gelöschte Dateien die interessantesten. Heiner Rudolph sagt, gelöscht gibt es nicht. Gib mal eine."

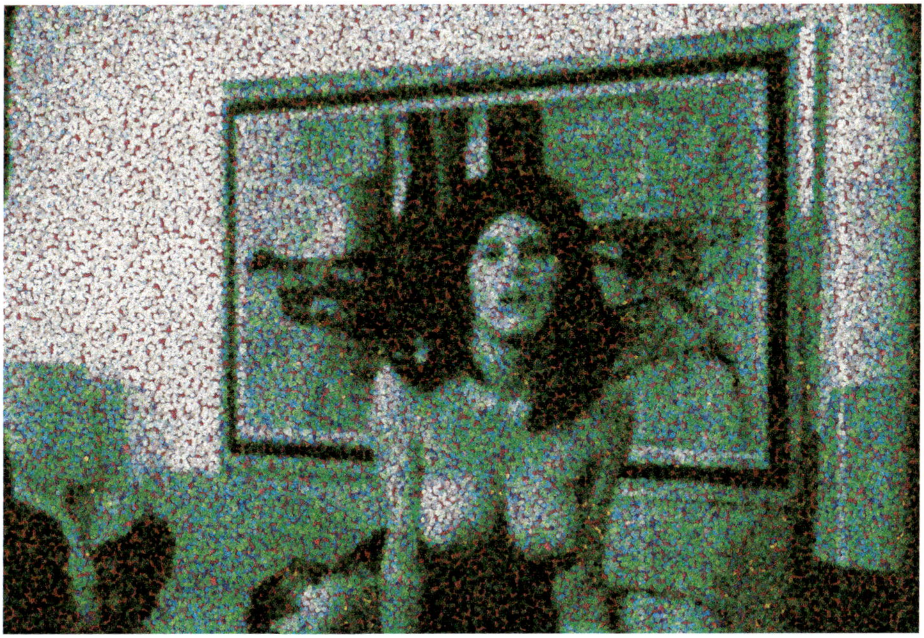

Magic Foils of Dortmund, gelöschte Datei Nr. 72, rekonstruiert

Kapitel 27

Eigentlich beim Herumspielen, wie er auf dem Teamfrühstück tags darauf gestand, war Winkelmann auf eine Merkwürdigkeit gestoßen. Je nachdem, auf welchem Betriebssystem er die Abbildung 'Bedroom' abgerufen hatte, waren unterschiedliche visuelle Wiedergaben ein und derselben Dateizeichenmenge zum Vorschein gekommen. Er nannte das Phänomen: betriebssystemspezifische Varianz-Erscheinung.

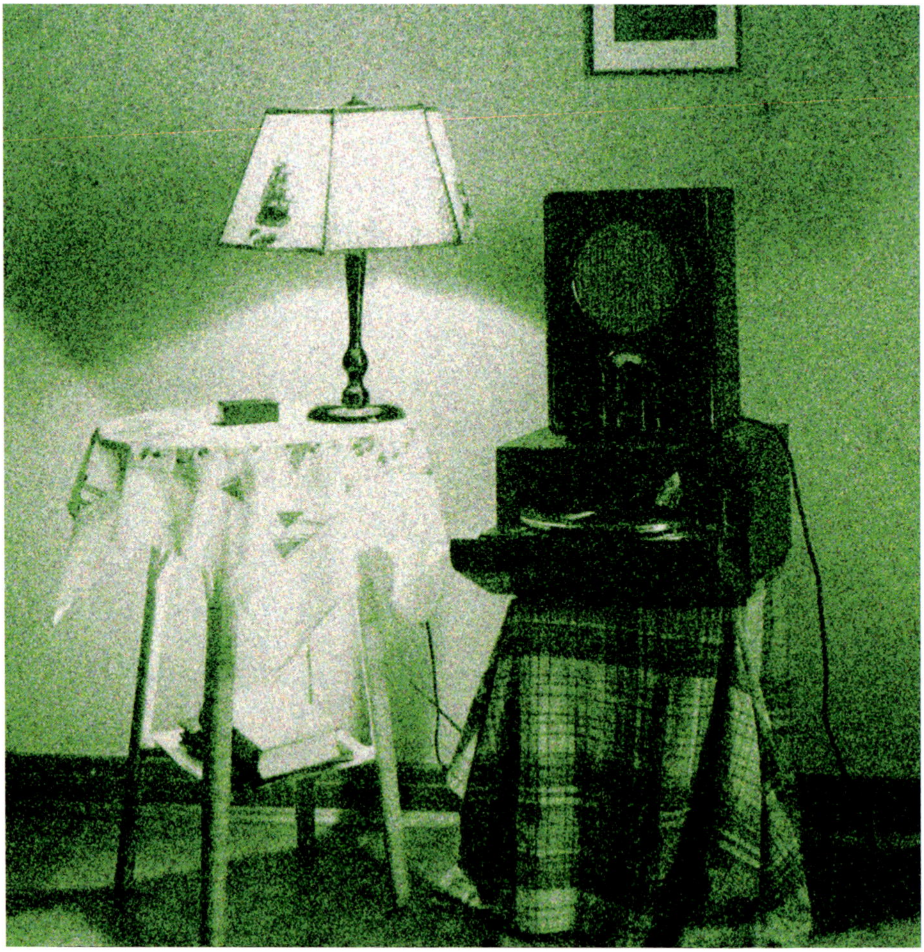

Bedroom, Varianzen, links

Als die anderen frühstückenden Kollegen die Köpfe schüttelten und amüsiert abwinkten, sprang Winkelmann wütend auf und zeigte hinüber zu seinem Arbeitstisch. Er hatte die Varianten bereits ausgedruckt, brachte sie zu einer Magnettafel und heftete die Kopien dort an. "Wenn ihr genau hinseht – dieselben Gegenstände, der gleiche Tisch, die gleiche Tischdecke, die gleiche Lampe, links ergänzt durch eine Grammophon-Radio-Kombination und rechts durch ein Bett mit Tagesdecke und Plüschtier."

Nach einem Augenblick tiefer Stille applaudierte die Assistentin. Nach und nach stimmten die anderen zu: Die Varianten waren nicht identisch, aber sich, mehr oder weniger unerklärbar, ähnlich.

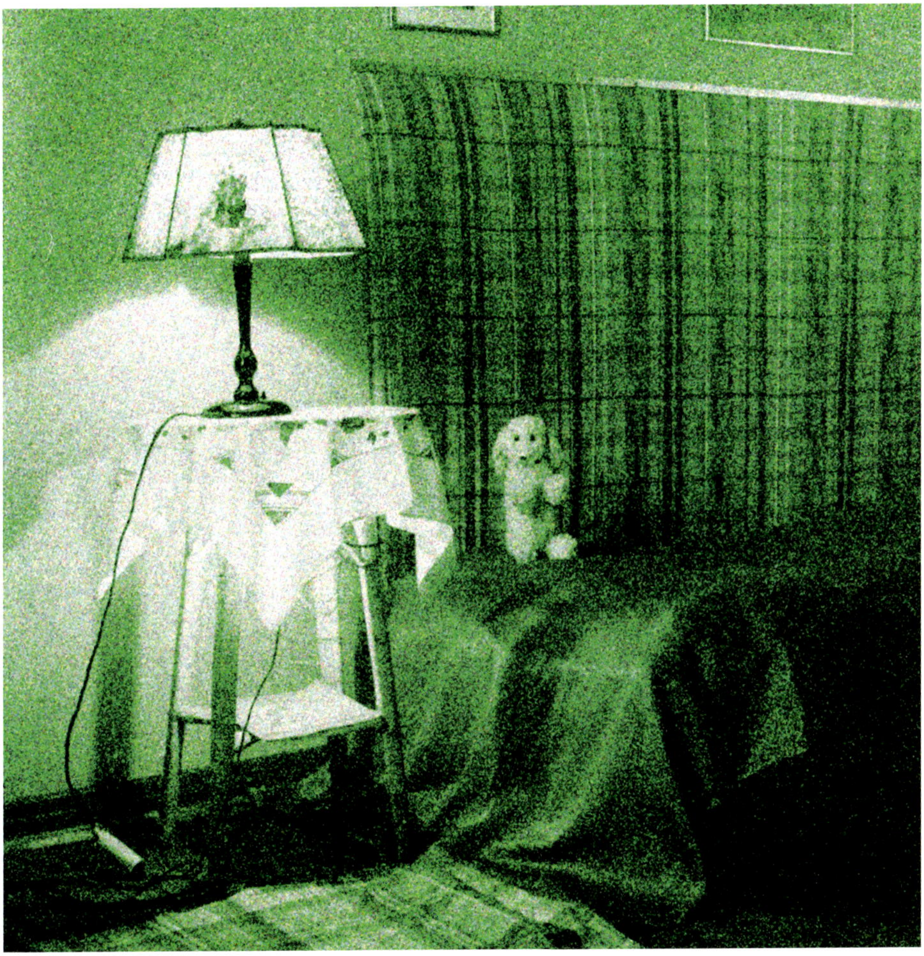

Bedroom, Varianzen, rechts

“Ich habe nicht nur dieses eine Beispiel gefunden”, sagte Winkelmann und heftete das zweite Variantenpaar an die Tafel. “Beide Bilder zeigen Baldur Hübner, er war Direktor der Union-Brauerei und Theaterdezernent. Links ohne Jacke auf einer sommerlichen Streuobstwiese mit dem Fotoapparat. Rechts im Mantel mit Filmkamera vor einer Personengruppe, hinter der man so etwas wie Festdekoration entdecken kann.

Jost würde die Bilder mit seinem Hang zum Theatralischen etwa so untertiteln: Die folgenreiche Entwicklung Baldur Hübners vom Hobbyfotografen zum Filmamateur. Objektiv kann man feststellen, zumindest die Jahreszeiten und die Anzahl der Personen variieren. Ich erinnere daran, dass diese Varianten aus ein und derselben Datei generiert wurden. Man könnte auf die Idee kommen, dass die Datei aus verschiedenen, sich überlagernden Zeitschichten besteht.

Das dritte Variantenpaar ist noch verblüffender. Auf beiden Bildern ist ein Lastwagen zu sehen. Links von vorn, rechts von hinten. Links, es ist Tag, mitten auf der Straße sitzen Männer, die vielleicht Pause machen. Rechts ist kein Mensch zu sehen und es ist Nacht. Der Lastwagen links, ich schätze

Baldur Hübner 1

nach Fahrzeugtyp, Nummernschild und Kleidung der Männer – Mitte der dreißiger Jahre. Den Lastwagen rechts kenne ich. Ich habe ihn selbst fotografiert und zwar 1978. Eindeutig. Wieder ein Sprung in der Zeit."

Ayse Manyas flüsterte: "Sprung in der Zeit, Sprung in der Schüssel."

David Wiesemann ergänzte trocken: "Er hat ihn selbst fotografiert!"

Winkelmann bemerkte jetzt auch, was Krüger, anders postiert, genervt längst gesehen hatte. Wiesemann und Manyas kniffen sich wie amüsierte Schüler gegenseitig in die Arme und kicherten leise.

Krüger, wieder einmal besorgt um Winkelmanns Autorität, meldete sich zu Wort: "Das geht zu weit. Vielleicht solltest du abbrechen."

"Dann nimm die Bilder ab. Wir gehen ins Büro. Ich nehm die Harddisc mit. Und ihr macht hier weiter mit den Bäumen vom Ems-Kanal."

Unter den Augen der stumm gewordenen Mitarbeiter nahm Krüger die Abbildungen von der Magnettafel. Winkelmann kabelte die Festplatte ab. Sie zogen sich ins Büro zurück und schlossen sich ein.

"Hör zu, ich habe ein und dieselbe von Genf übermittelte Datei mit Photoshop gelesen, einmal auf dem Mac und das andere Mal auf Hasslers

Baldur Hübner 2

Pause machen

Abfahren

PC. Ein und dieselbe Datei auf zwei verschiedenen Betriebssystemen gelesen, sonst nichts. Wenn es sich nicht um eine Fälschung oder einen üblen Scherz handelt, haben wir es mit einem Interpretationsfehler der vierten Dimension zu tun."

Krüger wusste nicht, was er davon halten sollte. Umständlich oder viel sorgfältiger als sonst drehte er sich an der Fensterbank eine Zigarette. "Ich frage mich, warum und wer sollte das manipuliert haben?"

"Manipuliert? Marder war an den Dateien nicht dran. Er hat mein Passwort nicht. Du nicht und keiner. Und Mecbec macht so was nicht. Ein Hacker macht, mal einfach gesagt, Schubladen auf und gibt den Inhalt an Interessierte weiter. Aber Nachrichten erfinden oder fälschen würde er nie. Er würde seine Kunden sonst verlieren." Winkelmann ging zum Zeichenschrank und zog das Abfahrer-Plakat von 1978 heraus. "Da hat einer vor 1926 mein Plakat vorweggenommen. Entweder wir machen einen ganz dummen Fehler oder – es ist grauenhaft." Der Filmmacher ließ das Plakat zu Boden gleiten. "Es ist, als hätte sich das einer ausgedacht. Wir hätten diese Streifen niemals untersuchen sollen."

Abfahrerplakat

Auf einem Spaziergang durch die gefrorenen Brachflächen hinüber zur A40 und zurück verabredeten sie, sich nicht verunsichern zu lassen und die Dateien ruhig und unvoreingenommen weiter zu durchsuchen.

Der Befund blieb beängstigend. "Erklär mir das", sagte Krüger mit flacher Stimme, nachdem sie ins Büro zurückgekehrt waren. "Eine Kiste, Mitte der zwanziger verschüttet, die auf jeden Fall 1926 ausgegraben wurde, enthält eine Art Buch. Dreiundachtzig Jahre kriegt keiner die Buchdeckel auf."

"Ich weiß. Es kann nicht wahr sein." Winkelmann hielt die Maus in der Hand und starrte ihre Unterseite an. Krüger flüchtete ans Fenster. Er sah in die vorbeischwebenden Wolken. Plötzlich standen sie still. Es war, als rollte der Fensterrahmen zur Seite, an ihnen entlang, ganz sacht. Und alles kam noch schlimmer.

Sie fanden in den Magic Foils noch mehr 'Vorweggenommes' – schwerwiegend und dramatischer als alles bisher – weder zu begreifen noch zu verdrängen:

Fotos und Bewegtbilder zum Beispiel mit Dialogen, die Winkelmann gerade eben erst inszeniert hatte. Fertige Geständnisse und Panoramabilder und sogar nur angefangene Geständnistexte, von anonymer Hand zu Ende geschrieben. Außerdem eine Druckdatei mit dem Titel: 'Kleiner Leitfaden zur U-Turm-Geschichte'.

Die Entdeckung war verheerend. Und als sie es sich eingestanden, ein paar Tage vor Weihnachten, und dem Rätsel den Namen 'Zeitschleife' gaben, wussten sie auch, dass das ebenso Lächerliche wie Unmögliche ihr Bewusstsein angegriffen hatte und sie absehbar tiefer in die Erschöpfung treiben würde.

Am zweiten Weihnachtstag – sie hatten immer noch keinem anderen etwas von ihrer Entdeckung berichtet und waren abends ins Studio gefahren – fanden sie in der Datei 114 eine Stichwortsammlung zum Thema: Der Turm als Glöckner, was tut er, was sagt er?

Krüger bemühte sich zurückzurechnen. Es musste am 3. oder 4. Advent gewesen sein. Jenny, die Assistentin, hatte sie an der Hövelpforte abgesetzt.

Die Idee, den Glöckner betreffend, hing mit dem Humpelfuß zusammen, den sie kurz vorher auf dem Weihnachtsmarkt gesehen hatten, ein junger, breitschultriger Mann, der humpelte.

Sie hatten über den Turm als handelnde Figur in der Stadtgesellschaft nur nachgedacht, nie etwas darüber zu Papier gebracht. Es war kein Eintrag aus ihren Tagebüchern. Dennoch hatten sie in der Datei 114 ein Protokoll gefunden: die Niederschrift ihres Vier-Augen-Gesprächs in der Hövelpforte.

Winkelmann schaltete den Rechner ab, holte sich eine kleine Kamera aus dem Materialschrank und filmte den Sekundenzeiger der großen Studio-Uhr. Krüger sah ihm eine Weile zu, legte sich auf die Couch, die die Deko-Leute repariert hatten, und schlief ein.

Am selben Abend schrieb Winkelmann in sein Zettelbuch:

"Der totale Schock. Es ist, als hätten wir eine Schublade aufgemacht, in der wir uralte Dokumente finden, die es gar nicht darin geben kann. Nicht geben darf. Weil sie von heute sind. Belege meiner und unserer Arbeit in den letzten Wochen. Ich fürchte um meinen Geisteszustand und den meiner Leute. Ich weiß, dass es Antizipationen gibt, Vorwegnahmen dieser Art aber sind unerträglich. Ich frage mich, wann die Uhren anfangen, schneller, langsamer oder gar rückwärts zu laufen. Mir ist nur noch schwindelig."

Am 3. Januar 2010 gab Winkelmann in Wien anlässlich der Romy-Verleihung dem Magazin Vienna Today ein Interview:

"Können wir anders leben als linear, dem Zeitpfeil folgend? Wie? Manchmal schlafe ich mit dem Gefühl ein, mein Leben und meine Arbeit sind nicht mehr wirklich oder noch nicht oder waren es noch nie, erst vielleicht in der Zukunft. Als würde ich bloß unter der Feder eines rücksichtlosen Schriftstellers existieren, der sich das alles ausgedacht hat. Und ob es den gibt und wo, bitte, fragen Sie mich nicht.

Die Erklärung des Züricher Relativitätsforschers Prof. Wüst, dass es sich bei dem Entdeckten tatsächlich um ein Zeitschleifen-Phänomen handeln könnte und nicht unbedingt um eine Fälschung oder einen üblen Scherz, sagte mir erst mal nicht viel, eigentlich nichts. Seine Erklärung, dass die Gleichungen der Relativitätstheorie Lösungen besitzen, die Zeitschleifen zulassen – auch nichts. Ich habe mich mit Echt-Zeit-Diagnostik und Zeit-Schicht-Überlagerung nie beschäftigt. Aber dass es offenbar so etwas gibt, eine Zeitschleife, in der ich und meine Umgebung gleichzeitig hier bin und früher schon einmal da war, muss ich von jetzt ab einräumen.

Die Konzepte, die meinem intuitiven Wirklichkeitsverständnis zugrunde liegen, scheinen wertlos zu sein. Der Gedanke ist sehr verwirrend und beschäftigt mich."

Winkelmann in Wien

Kapitel 28

Krüger tauchte in den Anfangstagen des neuen Jahres nur selten im Studio auf. Er wollte sich weitere Dateien nicht ansehen. "Ich möchte lieber nicht." Was man ihm auch antrug, freundlich anbot, ihn fragte – außer einem dünnen Lächeln oder einem Schulterhochziehen und dem "Ich möchte lieber nicht" mochte er nichts von sich geben. Es hörte sich immer feststellend, nicht abweisend an.

Die Produzentin fand heraus, dass er mit seiner Tochter in Köln gleichwohl viel und wie früher telefonierte, wenn er nicht wie ein Stein schlief oder durchs Stadewäldchen nahe seiner Wohnung auf- und abspazierte und nachdachte über nicht existierende Theaterstücke.

Winkelmannn hielt sich am Rechner fest und entdeckte täglich neue Varianz-Erscheinungen. Er sprach mit niemandem über die Zeitschleife und die merkwürdigen Unsicherheiten seines Zeitsinns, aber irgendetwas in seinem Verhalten und seinem Auftreten gab es, was auf die Menschen in seiner Nähe abzufärben und sie zu verändern schien.

Die beliebte Filmschauspielerin und häufig in Talk-Shows eingeladene Inka Pauly, nachdem sie mit dem Filmmacher im Studio geprobt und Geständnis 41 und 42 abgedreht hatte, ließ auf einmal Übergänge zwischen Privatäußerungen und Rollentexten vermissen und brachte etliche Moderatoren zur Verzweiflung. BILD gegenüber gestand sie Mitte Januar, dass sie mit ihrer Neigung, die sie oft einfach überkomme, nicht glücklich sei, aber "weiß der Himmel, die Zuschauer mögen es, wenn ich die Vorabsprachen kille. Am liebsten live".

In einer Fernsehsendung über das Ruhrrevier und das anstehende Kulturhauptstadt-Jahr (Koproduktion ZDF und WDR) war die eingeladene Inka Pauly heftig aufgebracht aufgetreten und hatte Platz in der Prominentenrunde genommen. Sie knallte ihre Handtasche auf den Glastisch und bedankte sich für die Einladung. Schon die erste Frage des Moderators, warum sie nicht mehr im Ruhrgebiet lebe, beantwortete sie nicht. Zunächst sagte sie, dass die Auswahl der netten Miteingeladenen gar nicht so repräsentativ sei, wie man tue. Zwar seien alle als Ruhrgebietsmenschen in Fernsehen und Film erfolgreich gewesen, überzeugend und gut beschäftigt, aber keiner von ihnen würde noch hier leben. Alle weggezogen und eigentlich entwurzelt, mit der Realität kaum noch vertraut. Von sich selbst müsse sie das übrigens auch sagen. Auch ihr Mann und sie hätten die Nase von Bochum irgendwann voll gehabt.

"Und jetzt etwas zu Ihrem Thema. Die Geschichte ist typisch. Kommt jetzt. Lassen Sie mich ausreden. Darf ich?" (Siehe Anhang 13: Inka Pauly, Geständnis der Frau des Architekten)

Auch Tobias Marder schien seltsam verändert. Marder, der leidenschaftliche Bastler, fing an, merkwürdige, kleine U-Türme zu bauen, manche aus Balsaholz, manche aus Platten, Stangen und Winkeleisen seines Märklin-Metallbaukastens. War einer fertig, stellte er ihn mitten ins Studio und versuchte, ihn mit einem ferngesteuerten Modellauto aus Lego-Technik sachte über

Inka Pauly im Ü-Wagen

den Boden zu schieben. Als er den fünften Turm zusammenschraubte, sprach Winkelmann den Anschieber an. “Und – klappt alles?”

Marder nickte. “Mach dir keine Sorgen. Das ist nur zwischendurch. Ich mach dafür ’ne Stunde länger am Abend. Bleibt nichts liegen.”

“Ich hab mich nicht beschwert”, sagte Winkelmann und schaute weiter zu.

Der Bastler hob plötzlich den Kopf. “Was ist denn los mit euch? Irgendwas ist doch los. Es hängt mit den Foils zusammen oder? Ihr habt aufgehört, darüber zu sprechen.”

“Warte ab. Du wirst alles erfahren. Was ich dir vorab zeigen kann, ich geh’s mal ausdrucken, wird dich interessieren.” Der Filmmacher ging hoch ins Büro, kam kurz danach zurück mit der Kopie einer Abbildung aus Datei 202 und hängte sie an die Magnettafel.

Marder, stolzer Besitzer eines modernen Hybridfahrzeugs, wirkte plötzlich wie vor den Kopf gestoßen. “Das ist jetzt nicht wahr.”

“Doch, das ist wahr. Die sind damals schon mit Elektroautos rumgefahren.”

Primus Elektro, pre-enacted

Der Zwischenfall ereignete sich eine Stunde später, mittags. Als Winkelmann aus der Kantine kam, sah er Marders Wagen auf der Hinterhoftreppe, es war niemand verletzt – er lief ins Studio und fand Marder vor der Magnettafel auf einem Hocker sitzen. Neben die Abbildung des historischen Elektroautos hatte der Cheftechniker ein Foto seines Neuwagens platziert.

Winkelmann war sprachlos. Marder ging zur Magnettafel, zeigte auf das eine und das andere Auto und sagte verbittert und verächtlich: "Zwei Mal Auto von hinten. Pre-Enactment, das alte. Re-Enactment, meins. Was die damals konnten, kann ich auch."

Der weiter nicht beschädigte Wagen wurde am Nachmittag von der Studiocrew und vier Japanern der benachbarten Firma Elmos die Treppe hoch zurückgestemmt.

Über den Auslöser und Hergang des Ganzen machten sich alle im Studio ihre Gedanken, bekamen aber keine Auskunft. Winkelmann sagte: "Frag Marder, ich war nicht dabei. Zum Glück ist nichts kaputtgegangen."

Auch Ayse Manyas gelang es nicht, Marder zu wenigstens einer Andeutung zu verleiten. Am anderen Morgen brachte sie ein Kilo Rosinen und

Prius hybrid, re-enacted

Winkelmann mit Sichtungsbrille

kleine, gebackene Honigpferde mit, zündete zum Jour fixe ein paar Kerzen an und strahlte. "Mein Beitrag für die gute Stimmung."

(AW Zettelbuch)

"Winter, ungewöhnlich kalt. Jost ist jetzt wieder dabei, nicht gerade redselig. Immerhin. Er hat ein Buch mitgebracht über Zeitspiralen. Ich will davon nichts wissen. Wir decodieren inzwischen fast in Echtzeit. Die Sichtung nimmt immer mehr Stunden des Tages in Anspruch. Immer häufiger verspüre ich Lust, einfach wieder nach New York zu fliegen, mich an eins dieser Hotelfenster zu setzen und den Blick schweifen zu lassen. Ich schaffe es nicht. Flugpläne irritieren mich, und es ist mir ein Gräuel, das Datum für Hin- und Rückflug zu planen. Von Spiralen hab ich selbst genug.

Bin sogar schon in Köln gewesen und habe Ferngläser angeschaut. Es gibt dort die hochwertigen, die man in Dortmund nicht kaufen kann."

Eins der Bilder, das er trotz Sichtungsbrille vor Augen hat

Kapitel 29

Verleihung des 'Golden Globe'

(AW Zettelbuch)

"Sonntag, der 17. Januar 2010. Hellwach. Um 6 Uhr morgens rufe ich Michael bei Crest Movie Entertainment in Los Angeles an, dem ich damals zwei meiner Fensterbilder geschickt habe. Die Verbindung ist sehr schlecht. Seine Stimme klingt abgehackt und versinkt immer wieder in einer gurgelnden Geräuschkulisse. Er behauptet, es sei Abend, Samstag, der sechzehnte. Ich widerspreche ihm nicht und bitte ihn, meine New Yorker Zwillingsbilder zurückzuschicken. Soweit ich ihn verstehen kann, will er das gerne machen, kommt aber im Moment nicht an seinen Server. Warum nicht?

Kurze Zeit später empfange ich zwei Bilder, kleine Dateien von seinem iPhone. Die Bilder sind wenige Minuten alt, sie sollen mir anscheinend beweisen, dass er gerade zusammen mit den 300 Topstars der Branche die 'Golden Globe'-Verleihung feiert. Mit Leonardo di Caprio (sehr unscharf im weißen Dinnerjacket), der irgendwo in unserer Ruhrstadt (mutmaßlich Oer-Erkenschwick) eine Großmutter hatte."

Verleihung des 'Golden Globe', Leonardo di Caprio, im Vordergrund, unscharf

(AW Zettelbuch)

"Heute Morgen kommen dann endlich die richtigen Dateien: 'Erwartung, NY 2008' und 'Erfüllung, NY 2008'.

Name und Dateigröße sind korrekt. Etwas hat sie seltsam verändert. Der weite Weg oder die lange Zeit? Ich sehe sie mir auf dem Rechner an und werde sehr traurig dabei."

Krüger nahm die ausgedruckten Fotos, die Winkelmann ihm hingeschoben hatte, mit nach Hause und richtete seine Schreibtischlampe so ein, dass er die Fenstermotive schattenfrei unter der Lupe betrachten konnte. Was mochte ihnen zugestoßen sein? Michael in Kalifornien hatte sie nicht verändert. Er war deswegen extra noch einmal angerufen worden.

Die Verstümmelungen fielen sofort ins Auge. Hier fehlten auf jeden Fall die 2008 in verfänglicher Lage beobachteten Personen. Er legte eine durchsichtige Gitterfolie über beide Fensterausschnitte und suchte Feld für Feld

'Erwartung' aus Zwillingsbilder, Fotografie des zweiten Blicks, NY 2008 (vom Server)

vergleichend ab. Nach einer halben Stunde war er sicher, einen weiteren Unterschied entdeckt zu haben.

Er rief Winkelmann an. “Ich bin morgen da. Ich hab etwas gefunden. Von dem Liebespaar abgesehen, das fehlt, stimmt auch etwas anderes nicht.”

Wenngleich er nach dem Horrorstreifen, der auf SAT1 lief, gut ausgeschlafen war und die Lupe mitgebracht hatte, fand er an Winkelmanns Schreibtisch die Stelle mit der kleinen Abweichung nicht wieder. Er griff nach der Hand seines Freundes, der sich gerade einen Stuhl herangerückt hatte, und entschuldigte sich. “Ich war ganz sicher.”

In diesem Moment rief Elsbeth, die Pförtnerin, an und sagte, es sei ein Mann gekommen, er wolle ins Studio zum Regisseur, ein Mann mit einem Kugelhut wie Pan Tau oder aus der Serie ‘Schirm, Charme und Melone’.

Winkelmann schickte einen Praktikanten zur Pforte, den unerwarteten Gast abzuholen. Die Kostümbildnerin und Krüger flüsterten miteinander und waren sich einig, sein Outfit erinnerte an die Mode von vor 1900. Verblüfft

‘Erfüllung’ aus Zwillingsbilder, Fotografie des zweiten Blicks, NY 2008 (vom Server)

waren alle. Nach dem Morgendreh mit Jürgen Michalek im klassischen Parterrefenster war ein weiterer Take mit Schauspielern nicht mehr geplant gewesen. (Siehe Anhang 14: Der Bauchbügler)

Der Gast, circa 70, blieb theatralisch genau in der Studiomitte stehen. Er nahm die Melone ab, reichte sie dem Praktikanten wie einem Butler. Der trat zur Seite, sich etwas verlegen umschauend, was er mit dem Ding in der Hand anstellen müsse oder solle. Einen Hutständer gab es hier nicht.

Winkelmann, hinter der Monitorwand auftauchend, begrüßte den Besucher herzlich: "Guten Tag. Wen haben wir denn da?" Sie gaben sich die Hand.

Der Historische schaute sich um, trat einen Schritt zur Seite ins bessere Licht, stellte sich vor als Gottlieb Daimler und begann ansatzlos mit einem Geständnis, sein Lebenswerk betreffend. (Siehe Anhang 15: Geständnis des Gottlieb Daimler)

Jürgen Michalek als Internet-Rentner

Die Umstehenden fanden den Auftritt “voll strange”, wie sie es mittags im Biscotto auf Winkelmanns Vorhaltung hin formulierten. Sie hatten deshalb versäumt, die Aufnahmeapparaturen in Gang zu setzen.

“Ihr werdet hier bezahlt, damit ihr im richtigen Moment den Record-Knopf drückt! Nicht mehr und nicht weniger! Ist denn das nicht möglich?”

Nach seiner unbestellten Rede stellte der Historische sich als Paul Peters vor. Er sei so kostümiert am Bahnhof angekommen und sofort zur Maskenchefin der Oper gelaufen, wo er sich habe schminken lassen. Auf gut Glück, denn er sei ja beim Casting übergangen worden und, bemerkenswert, wohl im letzten Moment doch noch für gut befunden worden.

Die Produzentin lud den Besucher auf einen Kaffee in die Besucherecke ein. Sie wunderte sich, für ein Daimler-Casting hatte es keinen Termin gegeben. Peters hatte von der Geständnis-Sammlung Winkelmanns für den U-Turm vor vielen Jahren von einem Mainzer Moderator gehört, der die Kostümbildnerin Birgitta Weiss im ICE nach Stuttgart getroffen hatte. “Lange vor dem Euro.”

Daimler geht

Als der Filmmacher herüberkam und sich mit einer kurzen Entschuldigung neben ihn auf die Couch setzte, hob Peters den Zeigefinger. “Sie werden mit ihren Leuten schimpfen, nicht wahr? Mit Recht. Ich habe sehr wohl bemerkt, dass meine Ausführungen keiner technischen Bild- oder Tonaufzeichnung unterworfen wurden. Das ist bedauerlich. Wenn einer meines Kalibers, Beschwernisse in Kauf nehmend, aus freien Stücken an die Stätte Ihrer Arbeit kommt, um Ihnen kostenlos etwas vorzutragen, dann sollten Sie die Büchse im Anschlag haben, junger Mann.”

Winkelmann nickte. “Wir machen das Ganze noch mal.”

“Gewiss nicht”, sagte der Alte lächelnd. “Aber ich lass Ihnen meine Karte da.” Er schob Winkelmann ein winziges Papierbild über den Tisch, erhob sich, gab dem Praktikanten ein Zeichen, ihm seinen Hut zu bringen, verbeugte sich zu allen Seiten hin und ging.

Als ob der mysteriöse Auftritt nicht gereicht hätte – das Papierbild konnte nicht wahr sein. Winkelmann und Krüger sahen einander an, nickten schwach und schwiegen.

Später im Büro öffnete Winkelmann den Rechner. Sie hatten sich richtig erinnert. Unter 703c4 fand sich die Bilddatei des Daimlerfotos mit den Cellophanecken, das Peters auf den Tisch gelegt hatte – das erste Bild einer Filmsequenz mit eingebettetem Ton.

Winkelmann hat das Material später unter dem Titel ‘Die Sieben Dateien des Gottlieb Daimler’ für das U-Treppenhaus bearbeitet.

Der Vorwurf, der Filmmacher habe willkürlich und einzig und allein nach formalen Kriterien die als Einheit vorliegende Daimler-Datei zerstückelt, ist von der Erbengemeinschaft Benz bislang nicht erhoben worden.

Gottlieb Daimler, sprechendes Bild

Kapitel 30

Anfang März entdeckte Winkelmann in den Foils einen Film, den er 'Die Taubensuppe' nannte. Er hatte keinen Vorspann, keine Untertitelung, es gab keinen Hinweis auf die Regie und die Schauspieler. Allerdings waren ihm die Dialoge bekannt, er kannte sie, weil er sich lebhaft an sie erinnerte. Und an den Pullover. Der Schauspieler trug den Rautenpullover seines Vaters, hantierte im Sechziger-Jahre-Wohnzimmer mit dem Kleinkalibergewehr, erklärte seinem Sohn, wie man einen Schalldämpfer aufschraubt. "Dann macht der Schuss nur leise plopp, die getroffene Taube fällt vom Dach, die anderen wundern sich, aber bleiben sitzen. So kann man eine nach der anderen abknipsen." (Siehe Anhang 16: Film-Dialog 'Die Taubensuppe')

Vater und Sohn

“So genau habe ich es erlebt, an einem Sonntagmorgen.”

“Vorweggenommen nachgestellt”, flüsterte Krüger. “Wir waren uns einig, das so zu benennen, auch wenn wir’s nicht verstehen.”

“Wie spät wird’s sein?” Winkelmann sah auf seine Armbanduhr.

“Adolf, lass das. Uhren messen die Zeit. Sie produzieren sie nicht und können auch nichts an ihr ändern. Vielleicht sollten wir doch auf Florian Sauer hören und einfach mal von einem Scheiß-Wunder ausgehen.”

Florian Sauer, Ausstatter für Spezialeffekte aus Wattenscheid – sie hatten ihm vor Tagen im Café des Bochumer Planetariums ihren Verdacht geschildert – hatte den Rat gegeben, angesichts der zerstörerischen Verunsicherung doch einmal den Versuch zu unternehmen, professionellen geistlichen Rat in Anspruch zu nehmen. Sein Beichtvater sei ein weltoffener Mann, mit den Tücken der Postmoderne vertraut, er habe im Zweitstudium Psychologie studiert und lange Zeit in Lourdes gearbeitet.

Der Filmmacher war bislang dagegen gewesen, das Wort ‘Wunder’ auch nur auszusprechen. Jetzt gab er schließlich nach. “Ich fühle mich verantwortlich und will alles versucht haben.”

Vater und Sohn

Der Beichtvater von Sauer den Krüger anrief, lehnte allerdings ein Gespräch über technisch induzierte Wunder freundlich ab.

Die Gelegenheit, den Ruhrkardinal selbst befragen zu können, kam auf keine Weise geplant, aber wie gerufen. Es war der Morgen, als Ayse Manyas, die kurdisch-türkische Assistentin, Winkelmann wegen der Hostie ansprach, die sie schlechten Gewissens am liebsten wieder zurückgeben würde. Sie war mit ihrer Freundin Fatusch aus Rotterdam während eines Gottesdienstes im Essener Dom gewesen, eigentlich nur zur Besichtigung, und sie hatten sich, erzählte sie, mit in die Schlange gestellt, als etwas verteilt wurde. Die Freundin hatte gesagt, ach, komm, mal gucken, ob einer was sagt.

Ayse Manyas zeigte Winkelmann die Hostie. Die merkwürdige Begebenheit nahm der Filmmacher zum Anlass, mit Essen zu telefonieren und zu fragen, ob der Kardinal einverstanden sei, das Filmteam zu empfangen und ein Interview zu geben zum Thema große und kleine Sünden. Das sei möglich, ließ der Kardinal mitteilen, aber vom Zurückbringen der Hostie solle

Der Leib des Herrn

man absehen. Ein solcher Vorgang sei präzedenzlos und nicht denkbar. So kam es am 16. März zu dem Treffen in der über zwölfhundert Jahre alten St. Ludgerus-Kirche in Werden.

Kardinal Hellweg fragte nach der Assistentin und bedauerte, dass sie draußen im Auto geblieben sei. Noch vor Drehbeginn kam sie dann doch dazu, und er begrüßte sie herzlich und überging ihre Entschuldigung mit einem wohlwollenden Lächeln. Ob Unfug oder nicht, es sei vielleicht auch schwerer Unfug gewesen, ein kleiner schwerer, er habe nicht darüber zu richten. "Wir wissen nicht zu jedem Zeitpunkt, was wir tun", sagte er an alle gewandt, "und die junge Generation verdient, dass wir Älteren nicht überheblich tun."

Um mit dem Filmmacher die Spielregeln des Interviews vorzubesprechen, bat er ihn in den Nebenraum der Sakristei. Er würde gerne etwas sagen, wünsche aber, dabei nicht unterbrochen zu werden. Winkelmann war mit allem einverstanden und ergriff die Chance, jetzt über sein eigentliches Anliegen zu sprechen. Der Geistliche schmunzelte. "Legen Sie los."

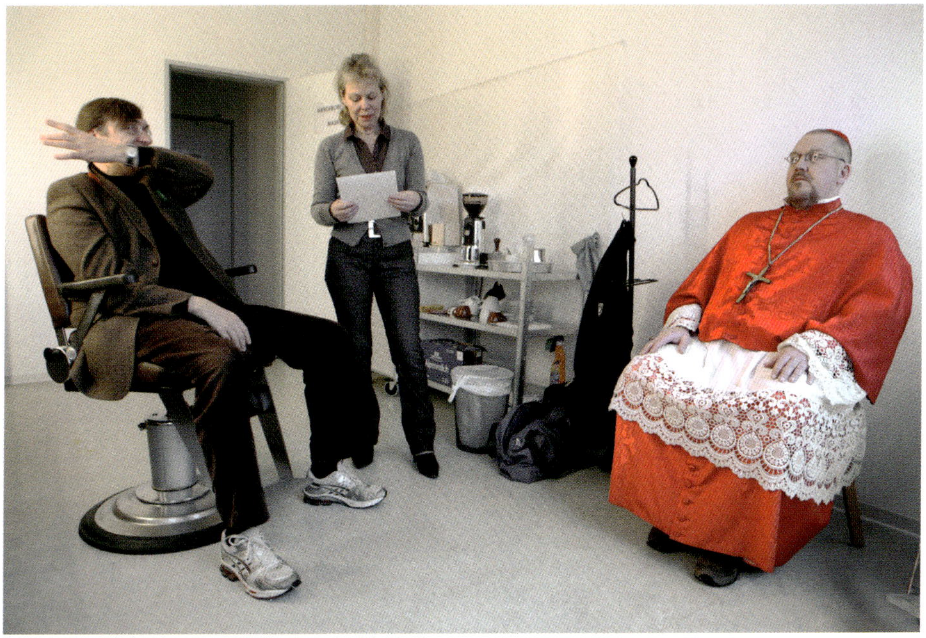

Winkelmann, Birgitta Weiss, Ruhrkardinal Hellweg

In Beispielen, kurz, aber anschaulich, beschrieb der Verunsicherte einen Teil der unerklärbaren Ereignisse und Datenfunde, erläuterte die Unangreifbarkeit der Beweise und schilderte die Hilflosigkeit der unmittelbaren Zeugen.

Der Kardinal hörte mit geschlossenen Augen zu und sagte dann: "Wunder gibt es immer wieder. Aber ein Wunder als solches zu klassifizieren, dazu ist nicht einmal ein katholischer Kardinal befugt. Dazu müssten Sie den Heiligen Vater und seine zuständigen Kollegien befragen, ich denke schriftlich. Die Beantwortung wird aber dauern. Wir haben es in der Mysteriengeschichte mit Fällen zu tun, die in Dekaden zu keiner Klärung kamen. So, lassen Sie uns in die Kirche gehen, ich hoffe, Ihre Mitarbeiter haben ihre Technik jetzt aufgebaut. Keine Schminkerei, bitte, aber die Stirn, wenn es heiß wird, lasse ich mir abtupfen. Auf das Thema kleine und große Sünden bin ich vorbereitet." (Siehe Anhang 17: Geständnis Ruhrkardinal Hellweg)

In Bezug auf die Wunderfrage war der Besuch in Essen ein Fehlschlag gewesen. Krüger räumte ein, nie mit etwas anderem gerechnet zu haben. "Es

Das Geständnis des Kardinals

spricht nur für unseren elenden Zustand, dass wir uns Hilfe von dort erhofften. Dir scheint es etwas besser mit allem zu gehen als mir, mag sein. Ich tue so, als ob ich es aushalte. Halte es wirklich aber nicht aus. Nichts ist mehr so, wie es war."

Am 21. März hatten sie sich an der Hövelpforte verabredet, um beim Essen ihre Listen der Foil-Dateien und die Kurzbeschreibungen durchzugehen. Als Krüger eintraf – er hatte sich etwas verspätet –, saß Winkelmann angelehnt gleich neben einer Pfütze am Fuß des Baubretterzauns und blätterte in seinem Terminkalender.

"Was ist denn hier los, ist dir schlecht geworden?"

Winkelmann zeigte hinter sich. "Da ist ein Loch im Brett. Guck durch."

Krüger linste durch das ausgeschlagene Astloch und sah die Baustelle, ein Gebäudeskelett genau an der Stelle, wo die Hövelpforte hätte sein müssen.

"Was soll das?", fragte er.

"Ich hab die Maurer gefragt. Ich hab gegenüber die Anwohner in Parterre gefragt. Hier ist seit einem Jahr Baustelle. Die Hövelpforte war mal. Die haben alles abgerissen und die Bäume vom Biergarten abgesägt. Es soll ein Einkaufszentrum hin." Winkelmann war aufgestanden, er lachte. "Nach Lage der Dinge haben wir uns jetzt ein ganzes Jahr lang, mindestens einmal die Woche, in einem Gasthaus getroffen, das es nicht gibt. Lass uns woandershin gehen, zum Beispiel drüben in die Pfeffermühle."

Kapitel 31

9. Mai 2010. Landtagswahl. Winkelmann und Krüger gingen nicht hin. Das vorläufige Endergebnis ließ vermuten, dass sich in Düsseldorf etwas ändern wird.

10. Mai – Am Morgen gegen elf rief der alte Fröbel aus seinem Landhaus in Umbrien bei der Produzentin an und erkundigte sich nach ihrem Befinden. Nach seiner Einschätzung sei der Ausgang der Patt-Entscheidung im Land noch ungewiss, aber für den Fall, der bislang hilfreiche Spieler in Düsseldorf gerate in Schwierigkeiten, würde das unabsehbar zwickende Folgen für den verehrten Herrn Winkelmann haben können. "Es muss nicht sein, aber meine Brüder und Schwestern in Dortmund, ich kenne sie, könnten glauben wollen, der künstlerische Pate Ihres originellen Konzepts liege bereits im Koma. Es würde mich nicht wundern, wenn die Ritter der Kreativbranche auf die Pferde steigen, um den Künstler zu umzingeln und einzuschüchtern. Ich bin ja jetzt zu alt, um zu lügen. Ich habe damals leider selbst an solchen Übergriffen teilgenommen. Nichts für ungut. Und noch eins fiel mir ein – man könnte doch sagen, es geht im weitesten Sinn um Film. Haben Sie mal daran gedacht, die notwendigen Mittel an dieser Front zu aquirieren?"

"Danke. Ich habe Ähnliches gedacht und meine Fühler schon ausgestreckt", sagte die Produzentin. "Haben Sie eine schöne Zeit in Ihrem Garten mit den Enkelkindern."

Nachdenklich, ein wenig gerührt, legte sie auf. Ihr Plan, schneller zu sein als alle, war weit gediehen. Ob schnell genug, sie wusste es nicht. Aber sie wusste, wen sie anrufen würde. Sie war auf dem Weg zum Auto, als Schleitzer anrief. "Ja, nett, der Herr Schleitzer. Was kann ich für Sie tun?"

"Ich schlage eine Besichtigung vor. Ich wüsste im Turm ein paar wichtige Keller, die Winkelmann nicht kennt. Der Haken ist, es müsste morgen sein. Ich hab da nicht beliebig Zugang. Wenn Sie mitkommen mögen oder der Herr Krüger, einverstanden. Sie holen mich an der Marienkirche ab. Wie wär's um halb elf?"

Die Produzentin sagte sofort zu, rief erst Slama, dann ihren Uhrengucker an. Sie wusste, jede Art von Ausflug würde allen gut tun.

11. Mai. Slama hatte es tatsächlich fertiggebracht, den Schlafflüchtigen zum Aufstehen zu bewegen.

Krüger hatte nicht gesagt: "Ich möchte lieber nicht." Er hatte gesagt: "Ich kenne diese Keller."

"Und deshalb solltest du heute dabei sein", hatte Slama geantwortet. Er wunderte sich, dass Krüger der elend dünnen Logik folgen konnte und, ohne zu murren, seine Straßenkleidung über den Schlafanzug zog und nach wenigen Minuten reisefertig war.

Schleitzer saß auf dem Beifahrersitz neben der Produzentin, Winkelmann hinter ihr. Er vergewisserte sich der stetig voranschreitenden Zeit, indem er in regelmäßigen Abständen auf die Digitaluhr im Armaturenbrett sah. Krüger und Slama stiegen zu, Schleitzer begrüßte sie herzlich. Mit einem Seitenblick auf den Kameramann, der mit seiner 5D Mark II im Vorbeifahren die inzwischen ausgewachsene Krankenkasse vor dem U-Turm fotografierte, sagte er: "Wo wir jetzt hinfahren, ist Fotografieren strikt verboten."

Slama lachte: "Wenn Sie wüssten, was ich schon alles Verbotene fotografiert habe."

"Ich wollte es nur gesagt haben. Obwohl ich mir schon vorstellen kann, dass sich der Dortmunder nicht traut, Sie darauf anzusprechen. Das Wachpersonal wird sie scannen und herausfinden, dass Sie aus der Hauptstadt

Aufbau West, fast vollendet

FREUNDLIEB

kommen und mit dem nominierten Oscarpreisträger Michael Ballhaus persönlich bekannt sind. Nun denn, wir werden sehen. Die Entry-Codes, die wir brauchen, habe ich mitgebracht. Fragt mich nicht, wo ich die herhabe. Wenn's Ärger gibt, macht euch um mich keine Sorgen. Ich hab seit langem ein Angebot aus Baden-Württemberg, die Geschichte des alten Bahnhofs und den Bau des neuen Bahnhofs zu dokumentieren. Damit bin ich für den Rest meines Arbeitslebens beschäftigt. In einer wichtigen Stadt, an einem großen Projekt. Das ist schon etwas anderes als das Klein-Klein hier in Dortmund."

Über die Übelgönne dirigierte Schleitzer den Volvo der Produzentin zum Parkplatz des FZW, Freizeitzentrum West, einen Steinwurf vom U-Turm entfernt. Er wies auf die große Zahl der Abluftrohre hin, deren auffällig einfallslose Verzierung seiner Einschätzung nach den technischen Sinn der Anlage wohl verunklaren solle.

"In diesem roten Klotz, wart ihr schon mal drin? Ein paar Büros, Gastronomie und eine neue Disco. Was man von außen nicht sieht, die Hälfte der Grundfläche ist nicht vergnügungssteuerpflichtig. Dort befindet sich eine

Kunst am Rohr, Klima-Anlage und Pumpstation FZW

Klima-Anlage, majestic, ausgelegt für eine Kleinstadt. Und eine Pumpstation. Auch majestic. Wir gehen jetzt rüber zum Turm. Ich weiß, dass ihr dies und das wisst." Bitter lächelnd machte er eine Pause. "Aber über die wirkliche Wahrheit wisst ihr noch immer nichts."

Auf dem Weg durch die historisch anmutenden Kellerlabyrinthe K2 und K3 verriet Schleitzer auf Winkelmanns Frage, wieviel Uhr es unter dem Turm sei, worum es ihm wirklich ging. "Ich bin jetzt 17 Jahre ein Teil der Verwaltung, aber meine Redebeiträge wurden noch kein einziges Mal in irgendeinem Protokoll erwähnt. Ihr kennt den Ausdruck, in den Stollen kommen? Das ist, wie in die Geschichte kommen. Ein Teil von ihr werden. Manchmal war ich nahe dran. Zum Beispiel im September des vorletzten Jahres hatte ich einen Beitrag zur Selbstdarstellung unserer Metropole Ruhr vorbereitet. Aber leider habe ich in der ersten Aufregung selbst zugestimmt, dass das nicht ins Protokoll kommt." Und wieder, es wirkte zwanghaft, hob er an mit jenem Redebeitrag, den er schon im Maskenstuhl zitiert hatte. Winkelmann und Krüger hatten es längst auswendig gelernt. Pott, der Pöter und so weiter.

Braukeller, K3, Abzweig in den alten Stollen

Dass Winkelmann ihn unterbrach und ein weiteres Mal nach Datum und Uhrzeit fragte, kam nicht bei ihm an. Auch Krügers tiefes Summen nicht.

"Ich wurde vom Vorsitzenden genötigt! Ihr haltet so was für eine Lappalie. Dabei war es nicht nur eine Kränkung, es gibt nichts Schlimmeres als das. Und darum werde ich euch hier und heute alles zeigen."

Winkelmann wandte sich leise an die Produzentin: "Was meint er mit hier und heute?"

"Es ist der 11. Mai, sonst nichts", sagte sie und zog ihn weiter.

Sie kamen auf K3 zur titanweißen Tür. Schleitzer holte den Zettel mit den Codes aus der Brieftasche und gab eine achtstellige Nummer in den Pin Pad ein, vierundzwanzig Stunden gültig. Winkelmann unterrichtete Slama: "Bis hierher, wenn heute der 11. Mai und gleichzeitig Dienstag ist, waren wir schon vor eineinhalb Jahren. 2010 fällt der 11. Mai auf einen Dienstag. 2004 und 1999 allerdings auch. Aber ich kann mir schlechterdings nicht vorstellen, dass wir vor sechs oder gar elf Jahren schon mal hier waren."

Auf dem Weg zur titanweißen Tür, K3

"Du hast ja recht", beruhigte Slama den Filmmacher. "Ihr wart nur einmal hier. Was war denn da los?"

Krüger summte vernehmlich.

Winkelmann fuhr fort: "Ein Bauleiter Rasch, so hieß er, hat sich damals sichtlich gewunden, als wir fragten, wo es hingeht. Und hat dann eine ziemlich kranke Beichte abgeliefert, dass er den Raum vorübergehend privat nutze. Für dem Verkehr entzogene Verkehrsschilder. Ist das krank oder krank?"

Krüger ließ das Summen sein und erinnerte sich: "Ich war ja später noch mal hier, mit einem Kasten Bier. Die Handwerker sagten, dass die Tür zu einem Stollen führt. Wohin genau, wussten sie nicht. VIP-Klo, sagte der eine, der andere sagte, Vergnügungsbunker."

In diesem Moment leuchtete eine grüne Lampe auf, und die Türhälften fuhren mit einem samtweichen Schlürfgeräusch auseinander. An der offenen Tür mussten sie warten. Zwei aufdringlich modern gekleidete, blasse Beamte, stumm grüßend, schoben auf der Gleisspur gerade ihre Handwagen heraus, voll beladen mit Aktenordnern.

Schleitzer öffnete die nächsten beiden Schleusentüren. Wände und Decke der Zwischenkorridore waren aus Stahlblech, fugenlos. In die weißen Bodenkacheln eingelassen die Schienenspur. "Auf dem Gleis können die kleinen Akten-Transporter durchfahren bis in den Förderkorb hinein."

Etwa vierzig Meter weiter, am Ende des dritten Zwischenkorridors ohne Nebenabzweig, endete der Gang vor der Kopfstation der Förderanlage. Schleitzer legitimierte sich mit seinem vierten Entry-Code. "Der Förderkorb ist so groß, dass fünf Akten-Loren hintereinander auf das Gleisstück passen."

Winkelmann sprach leise in sein Diktaphon: "Abwärts. Schleitzer sagt, dauert ein bisschen. Die Fahrt in den Berg dauert fast vier Minuten. Ich zähle die Sekunden. In siebenhundertzwanzig Meter Tiefe, kaum ein Zittern im Fahrgerüst spürend, sind wir angekommen. Die Vorstellung, wie viel Gesteinsmasse hier über unseren Köpfen hängt, macht etwas mulmig. Es ist kühler hier, gegen alle Erwartung."

Förderanlage, Kopfstation

Unten angekommen, eröffnete sich den Besuchern eine erstaunliche Welt. Schleitzer nannte sie: Die U-Stadt. Sie seien hier im Oberstollen, erklärte er.

Die riesige Halle war merklich kalt. Die Besucher waren sprachlos. Regale, Regale. Stahlbaugerüste, mit Buchstaben und Zahlen beschriftet, voll mit Dosen und Kästen aus Aluminium. Hier und da Hubwagen. Krüger schlurfte zu einer Bühnengiraffe, wie er sie aus dem Theater kannte, und fasste sie an. Die obersten Regale befanden sich in mindestens achtzehn Meter Höhe. Die Angestellten trugen Mäntel und wattierte Jacken, grüßten stumm. Keiner sprach Schleitzer an, was er hier mache, wie es ihm gehe. Musste man das merkwürdig finden?

Der Boden war mit blauer Auslegeware versehen. Velour. Auch hier, elegant versenkt, die Handwagen-Schienen, die durch die Regal-Gassen liefen. Schleitzer erklärte, dass am Ende jeder Gasse, es soll zweiundzwanzig davon geben, ein gläserner Kubus stehe, in dem Wachleute sitzen, die die Gassen im Auge haben, die meisten weiblich. Eine im flauschigen Pelzmantel, ein Butterbrot essend, zwinkerte Winkelmann zu. Er winkte im Vorbeigehen zurück.

Am Ende der Großen Halle erklärte Schleitzer: "Es gibt zwei von diesen Hallen. In der ersten werden die Protokollbestände und Akten in Papierform, das heißt, so, wie sie aus dem Rathaus, den Bezirken und Unterbezirken angeliefert werden, zwischengelagert.

"Zwischengelagert?", fragte die Produzentin erstaunt. "Soll das heißen, es gibt auch ein Endlager?"

"Nein, am Ende werden die Akten selbstverständlich geschreddert und im Blockheizkraftwerk verbrannt. Die dort gewonnene Energie kommt übrigens dem Kulturbetrieb zugute."

"Das glaubt kein Mensch. Bergbau rückwärts." Die Produzentin lachte. "Ist das eins dieser geheimnisvollen Strukturwandelkonzepte?"

"Es handelt es sich in der Tat um die Revitalisierung einer unterirdischen Industriebrache."

"Der Kreislauf des Kohlenstoffs", murmelte Winkelmann.

"Ich sagte ja schon, Ihre Phantasie, auf die Sie so stolz sind, Herr Winkelmann, reicht nicht an das Leben heran. Ich erkläre es Ihnen: Die Stadt hat vierzehntausend Bedienstete. Täglich produziert oder bearbeitet jeder dieser Bediensteten auf seinem Rechner fünfundvierzig bis fünfzig Text-Dateien. Genau gesagt pro Bedienstetenkopf drei bis vier Seiten Protokoll, achtzehn bis fünfundzwanzig Seiten E-Mail und fast einhundert Seiten Formularmaterial jeder Art. Pro Tag sind das gut zwei Millionen Blatt Papier. Bei zirka zweihundertfünfzig Arbeitstagen im Jahr ergibt das konservativ abgerundet eine halbe Milliarde Blatt Papier."

"Haben denn unsere Stadtväter noch nie was vom papierlosen Büro gehört?", unterbrach ihn die Produzentin.

"Bitte urteilen Sie nicht voreilig. Das, was Sie für rückständig halten, ist in Wahrheit Nachhaltigkeit."

"Herr Schleitzer, Sie sprechen in Rätseln!"

"Keineswegs. Dortmund geht seinen eigenen Weg. Der städtische Druckerpark auf dem ehemaligen Gelände der Westfalenhütte ist schon heute großräumig ausgebaut und wird ständig erweitert. Jede Datei wird gebackupt

Zwischenlager der Stadtbezirksunterlagen, hier Eving und Körne

und ausgedruckt, soweit verfügbar selbstverständlich auf chlorfreiem Umweltpapier. Und das alles wird, wie ich bereits sagte, in die U-Stadt gebracht. Wir sind hier in Halle eins. Halle zwei, die selbst ich, wie Sie gleich verstehen werden, nicht zu betreten befugt bin, ist das eigentliche Herz des Rätsels. SMPA. Das Städtische Mikrofilm-Protokoll-Archiv. Städtisches Handeln – umfassend dokumentiert. Damit liegt Dortmund ganz vorn, nicht nur in NRW, nein, bundesweit."

"Mikrofilm-Protokoll-Archiv?"

"Mikrofilm. Die Akten- und Protokollbestände der Administration werden Blatt für Blatt fotografiert. Nicht digital. Analog. Vergleichbar mit dem St. Barbara-Stollen im Schwarzwald, Nähe Freiburg, der bedeutende Teile des Bundesarchivs enthält. Bei einer gleichbleibenden Raumtemperatur von 10 Grad Celsius werden hier wie dort auf Mikrofilm festgehaltene Protokollbestände gelagert. Klassisches Film-Material überdauert bei richtiger Lagerung zehnmal länger als modernes Papier und hundertmal länger als Soft- und Hardware. Dortmund wird überleben, wenn es andere Städte schon längst nicht mehr gibt."

Winkelmann blickte verträumt von seiner Armbanduhr auf. "Noch schöner wär – in Stein gemeißelt."

Schleitzer nickte. "Wer hier mit seinen Worten eingelagert wird, ist anerkannter Initiator der Stadtgeschichte. Es geht um die Verewigung des Gedachten und Gesagten."

Auf einmal war Krüger wieder wach. "Pott, der Pöter, Votze, Pfütze, Butzemann."

Schleitzer überhörte die Anspielung. "Allein durch Datenverluste nimmt die Entgeschichtlichung unübersehbare Ausmaße an, ich denke übrigens, auch privat. Briefe, die man einst in Schuhkartons sammelte, sind heute in Laptops vergraben und nach spätestens zehn Jahren verloren. Jede Computergeneration wird durch die übernächste vernichtet. Das kann Dortmund nicht passieren."

Am Aufzug angekommen, wies Schleitzer seine Begleiter darauf hin, dass sich, nordöstlich von hier, genau unterhalb der Kreuzung Schützenstraße/

Grüne Straße, hinter einer weiteren Doppelschleuse die zweite Förderanlage befinde, die wieder nach oben führe, direkt in den stadteigenen Teil des Dortmunder Hauptbahnhofs. Die Akten würden nach der Verfllmung dort der Entsorgung zugeführt. Neuerlichen Frage der Besucher zuvorkommend, las er aus dem Nutzer- und Vernichterhandbuch vor, das er mitgebracht hatte:

"Die Akten- und Datenträgervernichtung erfolgt über eine autorisierte Fremdfirma. Von ihr werden die Objekte nach DIN 32757-1 Sicherheitsstufe drei, sowie nach den Vorschriften des Bundesdatenschutzgesetzes geschreddert und in geschlossenen Waggons zur Verbrennungsanlage gefahren. Anschließend erhält das zuständige Stadtamt ein entsprechendes Vernichtungszertifikat. Nutzer- und Vernichterhandbuch, überarbeitet Arnsberg 2004."

Mit einem gewöhnlichen Lastenaufzug fuhren der Museumsmann und seine staunenden Begleiter noch tiefer in die U-Stadt.

71 Meter tiefer, hinter der Doppelschleuse, war es gleich angenehm wärmer. Nutzer und Besucher durchschritten hier einen zweiten automatischen Körperscanner-Kanal mit Sprengstoff-Detektoren.

Stadteigene Gleisanlage

“Ein Dorf für sich”, erklärte Schleitzer. “Vorn die Garderobe für Mäntel und Jacken, dann hier ein temperierter Laborsaal mit Lesegeräten und den Arbeitsplätzen für Qualitätssicherung und Retusche. Die grünen Inseln zwischen den Tischen, eigentlich witzig, sind Zimmerlinden unter UV-Licht. Und überall Video-Kameras. Die Zentralüberwachung, auch hier als Glaskubus ausgebildet, arbeitet von 8 Uhr morgens bis 20 Uhr abends. Selbstverständlich gibt es eine Kantine, gehen wir gleich hin, hier erst mal Kiosk, Pool und Sauna, sanitäre Anlagen, weiter hinten Konferenzräume, Separees für Raucher, Arztraum, die Wohneinheiten und das OB-Notbüro, seinem Büro im Rathaus detailgetreu nachgebildet. Und jede Menge Telefonzellen, Handys funktionieren hier ja nicht. Hinter den Aquariumscheiben in der Wand drüben – der Pump Controller kann sie öffnen – seht ihr die Regeltechnik und vorbeilaufende Steigrohre der Pumpanlage, die teilweise auch aus noch größerer Tiefe kommen. Das Gebirge unter uns und um uns herum ist nass und muss ständig entwässert werden. Oben im FZW wird das Wasser ins Abwassernetz eingespeist. Die Gesamtausmaße des Unterstollens sind dreihundertzehn mal zweihundertachtzig Meter, hier bei einer Hallenhöhe von neun Metern. Das war, wie ihr wahrscheinlich wisst, im Bergbau nichts Ungewöhnliches. Es soll noch größere unterirdische Bahnhöfe gegeben haben. Kathedralen, Hallen mit bis zu zwanzig einlaufenden Gleisstrecken für die kleinen E-Loks und Kohleloren.”

Auf dem Weg durch den Wohneinheiten-Abschnitt führte Schleitzer seine Besucher an ein etwa zwei mal zwei Meter großes Käfiggitter, das in der Mitte aufgezogen war. “Bitte, wir können einmal durchgehen, es passt, wie Sie sehen, immer nur einer hindurch. Durch das Loch in der Decke geht’s in die Bergungsröhre. Beim Ausbau der Unterstadt wurde neben den beiden großen Förderschächten gleich ein dritter angelegt. Er ist viel kleiner, kreisrund, sein Durchmesser beträgt achtzig Zentimeter. Im Notfall bei Feuer, Bergschäden, giftigen Wettern kann durch ihn der Rettungskorb herabgelassen und mit jeweils einer zu bergenden Person bis hundertneunzig Kilo wieder hochgezogen werden. Personen unter fünfundfünfzig Kilo dürfen den Korb zu zweit nutzen. Die Fahrtdauer beträgt maximal elf Minuten. Zur

Sicherheit gibt es oben neben der maschinellen Senk- und Hubwinde eine mechanische Handwinde, die von jeweils sechzehn Männern der Grubenfeuerwehr bedient werden kann. Der oberirdische Schachtzylinder mit den Windensystemen befindet sich nicht, wie ursprünglich konzipiert, im Foyer des U-Turms, sondern auf dem Vorplatz Ost."

Krüger rechnete sofort nach. "Bei zweihundert Mitarbeitern würde es also an die siebenunddreißig Stunden dauern, bis alle raus sind. Das Warten muss grauenhaft sein."

"Es ist geregelt. Es gibt Ausstiegspläne." Schleitzer lächelte. "Was man so plant! Es wurden Testfahrten gemacht, aber den Panikfall kann man vermutlich kaum richtig testen. Jedenfalls – alle in der Unterstadt arbeitenden Personen und Besucher bekommen bei Ausfertigung ihrer Arbeitsverträge oder Besuchsgenehmigungen eine Bergungsnummer, die besagt, in welcher Reihenfolge sie ans Tageslicht gerettet werden würden. Wie in der Schifffahrt gilt der Kodex: Frauen zuerst. Es gibt also F-, M- und Visitor-Cards. Befinden sich unter den Besuchern Ratsvertreter, Leiter städtischer Ämter oder nach Bundestatuten anerkannte Geheimnisträger, würden sie nach den

Schachtzylinder, Vorplatz Ost

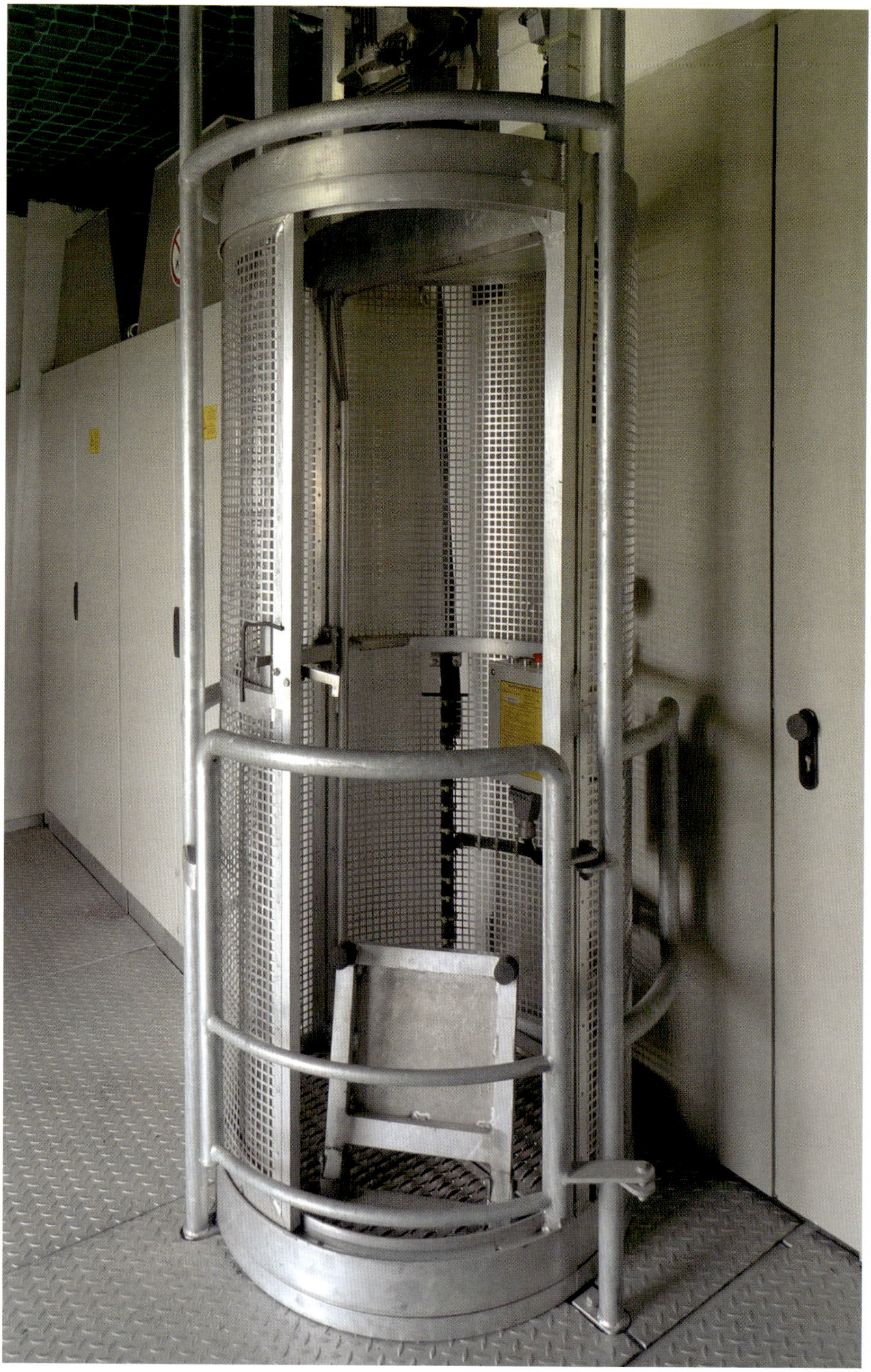

U-Stadt-Bergungskorb

Frauen bevorzugt geborgen. Der im Regelfall bewaffnete Reihenfolge-Controller verlässt das bedrohte System zuletzt. Der Ersatzkorb, den wir hier sehen, scheint gerade eingerichtet oder repariert zu werden.

Im Gehäuse des Fahrkorbs gibt es eine ausreichend helle Notlampe und ein Erste-Hilfe-Set mit Atemschutzmaske, Trinkwasser und schnell wirkenden Beruhigungsmitteln. Die Wahrheit, Sie müssen mir recht geben, ist selten lustig."

"Und wir? Haben wir auch so eine Bergungsnummer?" Die Produzentin war entsetzt.

Schleitzer verneinte. "Wir wären nicht hier, wenn ich sie offiziell beantragt hätte. Ich denke sowieso, wir sollten uns beeilen. Man dürfte uns längst bemerkt haben."

Die Besucher trafen auf Dortmunder, die unter Tage arbeiten und unter Tage wohnen. Slama war außer sich. "Das ist doch eine Riesensauerei! Welches kranke Hirn kann denn so besessen sein und wovon? Ist das Ehrgeiz oder Geltungssucht oder Größenwahn? Nur weil die einen an die Sonne wollen, müssen die anderen in die Unterstadt! 720 Meter tief! Das sind Menschen, Herr Schleitzer!"

Als Schleitzer nur mit den Schultern zuckte, wandte er sich wütend den anderen zu. "Warum regt ihr euch nicht auf?" Niemand reagierte. "Ich hab was gefragt!" Er war sichtlich schockiert und versuchte, Winkelmann die Kamera in die Hand zu drücken. "Ich hab keine Lust mehr!"

Winkelmann schüttelte den Kopf. Ein paar Augenblicke stand Chefauge Slama wie versteinert da. Die Tristesse des Ortes erschlug ihn fast. Schließlich siegte sein Jagdinstinkt. Es musste sein.

Die Produzentin nahm ihr Diktaphon heraus und sprach ein paar der Bediensteten auf ihre Aufgaben und Arbeitsbedingungen an.

(Peter Grotowski, 49, Mikrofilmingenieur) *"Es ist nicht einfach hier unten, aber dafür haben wir einen lebenslangen Vertrag, Weihnachtsgeld und 28 Tage Urlaub über Tage. Und dass es hier zölibatär zugeht, sollten Sie nicht glauben. Die Beziehungen wechseln schon mal, aber Eingriffe der*

Untertagewohnung eines Bergingenieurs, Musterwohnung

Gegenschuss

Toilettenanlage (Herren) für 205 Mitarbeiter

Doris und Jörg Panteleit, Leiharbeiter

Vorgesetzten gibt es nicht, die Partnerwahl ist nicht geregelt. Wir haben, ich kann das wohl für alle sagen oder jedenfalls die Mehrheit, volles Vertrauen in die Politik, die uns für die kommunale Geschichtsbildung einsetzt und braucht. Und mit meiner Bergungsnummer M-39 bin ich auch zufrieden. Also im Notfall, dass wir hier einzeln im Notkorb nach oben müssen, wäre ich nach den Frauen als der Neununddreißigste an der Reihe."

(Sonja Schlier, 55, Archivarin) *"Ich hatte Verwandte, die am Telefon fragten, warum machst du das? Ihr arbeitet da unten für ein paar Wenige, die sich doch bloß verewigen wollen. Dann sage ich, okay, hier gibt's schon mal Tränen und Kummer, so um Weihnachten, aber die gibt es bei euch oben auch. Und die Wohneinheiten mit gratis Erdwärmeheizung und Sonnenstudio sind nicht zu verachten. Und die Kulturversorgung stimmt. Es gibt Kino und Live-Auftritte von Animateuren, die meist gelernte Schauspieler sind und oben nicht mehr finanzierbar. Einer wollte gar nicht mehr zurück."*

(Tanja Maria Kunze, 18, Azubi) *"Lieber hier und versorgt, als oben blöd und lalla rumsuchen und nix finden außer im Hoeschpark Papierkörbe und Sitzpilze, die man mit besoffenen Jungs abfackelt. Irgendwann dachte ich*

Peter Grotowski, Mikrofilmingenieur, seit dreißig Jahren untertage

einfach an meine Zukunft, dass ich nicht zu der Generation Benzin gehöre, und in der Abendbildungsgruppe lerne ich hier auf Stadtkosten Englisch, Feng Shui, Ikebana, Zierfischhaltung und Filmtechniksachen, wo man mich als Friseurin mit nur Hauptschule nie drangelassen hätte."

Abschließend wollte Schleitzer seinen Gästen unbedingt noch das U-Stadt-Forschungslabor zeigen. Es liegt souterrainartig am Rand des Unterstollens versenkt. "Die Wissenschaftler untersuchen hier, ob man die Protokolltexte anstatt auf Safety-Film nicht noch haltbarer und nachhaltiger auf anderen Materialien festhalten kann."

Winkelmann fragte nach, ob es vielleicht Versuche mit Gold gebe. Schleitzer wusste es nicht, er habe von einer Goldsammelstelle gehört, aber eben nur vom Hörensagen.

Der Security-Mann, den Slama ansprach, behauptete, auch nichts zu wissen. Als er sich abwandte, um einen Kollegen zu fragen, was er sagen dürfe, schoss Slama aus dem Handgelenk das einzigartige Foto, das, inzwischen vielfach veröffentlicht, allen Skeptikern die Existenz der Forschungsstation

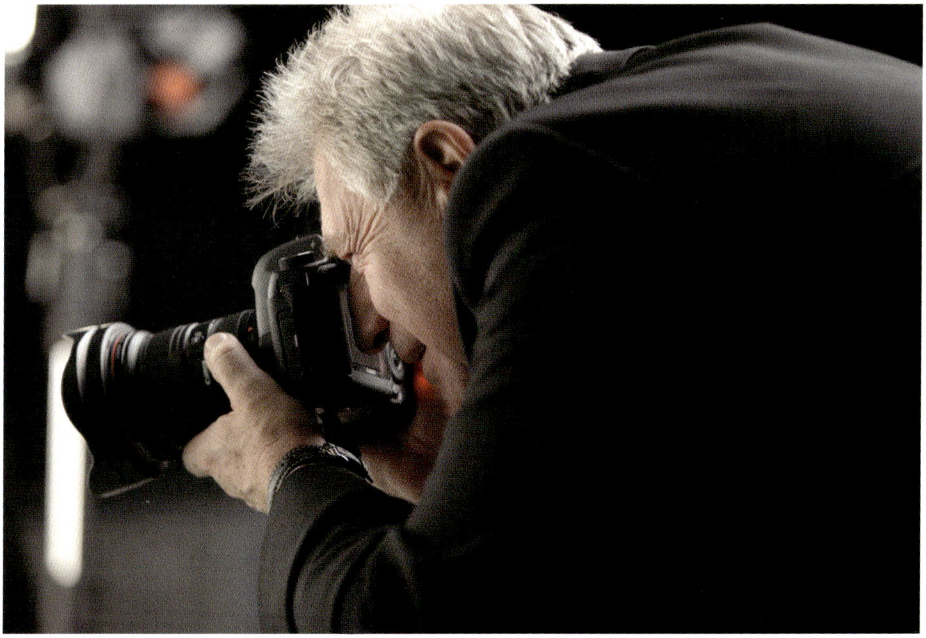

David Slama, Chefauge

beweist. Winkelmann hatte die Aktion seines Kameramanns vorhergesehen und rechtzeitig geniest, um das Kameraverschluss-Geräusch zu überdecken.

"Gesundheit", sagte Schleitzer. "Ich bin gleich am Ende. Sehen Sie die Überdachung da unten? Um die normalen Abläufe nicht einschränken zu müssen und trotzdem die notwendige Geheimhaltungsstufe zu erreichen, arbeiten die Ingenieure unter einer Sichtschutz-Verkleidung. Aus Rücksicht auf die Mitarbeiter wird mit Scheinwerferbatterien Tageslicht simuliert. Die Scheinwerfer brennen 16 Stunden. Acht Stunden ist es dunkel auf U-791."

Als die vier U-Stadt-Besucher wieder in der Förderanlage standen und sanft surrend nach oben getragen wurden, fragte Slama: "Versteht ihr das alles?"

"Als Dortmunder", sagte Winkelmann, "versteh ich das. Wenn es uns gelingt, als einzige Ruhrgebietsstadt nicht im Datenmeer unterzugehen, haben wir die anderen endlich von der Landkarte. Sogar Essen. Das ist doch eine Anstrengung wert! Wenn in fünfhundert Jahren Archäologen das untergegangene Ruhrgebiet ausgraben, werden sie Beton und Plastikreste finden,

U-791, Forschungslabor

aber keine Texte. Allein die autorisierte mikroverfilmte Protokollsammlung der Dortmunder Administration wird Zeugnis geben vom genuinen Leben zu Beginn des 21. Jahrhunderts."

Nach weniger als dreieinhalb Minuten Hochgeschwindigkeitsfahrt setzte die Entschleunigung ein und endete zwanzig Sekunden später mit einem kaum wahrnehmbaren Ruck, der dem Gleichgewichtssinn der Besucher die Empfindung vermittelte, wieder zu fallen. Dieser Eindruck war falsch. Die Schiebetüren öffneten sich sanft, der Förderkorb stand still.

Kapitel 32

Nach der Rückkehr aus der U-Stadt setzten die Dyslokations-Gefühle zumindest bei Winkelmann schlagartig aus. Er konnte das Zeiten-Durcheinander leichter ertragen. Die Gewissheit, dass das wirkliche Leben unter Tage stattfand und all die unerträglich krank machenden Vorgänge an der Oberfläche wirklich nur oberflächlich und flüchtig, womöglich nichts als Theater waren, gab ihm Halt. Es hatte sich ihm eine neue Sicht der Dinge erschlossen. Er hatte seinen Platz wiedergefunden: sechste Reihe, Mitte, neben ihm Regie-Assistentin und Dramaturg, vor ihm die Bühne.

"Du musst nicht flüstern und du störst auch nicht."

Die Produzentin sah ihn viele Nachmittage mitten im Studio hocken, ganz allein, und auf die nicht vorhandene Bühne glotzen. Sie wusste, dass sie sich nicht lustig machen durfte. Irgendwann setzte sie sich direkt hinter ihn, in die siebte Reihe, und fragte flüsternd, ob sie stören dürfe, er die Arbeit für einen Moment unterbrechen könne. "Ich habe jetzt endlich ein wasserdichtes Konzept, finanziell und organisatorisch. Wenn du immer noch willst, kannst du die Bilder fliegen lassen."

Er drehte sich verwundert zu ihr um, nahm sie in den Arm. "Du musst nicht flüstern und du störst auch nicht."

Dann erklärte sie ihm ihren Plan.

Zunächst ließ Winkelmann den Setdesigner kommen und erläuterte ihm geduldig, dass die aufwändig im Studio nachgebaute Förderanlage wegen offensichtlicher Unähnlichkeit nicht verwendet werden könne. "Alles wieder abbauen und wegschaffen. Dann das Studio entrümpeln und Funktionsmodelle der Installationen für eine große Präsentation aufbauen. Wir gehen in die Offensive. Und egal, was dabei rauskommt, Marder soll die

Nachgebaute Förderanlage, wegen Unähnlichkeit nicht verwendet

LED-Lamellen, die Steuerschränke und die komplette Computertechnik in Auftrag geben. So viel wie möglich selbstverständlich selber bauen, das spart Kosten."

Als hätte er so etwas oder Ähnliches geahnt, erschien am Abend des 14. Mai, nur eine Stunde vorher aus dem U-Turm-Bauleitungsbüro angemeldet, eine Gutachterrunde, noch ohne Befugnis, wie man ihm versicherte. Sie schien hastig zusammengesetzt. Gekommen waren der Chef der Dortmunder Stadtschatzsicherung Dr. Rainer Fängewisch, der Düsseldorfer Museumsarchitekt Dr. Hans Edelhagen, der Bühnen- und Lichtdesigner Jean Paul Casarelli und Karl-Friedrich Grau, der Leiter eines nicht näher benannten Amtes. Im dämmrigen Studio zeigte Winkelmann den Experten an seinen Funktionsmodellen Beispiele der Filme für die Dachkrone, das Rolltreppenhaus und das Panorama-Oval. Krüger kam zunächst nicht hinzu, er hatte sich immer noch etwas müde gefühlt und war oben im Büro geblieben.

Casarelli zeigte sich nur anfangs begeistert, dann mehr und mehr skeptisch. Das U sei letztlich kein Lichtspieltheater. Er habe, jeder wisse das, nichts gegen Illuminationen, aber dafür seien kompetente Lichtdesigner zuständig, und Winkelmann sei ihm nur als Filmmacher bekannt.

Der Architekt hatte bereits mit dem Denkmalschutzamt gesprochen. Er brachte vor, ihm sei unmissverständlich signalisiert worden, dass es nicht genehmigungsfähig sei, die ornamentale Wucht der Betonfassade mit Lichteffekten, gleich welcher Art, zu verschandeln. Schon gar nicht mit Millionen kleiner Lämpchen. Man habe den hinreichenden Verdacht, dass Winkelmann vorhabe, jedes einzelne Lämpchen zu bewegen, womöglich mit kleinen Motoren. Die waghalsige Behauptung des Filmkünstlers, er könne mit fest stehenden Lichtpunkten bewegte Bilder erschaffen, sei wohl mehr eine Metapher, aber letztlich aus der Luft gegriffen, ein Widerspruch in sich selbst. Außerdem werde doch das ausgestrahlte Licht am Tag viel zu dunkel und bei Nacht viel zu hell sein. Des Weiteren sei nicht geklärt, was der Naturschutz einzuwenden habe. Es gebe oben auf dem Turm zwei gelegentlich nistende Falkenpaare und eine nicht gezählte Anzahl von Fledermäusen, deren Fortbestand durch die permanente Lichtemission bedroht sein könnte.

Dr. Hans Edelhagen suchte nach einlenkenden Worten. “Verstehen Sie mich richtig. Ein fabulöser Beitrag zur Stadtgeschichte und zum neuen Bild des Ruhrgebietes. Ganz beispiellos, ganz große Oper in Licht und Beton. Die neue Industrie, die Menschen der Region – alles da. Und dabei voller Witz, der dem Opernhaften sonst sehr fremd ist. Überragend. Nur eben nicht wirklichkeitstauglich, eher ein Traum. Ich fürchte, wir müssen das alles ablehnen.”

Winkelmann versuchte mit weiteren Erläuterungen, den Argwohn der Experten zu entkräften. Die Dachkrone des Turms sei schon damals nicht als irgendeine Betonverzierung, sondern als Lichtarchitektur gebaut, zeitgleich mit ähnlich konzipierten Gebäuden in Amerika. Seine als ‘Bilderuhr’ geplante Installation sei eine neue, heutige Version dieser Idee und gehe weit über das damals angestrebte Ziel einer beeindruckenden Nachtgestalt des Gebäudes hinaus. “Diese Bilder, überraschend und irritierend um ein Gebäude gewickelt, öffnen die Wahrnehmung, schaffen Raum für Phantasie. Und Phantasie und nur sie ist Rohstoff der Kreativität!”

Winkelmann spürte, wie ihm beim Sprechen der Schweiß an den Schläfen herunterlief, sah die leeren Blicke der Experten und wusste, dass es zwecklos war. Er fasste in seine Hosentasche und griff sein Handy, das weder geklingelt noch gerappelt hatte, hielt es ans Ohr, sagte: “Einen Moment bitte.” Dann stand er auf und zeigte auf die Roastbeef-Schnittchen auf dem Tisch: “Bedienen Sie sich, meine Herren.”

Der Amtsleiter griff als Erster zu, sein Zeigefinger landete in der Remouladen-Dekoration. “Die Präferenzen der Stadt haben sich verschoben”, erklärte er und leckte hinter einer Serviette den Zeigefinger ab. “Die Stadt wird in Kürze einen U-Turm-Beauftragten benennen, der wird sich Ihrer Sache annehmen.”

Der Filmmacher wandte sich ab, ging ein paar Schritte und tat, als telefoniere er. Da sah er Krüger, der im Dunkeln hinter einer Stellwand stand. Krüger winkte ihn zu sich. “Mach einfach weiter, zieh die Sache durch.”

Die Ausführungen des Filmmachers über das geplante Begleitbuch, in dem wahrheitsgemäß vom Diebstahl der Magic Foils und dem abenteuerlichen Weg bis zu ihrer Entzifferung berichtet werden würde, versetzte die

Kommission in helle Aufregung. Bei Erwähnung der Ü-Turm- und Bargeldaffäre von 1968 – Winkelmann legte zwei Fotos vor, die er und sein Team gefunden hatten – riet Dr. Fängewisch von einer Veröffentlichung dringend ab. Das alles sei, vor allem im Zusammenhang mit der erwähnten Zeitschleife völlig unglaubwürdig. "Eine Zeitschleife in unserer Stadt, mein Gott, das ist im Grunde das Strukturmoment eines Schauerromans! Wem wollen Sie das erzählen? Jetzt nach der Wahl? Sie werden sich lächerlich machen, und die Anspielung auf eine irgendwo existierende Unterstadt bleibt, wenn ich Sie richtig verstehe, ebenfalls ohne Beweis. Das hört sich ja an, als könnte der Turm jeden Moment in sich zusammenstürzen, weil es da Aushöhlungen unter seinem Fundament gebe. Wie tief, sagen Sie? Siebenhundertzwanzig Meter? Niemand hat je davon gehört. Kompletter Quatsch."

Winkelmann kam, nachdem er seine Gäste verabschiedet hatte, hoch ins Büro, brachte die übrig gebliebenen Roastbeef-Schnittchen mit und berichtete der Produzentin, die gerade ausführlich mit Los Angeles telefoniert hatte, wie das Treffen abgelaufen war. "Wie zu erwarten. Relativ freundlich. Großes Tennis, Herr Professor, aber keine Punkte."

Nachtsitzung mit Experten

“Und was sagt uns das?”, fragte sie.

“Das sagt uns, dass wir alles richtig gemacht haben. Wir sollten das Basislager jetzt verlassen und uns auf den Weg zum Gipfel machen.”

T. Marder erklärt Jean Paul Casarelli das legendäre Goldstreifenmaterial

Kapitel 33

Am 15. Mai musste erst der Geburtstag von Shake-Operator David Wiesemann nachgefeiert werden. Als der offizielle Teil beendet war, zog Krüger den Filmmacher, der Veranstaltungen dieser Art völlig überflüssig fand, beiseite und fragte ihn, was aus dem Zentimeterstück des Goldstreifens geworden sei, das er damals abgeschnitten und in die Hosentasche gesteckt hatte. Winkelmann erinnerte sich. Das Streifenstück hatte er vor Wochen mit in

Tanzfläche

den Haase'schen Abtaster gegeben. Unter 'schnipsel-klein.oil' sei das Datei-Ergebnis mit den Genfer Restnachrichten angekommen.

"Und was war drauf?"

"Es ging um unser Buch, die Vorankündigung. Ich wusste nicht, wie ich es dir sage. Wir waren doch schon verwirrt genug."

"Wie – Vorankündigung?"

Winkelmann setzte sich, während im Mittelteil des Studios zwischen den Buffet-Tischen getanzt wurde, an einen der Rechner und suchte das Dokument, drehte Krüger den Bildschirm hin und sagte leise: "Was ich jetzt sage, behältst für dich. Wir brauchen alle Nerven für den Start am Turm. Die winzige Start-Datei enthält fast nichts. Nur eine 16-stellige Zeichenfolge in Vierersequenzen. Ich hab sie auf einen dieser gelben Post-it-Zettel notiert und versehentlich auf dem Schreibtisch der Produzentin liegen lassen. Sie hatte sich den Bestell-Code für das Taschenbuch 'Die Weisheit des Diamanten – Buddhistische Prinzipien für beruflichen Erfolg und privates Glück' aufgeschrieben, auch eine 16-stellige Zeichenfolge. Sie verwechselte die Zettel. Zwei Tage später kam ein Päckchen. Ich war morgens im Büro und öffnete es."

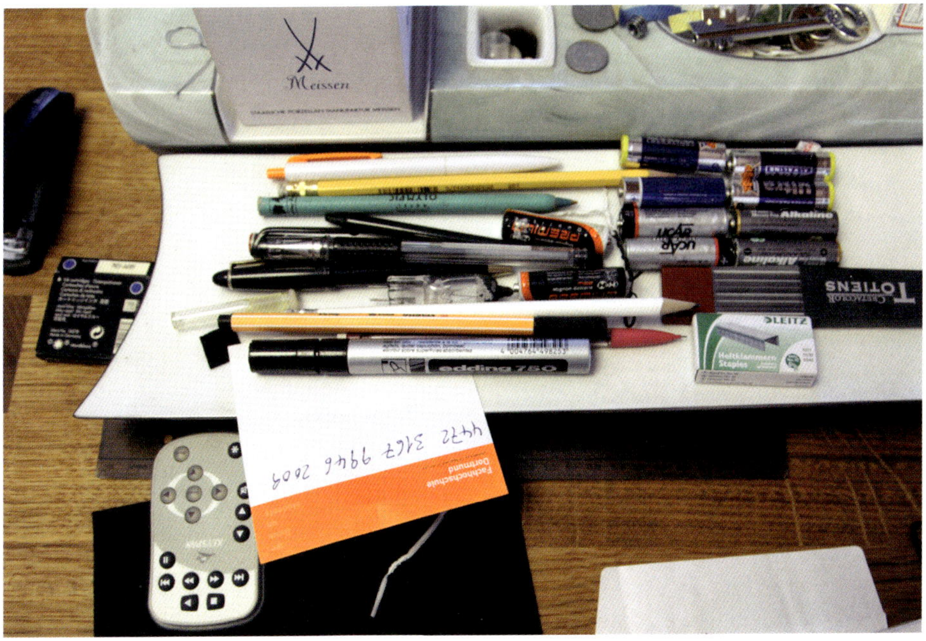

Bestell-Code

Winkelmann ging zu seinem Aktenkoffer und gab Krüger das Buch. Titel: 'Winkelmanns Reise ins U'.

Krüger sah versteinert auf das Buch, das es nicht geben durfte. Noch nicht geben, überhaupt noch nicht geben konnte. "Wann war das?", fragte er schließlich. "Das ist unser Buch! Oder was ist es sonst?" Hilflos starrte er den Filmmacher an. "Wozu die ganze Arbeit, wenn es das Buch schon gibt!"

Winkelmann war ganz ruhig geblieben. Er war froh, dass der Freund nicht in die blecherne Tür des Werkzeugschranks trat und sich wohlmöglich noch verletzte. Er fühlte sich für ihn verantwortlich, hatte er doch Krüger in die Geschichte hineingezogen. "Es ist offensichtlich unser Buch", sagte er langsam. "Das Buch, das wir gerade schreiben. Schwer zu verstehen, geb ich zu. Aber versuch doch einfach mal, dir vorzustellen, die Zeit sei eine Autobahn. Mehrspurig. Und dieses Buch hat uns gerade überholt. Hat die Spur gewechselt und ist dabei versehentlich in unsere Hände gefallen. Es gibt für alles eine Erklärung."

Das angelieferte Buch war weitgehend identisch mit der Zwischenfassung vom 9. Januar 2010. Einige im Manuskript gestrichen gewesene Passagen waren wieder eingefügt, andere Absätze hatte Winkelmann selbst – er hatte sie markiert – zuvor noch nie gesehen. Letztere, wenn er sie gut fand, gestand er, hatte er noch nach und nach in die aktuell letzte Fassung eingefügt, die er Werner Boschmann, dem Verleger, neulich nach Bottrop gemailt hatte.

"Das ist total grauenhaft", keuchte Krüger. "Wie sollen wir damit leben?" Er nahm sich eine der hinzugefügten Stellen vor: "Hier sogar ein Tagebuchtext, der angeblich von mir ist!" Er überflog die Passage, las dann noch einmal jedes Wort. Einen Moment lang hatte Winkelmann den Eindruck, ein zustimmendes Lächeln in seinem Gesicht zu lesen, aber die Wut kam zurück. "Ich hab das nicht geschrieben!"

Winkelmann gab ihm das Grappa-Glas in die zitternde Hand. "Jetzt reg dich nicht auf. Es ist dein Tagebuch. Auch wenn du es nicht geschrieben hast. Du wirst es schreiben! Weißt es heute nur noch nicht."

Krüger trank seinen Grappa in einem Zug aus. Er nahm sich noch die Brille ab, legte den Kopf auf den Arbeitstisch und schlief sofort ein. Sein Bewusstsein hatte sich wieder einmal in Notwehr abgemeldet. Am anderen Mittag fand er sich im Bett liegend, zu Hause. Winkelmann kam vom Fenster herüber, öffnete eine Red-Bull-Dose und brachte sie ihm. "Im Kühlschrank war nichts anderes."

Im Laufe der nächsten Stunde verabredeten sie kühl, das Unerklärliche wieder einmal zu ignorieren. Bis auf weiteres. Es gab noch viel zu tun.

Kapitel 34

Es war kein Zufall, dass M. Schaefer, Senior Vicepresident von Crest Movie Entertainment, Hollywood, LA., auf seinem Weg nach Cannes im Ruhrgebiet vorbeigekommen war, um am 17. Mai seine Eltern zu besuchen. Die Produzentin hatte ihn gebeten, noch von Los Angeles aus einen Termin bei der Filmförderung in Düsseldorf zu machen.

Der Amerikaner wurde in Düsseldorf freudig empfangen. Die Chefetage hatte ihm eine Limousine an den Flughafen geschickt und ihn selbstverständlich zu einem Arbeitsessen eingeladen. Als er zwei Stunden später die Gaststätte 'Chez Marie' verließ, hatte er das Booklet 'Die schönsten Drehorte an Rhein und Ruhr' und eine Förderzusage über 1,2 Mio. Euro in der Tasche. Beim Essen hatte er in Aussicht gestellt, einige Szenen seiner Produktion 'The Juwel Tower' mit Kirk Douglas in der Hauptrolle auf der Baustelle des Dortmunder U zu drehen. Die Runde war hoch erfreut, als er von sich aus vorschlug, eine Ruhrgebiets-Filmfirma als Line-Producer und ausschließlich deutsche Crewmitglieder zu engagieren. Die Produzentin hatte ihm eingeschärft, auf keinen Fall zu erwähnen, dass es sich hauptsächlich um Mitarbeiter aus Bayern handeln würde.

Das Schönste beim Filmemachen ist der riesige Aufwand. "Unser Auftritt muss groß und glamourös sein", hatte die Produzentin verfügt. "Wir müssen im Gewimmel und Durcheinander der Endspurtphase des Turmumbaus richtig auffallen."

Winkelmann und Krüger gaben dem Projekt den Namen: 'GgTaT', Ganz großes Theater am Turm.

Die notwendigen Geräte und Montageteile wurden besorgt, die Stahlschränke für die Steuerung der Elektronik, die Rahmen für die Aufhängung und die Lamellen, die Pressluftschraubendreher. Auf der Suche nach Spezialisten – sie mussten schwindelfrei, alpinistisch wie technisch versiert und konsequente Komödianten sein – hatte die Produzentin beizeiten mit bayrischen Firmen und dem Alpinistenverein Garmisch-Partenkirchen verhandelt. Die Engagierten schickten unverzüglich ihre Kopf- und Körpermaße an die Kostümbildnerin, Stahlkappenschuhe und individuelle Werkzeuggürtel hatten sie vertragsgemäß mitzubringen. Der Vertragspartner aus München – er war unter anderem mit der Planung der neuen Aussichtsbrücke auf der Zugspitze befasst gewesen – wies mehrfach darauf hin, dass es ganz unumgänglich wäre, ausreichend Weißwürste und Weizenbier bereitzustellen. Die örtliche Fourage und das Hotel Unique, wo seine Leute untergebracht sein würden, seien in diesem Sinn zu unterrichten. "Die Jungs bekommen sonst Entzugserscheinungen."

Eine Woche nach der denkwürdigen Expertensitzung rückte sie an: die Karawane der PKW, Transporter und Kleinlastwagen, gefolgt von acht leeren Sattelschleppern, alle ausgestattet mit dem Logo 'Crest Movie Entertainment'. Die Fahrzeuge wurden auf dem Baustellenparkplatz sorgfältig ausgerichtet aufgereiht. Im Vordergrund parkte ein riesiges Wohnmobil mit der dezenten Aufschrift 'Kirk Douglas'. Alle sechzig Mitarbeiter der Crew trugen angesteckt oder um den Hals hängend bunte Sonderausweise. Mit der ersten Version dieser Ausweise war Winkelmann nicht zufrieden gewesen. Irgendein

Praktikant hatte Visitenkarten mit Filzstift beschriftet. “Hologrammlogo und biometrisches Passfoto müssen schon sein! Und außerdem könnte Hanno Hassler das mal graphisch und 3D-mäßig auftakeln, mit einem Glockenturm im Hintergrund und ordentlich Farbe.”

Hasslers dritter und vierter Entwurf waren akzeptiert worden, auf Scheckkarten-Größe verkleinert gedruckt und laminiert. Jeder konnte sich so jederzeit doppelt autorisiert ausweisen.

Beim Presseamt hatte die Produzentin schon vor zwei Wochen die Drehgenehmigung für den Spielfilm ‘The Jewel Tower’, Co-Produktion mit Crest Movie Entertainment beantragt. Die vielversprechende Attraktivität des US-Produzenten und vor allem die Zusicherung, dass im Nachspann die Stadt Dortmund und der Name des Presseamtsstubenleiters genannt werden würde, beschleunigte das Prüfverfahren. Ayse Manyas hatte das gestempelte Dokument schon am nächsten Morgen abholen können.

Die Filmleute schwärmten in den Turm, erklommen an den Wachposten vorbei die Treppen und bestiegen das Dach. Marders Technikerstab, mit

Technikerstab in Feuerwehrmontur

Transport und Montage der sensiblen Elektronikbauteile betraut, war als Einheit der Dortmunder Berufsfeuerwehr kostümiert und deshalb ohne weiteres in der Lage, überall im Gebäude, auch an besonders gesicherten Positionen zu agieren. Einige von ihnen hatte Marder mit winzigen High-Definition-Helmkameras ausgestattet, um die dreiste Aktion zu dokumentieren.

Die Crew-Mitglieder trugen rote Overalls und weiße Helme. Die Handwerker sahen wie Schauspieler aus, sie trugen blauweiße Helme, ein jeder bestückt mit Grubenlampe vorn und Gamsbart an der Seite, echte, speckige Kniebundhosen aus Leder mit edelweißverzierten Hosenträgern, blauweiß gewürfelte Hemden und Trachtenjacken. Dass sie bayrisch sprachen, fiel in der Sprachen-Vielfalt der regulären Turmarbeiter nicht weiter auf. Kein Einziger der Bauleute war aus dem Ruhrgebiet. Es gab Polen, Ukrainer, Weißrussen, Kroaten und Serben – über dreißig Sprachen, wie Krüger, der als Controller der Zollfahndung auftrat, von einem der Bauabschnittsleiter erfuhr. "Und alle mit Arbeitserlaubnis. Sonst geht hier ja gar nix."

Die blaue Regenjacke mit der Rückenaufschrift 'Zoll' und die Stoppelhaar-Perücke hatte sich Krüger beim Theater besorgt.

Fertig montierte Lamellen

Winkelmann selbst bestieg mit Sandwiches und zwei Thermoskannen Kaffee im Rucksack den siebzig Meter hohen Baukran und wies den Kranführer an, die Rahmenteile der Lamellen-Fenster hochzuziehen, der Tagesplan sei soeben geändert worden. "Ist normal", sagte der Kranmann. "Es soll hier vier verschiedene Bauzeitenpläne geben. Jeden Tag 'ne Überraschung."

An nur drei Tagen und Nächten setzten die Bayern auf dem Dach die Rahmen zusammen, montierten sie und zogen die sechstausend Lamellenstränge ein – alle 4,25 cm eine Lamelle. Jede musste mit drei Schrauben fixiert werden: Es ging um achtzehntausend Schrauben. Unter Marders Leitung wurde das System schließlich verkabelt. Er konnte es nach durchgemachter Nacht – es war der 25. Mai gegen 5 Uhr 40 morgens – für eine Lichttestwelle an seinen Laptop anschließen. Die 1,7 Millionen Light Emission Devices funktionierten.

Hinter den farbigen Lichtschleiern sahen Winkelmann, die stolze Produzentin, Slama und Krüger vom Turmparkplatz aus die Monteure, die beim Sonnenaufgang nach und nach das Dach verließen. Birgitta Weiss, die

Morgendämmerung mit Lichttestwelle

Kostümbildnerin, kam mit den Armen wedelnd aus dem Turm gelaufen, fast zu spät. Winkelmann war von der Wirkung tief erschüttert: Er hatte etwas geträumt und jetzt leuchtete es auf, real, hoch über der Stadt. Was außer der Produzentin zu diesem Zeitpunkt niemand wusste: Wegen seiner zunehmenden Sehschwäche konnte er die Farben in ihrer ganzen Brillianz nicht erleben.

Danach trafen sich alle im Hotel Unique und feierten teils, geduscht und umgezogen, teils noch in ihren Kostümen, bis zum nächsten Mittag durch. Es war wunderbar. Und bald würde ein noch größeres Wunder geschehen. Das mit dem schäumenden Meer, den aufsteigenden Bläschen im Bier und den glühenden Walzbrammen, die um die Dachkrone herumfliegen würden.

Hotel Unique, ehemaliges Verwaltungsgebäude der Union Brauerei

Kapitel 35

Wer das Datum der Turm-Teileröffnung und den Start von Winkelmanns Bilderuhr in Internet und Radio bekanntgegeben hatte, war später nicht mehr festzustellen. Wie auch immer – zum Sonnenuntergang am 28. Mai 2010 hatten sich etwa tausendachthundert durstige Dortmunder und neugierige Freunde und Verwandte, jede Menge Fotografen und Journalisten und sieben Fernsehteams am U-Turm eingefunden, um dem nächsten Freibierspektakel beizuwohnen. Winkelmanns vollmundige Ankündigung, den Turm mit Bier zu füllen, und zwar bis oben hin voll, hatte sich gut herumgesprochen.

“Den Turm mit Bier füllen, und zwar bis oben hin voll.”

21 Uhr 16 – die Sonne ging unter. Die Schleierbilder strahlten auf. Blitze, Fische, glühheiße Aluminiumstangen, die ins Abkühlwasser tauchen. Es war der Augenblick des Zauberers, der großen Magie. Die kindlich Glotzenden waren stolz. Das Wort Kultur spielte keine Rolle.

"Würd' ich sowieso verbieten, wenn ich könnte", flüsterte Krüger, ohne den Blick von den Bildern abzuwenden, einem der Journalisten zu, der sich als Kulturredakteur vorgestellt hatte. "Das Wort Kultur. Sollte man verbieten für die nächsten fünfzig Jahre. Und wenn wir schon dabei sind, auch das Wort Kreativwirtschaft und Metropole Ruhr. Wir wären alle gezwungen, Klartext zu reden. Was wir wirklich sehen, denken, tun und erleben. Ohne den Sprechblasenquatsch."

Immer wieder applaudierten die Zuschauer. Sie seufzten erfreut und riefen Ah und Oooh, und einer, der auf dem Dach seines PKW stand, rief: "Wir haben jetzt unsern eigenen Eiffelturm!" Die Umstehenden applaudierten auch ihm.

Winkelmann konnte durch die braunsuppigen Nebelschleier seiner getrübten Augen gerade noch wahrnehmen, dass die Erscheinung existierte. Zum Glück war seine Tochter Jenny bei ihm, obwohl sie vor einigen Wochen nach Düsseldorf umgezogen war und in Köln arbeitete. Sie hing an seinem Arm und beschrieb ihm das Bilder-Gefunkel. "Es sieht genauso aus, wie ich es mir vorgestellt habe", sagte er glücklich.

Der Erfolg hat viele Väter. Auf der zum nächsten Tag hastig einberufenen Pressekonferenz versammelten sich die Väter des Spektakels. Ein Kulturhauptstadt-Beauftragter, der Brachflächenamtsleiter, der zuständige Fördermittelberater und ein bis dahin in der Stadt unbekannter Turm-Bevollmächtigter erläuterten in achtzig Minuten ihre Urheberschaft. Sie alle hatten selbst mit Hand angelegt, Widerstände beiseite geräumt, parteipolitische Gräben mutig durchwatet und mit vereinten Kräften der neuen Metropole die Stadt-Krone aufgesetzt.

Winkelmann war zu dieser Veranstaltung nicht eingeladen worden. Es machte ihm nichts aus, er kannte diese Selbstdarstellungsbühne und nutzte die freie Zeit, um in die Städtischen Kliniken zu fahren. Er ließ sich beide Augen aufschneiden, die brauntrüben Linsen mit Ultraschall zertrümmern und absaugen. In die so geschaffenen Hohlräume wurden ihm Kunststofflinsen neuester Bauart (PhysIOL SlimAY123 mit 18,5 Dioptrien) eingesetzt. Zur Schonung der empfindlichen Netzhaut waren sie, auf seinen ausdrücklichen Wunsch hin, mit UV-Filtern ausgestattet worden.

30. Mai. Der Filmmacher hatte gerade mit ärztlicher Erlaubnis den Mullverband von den Augen genommen, erschien an der Hintertür des Studios ein Mann, der Einlass suchend an die große Glastür klopfte. Er war mit öffentlichen Verkehrsmitteln gekommen und hatte deshalb den richtigen Eingang nicht sofort gefunden. Er stellte sich vor als Dr. Silvio Soest. Er komme direkt aus der Hauptstadt, sei Fachmann für öffentlich geförderte Kunstprojekte, habe nichts zu verlieren und sich deshalb gern bereit erklärt, der westfälischen Halbmillionenstadt bei der Verwaltung ihrer Kreativkräfte maßgeblich zu helfen. "Wir freuen uns, dass Sie da sind und so einen wunderbaren Anfang machten", sagte Soest und schaute sich gleich angetan in den Studio-Kulissen um. "So bürgernah! Die Folkloremotive, das Bier und die Tauben – wunderbar. Gerade für uns Hauptstädter. Ist es wirklich wahr, dass jeder Bergmann unter Tage eine Brieftaube im Gepäck hatte, die ihn warnte und sofort tot umfiel, wenn giftiges Gas aus der Kohle stieg? Herrlich."

Dabei setzte er sich zu Krügers Entsetzen in den Regiestuhl und begann, Erdnüsse zu knabbern und den Anlass seines Besuches zu erläutern. Er habe mit Interesse der Turmbeleuchtung beigewohnt, leider aber trotz aller Wertschätzung feststellen müssen, dass die Turmbilder einen planlosen, ungeordneten Eindruck machten. Er habe den Verdacht, dass dem Ganzen ein belastbares Konzept fehle. Man müsse mindestens erwarten können, dass der Öffentlichkeit, vielleicht in Form eines Essays, der die nachhaltige Programmatik der Inszenierung umreißt, eine hinreichende Sicherheit des Erwartbaren gegeben werde. Auch Kreativität und künstlerisches Handeln brauche Regeln und Grenzen und die postmoderne Kunstwissenschaft habe es sich schließlich zur Aufgabe gemacht, der Praxis den richtigen Weg zu weisen. Phantasie-Arbeit einfach ins Blaue hinein sei insbesondere bei der ungeheuren Tragweite des Projekts nicht zulässig. Zusammen mit dem Dezernenten für Kultur, Sparvorschläge und Brachflächen habe er deshalb schon vor Wochen einen Ratsbeschluss initiiert, der die chaotische Lage an der U-Front in geordnete Bahnen bringe.

Krügers Zwischenfrage, ob man für diese Arbeit denn wenigstens gut bezahlt werde, überhörte der Überraschungsgast. Das heißt, er tat so. Die kleine fahrige Handbewegung zur nicht vorhandenen Krawatte verriet, dass er keinen Spaß verstand. Er als Turm-Bevollmächtigter habe ab sofort die Programmhoheit und sei berechtigt – dabei ja selbst nicht unabhängig, sondern überwacht vom Parteiproportionalausschuss –, überflüssiges Material der zentralen Datenlöschung in Berlin zu überantworten. Später werde er verschiedene nichtprovinzielle Videokünstler mit der Überarbeitung der Installation und Lückenersetzung beauftragen. "Das nehmen Sie jetzt bitte nicht persönlich."

"Ich aber", schnaufte Krüger, zog sich einen Stuhl heran und setzte sich, kaum Abstand haltend, direkt vor die Knie des Gastes. "Warum sachlich, wenn es auch persönlich geht. Das lernte ich so im Theater. Es geht um nichts anderes."

Winkelmann sah den Bevollmächtigten einen Moment zu lange mit seinen Kunstaugen an. Dann lächelte er, verließ das Studio, stiefelte hoch ins Büro, schloss sich ein und war nicht mehr zu sprechen.

Krüger hob beruhigend die Hände. "Ich rede jetzt vom Urwald, einverstanden? Und von der Gartenverwaltung, die nichts darin zu suchen hat. Oder hat sie? Dann sagen Sie das. Oder anders gefragt, können Sie tanzen, schauspielen, malen, Geschichten erzählen oder vielleicht töpfern? Wenn ja, dann wüssten Sie, dass erst etwas geschehen muss. Zuerst muss etwas Unerhörtes geschehen, dann kommt der Kreativschutzmann. Der darf am Tatort aber nichts berühren. A creator is a creator and nothing else. Das ist von Dennis Hopper. Schauspieler, Regisseur, Maler, Fotograf, damals, 'Easy rider'. Sie wissen schon."

Das Letzte, was Krüger von seinem Gegenüber sah, waren die schönen, Dresscode-kompatiblen Sneakers, die Dr. Soest aus dem Studio trugen.

Alles kam noch gründlicher. Als Winkelmann und Krüger am nächsten Morgen das Studio betreten wollten und einem auffliegenden Elsternpaar nachschauten, sahen sie, dass die Richtfunkstreck-Antennen nach Berlin bereits auf dem Dach des Studiogebäudes installiert waren.

Die Studiocrew bewundert die nagelneuen Richtfunkstreck-Antennen

Kapitel 36

Um 18 Uhr startete die große Abschiedsparty. Winkelmann sprach vom Erntedankfest, bedankte sich bei allen Mitarbeitern und eröffnete das Buffet. Krüger war nicht nach Feiern zumute, er nahm sich die Grappaflasche, ein angebrochenes Glas Ahornsirup und zwei Waffeln mit, fuhr nach Hause und legte die Doors auf, Jim Morrisons 'This is the end'. Wie der ansonsten teils traurig, teils fröhlich ausgelassene Budenzauber endete, erfuhr er am anderen Morgen.

Arbeiten

Als um 22 Uhr die letzten Mitarbeiter gegangen waren, schloss sich Winkelmann im Studio ein. Er löschte das Hauptlicht, machte den Tresor auf und nahm ein paar private Dinge heraus, unter anderem die Korrespondenz mit seinem Anwalt und seine teure Schraub-Leica, Seriennummer 10138, Baujahr 1926, älter als der Turm, von der er sich nicht trennen wollte. Die oberste der fünf Dosen, die auf dem Tresorboden lagen, öffnete er und legte drei rätselhafte Fotos aus seinem Privatarchiv hinzu. Er beschriftete sie mit: 'Arbeiten', 'Wohnen' und 'Feiern', datierte sie nicht.

Er verschloss die Dose wieder und legte sie zurück zu ihren vier Schwestern, warf einen letzten Blick auf den Stapel und sagte: "Tschüss. Macht's gut." Dann nahm er sich SPIRA 1, den Haase'schen Lesekopf vor. Er spannte ihn in der Werkstatt zwischen die Backen des Schraubstocks und zerquetschte ihn, setzte sich an Marders Rechner, schloss alle Arbeitsdateien und schickte sie mit seinem Passwort zu den anderen in die Daten-Wolke. Es war genau 22 Uhr 04. Eine druckfrische Kopie der Datei 'Kleiner Leitfaden zur U-Turm-Geschichte' ließ er mitten auf dem Arbeitstisch liegen, für die Facility-Manager

Wohnen

Feiern

oder wen auch immer. Er schaltete den Rechner aus, löschte das Restlicht und verließ das Atelier. Den Tresor-Schlüssel gab er stumm dem Nachtwächter, der ihn achtlos an sein Schlüsselbrett hängte.

Er fuhr nach Hause, packte seine Sachen, fuhr tanken und dann auf die Sauerlandlinie, ohne sich bei irgendjemandem abgemeldet zu haben. Im Morgengrauen war er am Brenner. Als er ausstieg, um einen Kaffee zu trinken, bemerkte er, wie unerträglich heiß es war. Die brütende Luft stand still, am frühen Morgen schon. Er sah in Gedanken den See, wünschte sich, dass es dort, wenn er ankam, regnete. Und sah genau, wie diese dicken Regentropfen auf die türkisgrüne Wasserfläche schlagen würden, in einem eigenartigen Sonnenlicht, als kämen sie nicht aus einer Wolke.

Als der Turm verlosch – das war am Vorabend genau 22 Uhr 04 – stand Dr. Soest vor der Kamera eines arte-TV-Teams auf dem Vorplatz des Turms und hatte gerade begonnen, seine Pläne zur Weiterentwicklung der 'Fliegenden Bilder' zu erläutern. Auf einmal waren die großen Tauben nicht mehr da, alles nur schwarz. Verärgert rief er im Steuerraum an und beschwerte sich beim Cheftechniker.

Marder konnte nicht bestätigen, dass der Strom ausgefallen war. Es musste etwas mit dem Rechner sein. “Sieht aus, als ob er läuft, die Wandler, die Lichtwellenleiter, die Prozessoren, alles in Betrieb. Irgendwas in einem der Rechner will wohl nicht. Ich kümmere mich drum.”

Die Turmbilder kamen nicht zurück. Nur der Mond schien. Das arte-Team war schon abgefahren, als Dr. Soest endlich jemanden vom Nightcall-Service der Firma doSoft erreichte. Wütend schilderte er die Turmkatastrophe und bestand darauf, dass doSoft sofort Leute schicken müsse, die sich mit Marder auf die Fehlersuche machen, bis die Rechner wieder laufen. “Und bitte, dalli. Morgen früh ist die Deutsche Welle da. Wir machen uns noch lächerlich.”

Die kühle Auskunft des Telefonisten, dass doSoft zwar aus Steuergründen ausgegliedert, aber dennoch städtisch sei und selbstverständlich keine Überstunden mache, erst recht nicht nachts, ließ Dr. Soest nicht gelten. Um die Beschleunigungsgelder würde er sich schon kümmern. Der überforderte Telefonist legte auf.

Am Morgen – Winkelmann war noch etwa eine Fahrstunde vom See entfernt – sah auch August Schleitzer auf dem Weg zur Arbeit, dass der Turm tot war. Er bog verwundert auf den Parkplatz ab, wollte gerade aussteigen, stieg aber nicht aus. Sein Autoradio unterbrach das Musikprogramm und brachte eine Sondersendung über den Stillstand. Etliche Dortmunder, Anwohnende und in Sichtnähe Arbeitende, hatten bereits beim Lokalsender angerufen und aufgeregt gefragt, was los sei mit dem Bilderturm, und sich heftig beschwert, dass weder die Polizei noch die Leute bei der Zeitung und nicht einmal die Turmwachtposten etwas wüssten. In den Anrufen war von Stromausfall schon in der letzten Nacht die Rede. Kritische Stimmen vermuteten Sparmaßnahmen oder sprachen von Sabotage, mit der man sowieso hätte rechnen müssen, andere schimpften über die wieder einmal schwache Stadtverwaltung, die nichts wirklich im Griff habe.

Eine Anruferin sagte: “Ich sitze hier beim Ohrenarzt und bin total traurig. Jetzt hatten wir endlich mal was Schönes, und schon ist es wieder weg.”

Als der Studiosprecher die nächste Musiknummer ankündigte, ‘Sex Machine’, die Originalfassung, machte Schleitzer sein Radio aus und beschloss, in Winkelmanns Studio zu fahren. Er nahm die Rheinische Straße und fuhr durch Dorstfeld. Den Mann, der hinter einem Bauwagen auf einer umgekippten Schubkarre saß und fassungslos zum Turm hochschaute, hatte er nicht gesehen. Krüger war wegen Marders Störfall-Anruf um Viertel nach acht aufgestanden und sofort losgefahren. Im turminneren Steuerraum hatte er vierzehn doSoft-Leute angetroffen, die im tosenden Lärm der wassergekühlten Festplatten den Marder'schen Computerurwald durchkämmten und, immer wieder innehaltend, die unkonventionelle Verdrahtung banaler Standardbauteile vom Elektronik-Discounter bestaunten. In einer Gruppe war lautstarker Streit beim Versuch ausgebrochen, noch nie gesehene Blockschaltbilder zu interpretieren, ein Einzelner schrie genervt in sein Handy. Krüger begriff noch, dass das der Einsatzleiter war, der sich bei seiner vorgesetzten Dienststelle über fehlende Checklisten und Handbücher beschwerte. Dann verließ er den Turm. Draußen nahm er sein Handy und versuchte es noch einmal. Die Mail-Box. Der Angerufene meldete sich nicht. Im Studio war auch keiner. Krüger überlegte, ob er hinfahren solle, entschied sich anders. In einem Stehtischcafé an der Baustelle Thier-Center erreichte ihn der Anruf. Winkelmann hatte den See erreicht, erzählte von der Pause am Brenner, von der Hitze, vom Zerstören des Lesekopfs und vom Nachtpförtner, der den Gorgo-Schlüssel wohl niemals wieder finden würde.

“Ist ja alles gut”, sagte Krüger beruhigt. “Aber der Turm ist tot. Ich war eben drin, weil Marder angerufen hat. Die Bilder sind weg. Er hat sie nicht wiedergefunden und doSoft rotiert. Ich will nur wissen, ob du eine Erklärung hast und ob es dir gut geht.”

“Es ist heiß hier unten, es müsste mal regnen. Die Presse wird sich melden und die Gartenverwaltung und wer auch immer, du weißt von nichts, hast nichts gesehen, nichts gehört und nichts erlebt. Wenn deine Nummer auf dem Display ist, nehme ich ab, sonst nicht. Ich fahr gleich weiter.”

Turm ohne Bilder

“Einverstanden.” Krüger fuhr nach Hause und frühstückte auf dem Balkon. In seinem Terracotta-Topf blühte eine Lilie und eine Kartoffel.

Inzwischen stand Schleitzer im halbdunklen Studio. Nach längerem Hin und Her hatte ihm die Rezeptionsfrau aufgeschlossen. Er rief: “Ist jemand da?”, betrachtete die Reste der Abschiedsparty und hatte das Gefühl, dass jemand ihn aus der Lautlosigkeit beobachtete. Plötzlich erschien eine Putzkraft, grüßte stumm, stellte zwei Wassereimer ab, warf zwei Lappen hinein und verschwand wieder. Er versuchte ein weiteres Mal, Winkelmann anzurufen, dann Krüger, erreichte aber keinen. Er schritt umher, sah in die schon aufgeräumten Ecken mit den Umzugskartons und die vollen Kabelkisten. Da, wo er die Crew hatte arbeiten sehen, am mittleren der sieben Arbeitstische lag neben der Tastatur des Rechners eine Broschüre. Er nahm Platz, machte die Tischlampe an und vertiefte sich mit wachsendem Erstaunen in die ihm unbekannten Abbildungen und Texte: ‘Kleiner Leitfaden zur U-Turm-Geschichte’.

Eine halbe Stunde später steckte er die Broschüre in seine Aktentasche, umarmte die zurückkehrende Putzfrau und ging. Er würde sich bei Winkelmann für das unerlaubte Ausleihen entschuldigen, aber der Fund, würde er sagen, habe ihn so furchtbar aufgeregt gemacht, dass die Hände zitterten und zugleich an der Broschüre klebten und dass er zwischen Schrecksekunden und Historikerglück vergessen hatte, wo er sich befand. Und doch war mir unmittelbar klar, würde er sagen, dass die Geschichte des Turms ganz neu geschrieben werden muss.

Gegen Mittag war Krüger wieder am U. Eine Gruppe Japaner stand neben ihrem Reisebus und stierte, dem Zeigefinger des Reiseleiters folgend, auf den toten Turm. Dann entdeckte er Marder. Der hatte eine Eineinhalbliter-Flasche Cola gekauft und sich auf die Stufen unten am Turm gesetzt. Er wusste nicht weiter, konnte den Chef nicht erreichen, hatte keine Erklärung und keine Lösung. Das System schwieg, hatte sich zurückgezogen. Auf keinen Fall wollte er den doSoft-Leuten beim Zerpflücken seiner geliebten

Kabelbäume zusehen müssen. Er war sich sicher, Winkelmann hätte die Barbaren aus dem Steuerraum gebrüllt. Aber der war nicht da. "Wo ist er denn? Du weißt das doch!"

Krüger zog die Schultern hoch, schnaufte kurz, rückte seine Brille zurecht und log ohne schlechtes Gewissen. "Ich weiß es wirklich nicht!"

"Was glaubst du, was da drin inzwischen los ist? Zig Presseleute, die sich nicht abwimmeln lassen, aufgebrachte Besucher, zwei Lichtarchitekten aus Barcelona, die nur Spanisch sprechen. Die von der Deutschen Welle sitzen auf ihren Koffern und warten auf ein Wunder. Dr. Soest und sein Hofstaat sind weg." Wie verstört, völlig unpassend lächelte er. "Und einer vom Hotel Unique war da, hat noch am Müllcontainer eine Lederhose gefunden und vorbeigebracht. Ich hab sie im Kofferraum. Keine Ahnung, ob sie aus Bayern oder vom Theater ist. Ich geh mir jetzt 'ne neue Cola holen."

"Bis irgendwann später", sagte Krüger, winkte dem Cheftechniker nach. Ohne zu wissen, warum, ging er wieder zurück in das Stehtischcafé an der Baustelle Thier-Center und bestellte sich einen Espresso und einen Ouzo. Ouzo gab's nicht und der Espresso schmeckte nicht. Eine Weile, mit leerem Blick, sah er Passanten nach, er kannte keinen. Er zahlte und ging zurück zum Parkplatz, wollte gerade einsteigen, schaute noch einmal hoch – und begriff nicht, was er sah. Da leuchtete ein Bild, und nicht nur er hatte es gesehen. Ein Wachtposten zeigte hin, zwei Bauleute zeigten hin, die Japaner, die gerade wieder eingestiegen waren, stürzten aus ihrem Bus und fotografierten und filmten. Krüger starrte hoch, minutenlang, dann warf er sich ins Auto auf den Sitz, die Bilder im Auge behaltend, und rief an. Italien meldete sich sofort.

"Na, wie geht's? Ich bin gerade angekommen und kann mir endlich meine Pasta machen. Fast sechsunddreißig Grad hier oben, unten am See noch mehr. Ich schwitze wie eine Schnecke."

"Da sind Bilder!"

"Ich kann dich nicht verstehen, flüsterst du?"

"Da sind Bilder. Und Marder kommt gerade – warte mal."

Marder kam angelaufen, riss die Wagentür auf und brüllte entnervt: "Ich seh es! Siehst du's auch?" Marder wusste, dass es nicht sein konnte. "Die doSoft-Leute haben die Kabelbäume zerschnitten und die Rechner eben aus dem Haus getragen. Ich hab es selbst gesehen!"

Krüger zog die Autotür zu und berichtete weiter. "Marder springt hier rum, und alles ist so, wie ich's dir erzähle. Er sagt, es kann nicht wahr sein. Ist es aber. Jetzt sitzt er neben meinem Wagen im Dreck. Da oben sind Tropfen!"

Winkelmanns Stimme rauschte für ein paar Augenblicke in ein Funkloch, war dann wieder da. "Hallo, ich hab gefragt, wie sie aussehen."

"Ja, wie Tropfen eben."

"Sind es dicke Tropfen? Fallen sie wie in Zeitlupe, jeder einzelne gut zu erkennen? Und sieht man Wellenkreise, wenn sie aufschlagen?"

"Ja, genau."

"Und die Wasserfläche ist glatt und türkis?"

"Ja, stimmt. Türkisfarbenes Wasser."

"Jost, ich weiß, was du da siehst."

"Aber den Film haben wir nie gedreht!"

"Sieht aber gut aus – oder?"

U-Turm mit Tropfen auf Wasserfläche, türkis

Kapitel 37

Und es kam noch schlimmer.

Drei Monate später gab die doSoft-Geschäftsleitung ihre Versuche auf, die Bildsteuerung im Turm zu reparieren. Die Rechner wehrten sich und blieben dem Zugriff der städtischen Anwender entzogen. Das peinliche Erscheinen ungesteuerter Bilder konnte man sich nicht erklären. Die Mitarbeiter mieden die Nähe des Turms. Auch Dr. Silvio Soest wurde in Dortmund nur noch selten gesehen.

Winkelmann befand sich immer noch in Italien, gedachte nicht zurückzukommen und kam nicht zurück. Er war verbittert, schrieb nichts, fotografierte nichts, werkelte gelegentlich an seinem Seehaus herum, schnitt Gras und erntete Pflaumen und Feigen. Die Anrufe aus Dortmund, die über

Buchstabensuppe

das Erscheinen dieser und jener Obstpressen, nasser Feigenmus-Ströme und Bergadler als Bilder in der Dachkrone berichteten, quittierte er mit einem unerstaunten "Ach ja, der Adler" oder "Wird so sein". Von einer gezielt telepathischen Korrespondenz wollte er nichts wissen, und manchmal erinnerte er sich nicht einmal, das Geschilderte imaginiert zu haben. So war es zum Beispiel im September mit der schwarzen Suppe, in der wie aufgewirbelt weiße Buchstaben herumschwebten.

"Konnte man Wörter erkennen?", fragte er Krüger. Als der Anrufer verneinte, es sei babylonisch gewesen, bloß ein Durcheinander, eine Buchstabensuppe eben, schnaufte Winkelmann vernehmlich und sagte: "Nicht von mir."

Krüger hatte am Königswall eine Halbtags-Pförtnerstelle gefunden und beschäftigte sich zwischen Auskunftgeben, Schlüsselaushändigen und dem Eintragen der Nummern ins Schlüsselbuch mit seiner Lieblingsidee, dem Lexikon der ungeschriebenen Dramen.

Es war am 8. Oktober 2010. Es regnete. Krüger fuhr morgens zur Arbeit, als er, von der Kampstraße kommend, am Turm eine Laufschrift bemerkte, die er noch nie gesehen hatte. Er bremste, fuhr schräg auf den Bürgersteig, rief aufgeregt in Italien an und berichtete. Winkelmann war ganz sicher. "Von mir nicht. Es sieht so aus, als ob er sich rührt, sich selbständig macht."

An jenem Morgen hatte sich der Turm unzweifelhaft aus seinem Kinderbett erhoben, den Unterschied zwischen sich und anderen bemerkt und zu verstehen gegeben, dass er jetzt wusste, wer er war. Er hatte sich des Instruments bemächtigt, das Winkelmann ihm mitgegeben hatte, und spielte darauf. In den Laufschriftfenstern der Dachkrone, weithin sichtbar, sagte der Turm, zu Bewusstsein gekommen, gleichsam lächelnd: ICH.

Kleiner Leitfaden zur U-Turm-Geschichte

Rekonstruiert aus den Magic Foils of Dortmund
(Auszug)

Aus dem Jahre 1959 ist die Vorhersage der Wahrsagerin Johanna Maria Doornkatt (1914 bis 1977) überliefert*, dass der U-Brauereibetrieb an der Rheinischen Straße zu ihrem 80. Geburtstag eingestellt werden würde. (Tatsächlich gab der Eigentümer Brau und Brunnen 1994 den traditionellen Braustandort am Rand der westlichen Innenstadt auf und verlagerte die Braustätte nach Lütgendortmund mit verbsserter Anbindung an die A40.) In ihrer Kristallkugel aus Amethyst (Durchmesser 8 cm) sah Frau Doornkatt das Gemäuer des Kühlturms in einer Winternacht durchsichtig werden und wie er sich in seinem Inneren in ein Licht- und Lampenhaus verwandelte. Die Vision hielt sie in ihrem Vorhersagenbuch fest unter dem Stichwort 'Lampedusa'.

In den Staub-, Smog- und Ruß-Ereignissen, die bis in die 70er Jahre hinein den Himmel verdunkelten, kam es an manchen Tagen zum gänzlichen Unsichtbarwerden des Kühlturms. In Schreck versetzte, orientierungslose Passanten und Radfahrer ohne Kompass und Karte verloren zum Teil den Verstand, zum Teil suchten sie Unterschlupf in Kneipen und Lokalen, um sich bei Frikadellen, Bier und Wacholder in muttersprachlich aufgewärmten Parallelwelten zu anästhetisieren ("Wat wech iss, iss wech, kommt auch nich widder") – wieder andere setzten sich einfach auf die Bürgersteige (Vorläufer der Flashmobs) und warteten das Wiederauftauchen der Landmarke geduldig ab. Nirgendwo in der alten BRD war Lakonismus und Geduld gegenüber himmlischen Erscheinungen höher entwickelt als hier.

Die im Frühjahr 1998 aufgenommene Fotografie zeigt noch die von fürchterlichem Stein- und Staubfraß befallene Dachkrone des U-Turms. Ihren endgültigen Zerfall hielt man ab Mitte der 90er Jahre für unausweichlich und nie mehr umkehrbar. Die Prognosen sprachen von nur noch etwa 20 bis 25 Jahren bis zum Abstürzen des Goldenen U. Bis dahin müsse das umliegende Gelände an allen vier Turmfuß-Seiten rechtzeitig geräumt sein müsse (Werkfreie Zone im Umkreis von 270 Metern). Vermutlich müsse sogar der Güter- und Bahnverkehr eingestellt, das heißt der Hauptbahnhof komplett verlegt werden. Ursachen des an Bauwerken oft diagnostizierten Fraßes sind flüssige Niederschläge, KFZ-Emissionen, Zerfrostung, Abtragungen durch Flugratten (geringfügig) und – im ehemaligen Kohlerevier vielerorts sich folgenreich bemerkbar machend – unterirdische Flöz- und Schachteinbrüche, die das Gebäudeganze erschüttern.

Urheber der Idee, den 'nichtssagenden' Turm aufzuwerten und komplett mit Spiegelkacheln zu ummanteln, in denen sich der ihn umgebende Stadtteil mit allen dem Turm zugewandten Häusern und Straßen spiegelt, ist Prof. Heinrich Müller-Deusen (in Fachkreisen bekannt vor allem durch sein zweibändiges Hauptwerk 'Über Halluzinationen'). Dem Einwand des Tierschutzes auf der Kreativ-Konferenz im November 1999, dass Tauben und Fledermäuse, sich gespiegelt sehend, höchst verunsichert wären und auf die Spiegelfläche zufliegen und aufschlagen könnten, wurde bei einer Gegenstimme stattgegeben. Prof. Müller-Deusen soll wegen des Scheiterns des Projektes seine Heimatstadt verlassen haben und lebt verbittert und zurückgezogen am Waltroper Moor, wo er sich mit dem Phänomen des verführerischen Irrlichts beschäftigt, unter anderem im romantischen Werk der westfälischen Dichterin Annette von Droste-Hülshoff (siehe auch: Circen, Sumpf-Feen und Sirenen).

Bereits vor seinem Architekturstudium, 19-jährig und verliebt, träumte der Dortmunder Andreas Hanke von den größten Hausnummern der Welt und skizzierte für seine Angebetete Hunderte von Entwürfen, die ausgeführt fast gleich groß wie das zehn Meter hohe U sein würden. "Mit seinen herrlichen Mega-Morphos, die er nach dem Studium zu realisieren vermochte, unter anderem in einer Dortmunder Vorortsiedlung, wo die größten Hausnummern der Welt (und freistehend) aufragen", schreibt das angesehene Züricher Fachblatt 'Haus und Hütte', „erweist sich jetzt auch Hanke als Vertreter der genuinen Superlativ-Schule, gleichrangig neben Dobermann, der sich mit dem 210 Meter hohen Weihnachtsbaum auf dem Hansaplatz einen Namen machte." An gleichem Ort zitiert Carl Friedrich Wachtel, ein Vertreter der kritischen Frankfurter Schule: "Als ein Mitwirken des Zufalls und also menschliches Kuriosum muss festgehalten werden, dass der Hersteller die automatische CNC-Fräse mit einem Kommafehler (betr. zwei Stellen) programmierte, somit die in Auftrag gegebenen 11 Zentimeter hohen Ziffern durch dieses Versehen größer wurden als bestellt. Freilich mindert die Größe nicht ihre Wirkung."

Als sich 2009 der Plan des Senats von Mantova (Mantua), alle Kirchen, Türme und Patrizierhäuser, die mehr als fünf Etagen aufweisen, mit einem signifikant roten M zu bekronen, als unfinanzierbar herausstellt, werden die zweiundachtzig bereits hergestellten Buchstaben-Körper der Größenordnung PIC (piccolini) ebenerdig im zentralen Stadtbild aufgestellt. Der Pressesprecher des Senats ließ bei Gelegenheit verlauten, das Finanzloch sei unausweichlich entstanden im Zeitfenster der von den Lehman Brothers in Szene gesetzten Götterdämmerung (La Caduta degli Dei) und werde auch in anderen europäischen Großstädten zur Abspeckung und Miniaturisierung im Bereich urbaner Selbstdarstellung führen.

Der Vorsitzenden des U-Turm-Kreativ-Kreises, Jeanette Stichler-Brookenpanne, wurde Ende Oktober 2009 ein Protestschreiben des 'Kollegiums der ehrfurchtsvollen Glöckner' (Collegio di Campanaro Rispettoso) aus Rom überbracht. Darin verwehrte sich das seit 1612 a. D. bestehende und stets achtköpfige Kollegium, namentlich der derzeitige Padrone Dr. Brabanti, strikt gegen den angemaßten Gebrauch der Bezeichnung 'Glöckner' (campanaro) für den im Dachkronenbereich zurückgezogen lebenden Hausmeister bzw. Facility Manager. Dr. Brabanti wies darauf hin, dass die Berufsbezeichnung 'Glöckner' weltweit geschützt und ihre Anwendung nur durch Autorisierung des römischen Kollegiums zulässig sei. Eine solche Urkunde für die Stadt Dortmund und ganz Westfalen existiere nicht. Erst eine Anerkennung des Dortmunder Turms als Campanile nach den Richtlinien der UNESCO könne ein Prüfungsverfahren in Gang bringen, das in einer urkundlichen Beglöcknerung endet.
In ihrem Rückschreiben wies Stichler-Brookenpanne richtigstellend darauf hin, dass die Bezeichnung 'Glöckner' weder von ihr selbst noch vom Kreativ-Kreis in toto je intern oder öffentlich benutzt oder vorgeschlagen worden sei.

Als in der Restaurations- und Umbauphase (Mitte 2008) unter dem bekannten U-Turm-Kellergewölbe 3, das bis dato als das unterste galt (minus 7 bis minus 12 Meter), ein weiteres, noch darunter liegendes entdeckt wurde (minus 12,5 bis minus 17,5 Meter/genannt K 4), zögerte der Tiefbauingenieur Dr. Dipl. Ing. Heinz Koweleit nicht. Er mailte, ohne seinen als zögerlich geltenden Behördenleiter zu informieren, die ersten Fotos der guterhaltenen Gänge sofort nach Granada und bat die Maurologin Prof. Conchita Cortez de Aranjuez nach Dortmund zu kommen – wenn möglich unverzüglich. Die Reise- und Hotelkosten würde er im Zweifelsfall privat übernehmen. Es habe sich ihm, schrieb Koweleit im Begleittext, der Verdacht ergeben, dass die überall vorzufindende, klassisch auf den Kopf gestellte U-Form (nnn)*den arabisch-maurischen Gang- und Torbogenmustern nachgestaltet sei und dass er sich freuen würde, die verehrte Kollegin sowohl in beruflicher als auch in nichtberuflicher Hinsicht ("Vielleicht auf eine Paella, Sie erinnern sich, an der Bornstraße ...") wiederzusehen. Auf den Kopf gestellte U-Kolonnaden (nnn) finden sich auch im Umland der ehemaligen Hansestadt wie in Subbelrütt. Schon als Student war Dr. Koweleit von ihnen fasziniert, vor allem, wenn sie in Talgründen standen, zweckdienlich wie symbolisch für Kultur und Handel.

Die Dortmunder Lizenzgeber konnten sich mit dem Wiederaufbau-Kuratorium der Dresdener Frauenkirche nicht auf die Vertragssumme einigen. Die auf Grund einer mündlichen Vorvereinbarung voreilig durchgeführte Installation musste wieder abgebaut werden. Das in Bronze gegossene Logo wurde unter dem Beifall der Repräsentanten aus Bochum, Essen, Oberhausen und Duisburg eingeschmolzen. Im Vokal-Krieg, der bis in die neunziger Jahre andauerte, hätte sich Dortmund uneinholbar duchgesetzt. Als das eigenmächtige Dortmund 1968 das U auf dem Brauereiturm errichtete (später kam ein zweites U dazu, das die Westfalenhalle 1 krönt), gab zuerst Bochum seinen Plan auf, das Bochumer ‘O’ auf die Hauptbahnhofskuppel zu setzen. Das könne jetzt nicht mehr originell sein. Ein halbes Jahr später erklärte Essen, es habe eine Erwägung, sein ‘E’ auf eine 280 Meter hohe Totem-Stele in den Grugapark zu stellen, überhaupt nie gegeben. Insider wussten zu diesem Zeitpunkt bereits, dass man es – werbetechnisch sehr geschickt – in Leuchtbuchstaben auf dem RWE-Gebäude würde unterbringen können. Ganz unbeeindruckt von allem setzte Oberhausen sein ‘O’ im Logo des CentrO durch, und Duisburg hat die Finanzdienstleister gefunden, die sein ‘Ui’ auf einen Neon-Regenbogen installieren, der die Ruhr bei Duisburg-Ruhrort überspannt, wo sie das Ruhrgebiet verlässt und in den Rhein mündet.

Zu spät bemerkten die Bewohner der Bergbau-Metropole, dass sie sich selbst den Boden unter den Füßen aushöhlten und das Land zwischen Emscher und Ruhr um 23 Meter absackte. Mit ungezählten Pumpwerken begannen sie, den Anstieg des Grundwassers aufzuhalten, bis Anfang der fünfziger Jahre das Pumpen nicht mehr finanzierbar war. Im Süden von Dortmund entstand zunächst ein Tümpel (Phönixsee), der sich alsbald in ein Binnenmeer bis an den Rand von Duisburg auswuchs. Die Bevölkerung zog sich an die Ufer zurück, baute Hunderttausende von gemütlichen Strandlauben und schmückte ihre Wohnräume mit Bildern der sprudelnden Flut.
Das hier abgebildete Gemälde erzählt die Geschichte des schrecklichen Tages, als der U-Turm, in Folge eines Kurzschlusses innerlich brennend, in den Fluten versank.

01
Prof. Dr. Edmund Glock: 'Verlust der Wortkultur in der Bilderwelt', Bochum 1999

(…) "Voyeurismus, manisch, ausgeprägt in nahezu allen Künstlercharakteren. Der Patient E. P. leidet an der Angst, nichts verpassen zu dürfen. Ernährt sich unregelmäßig, hat Schlafstörungen und attackenartige Anfälle, sein Fernglas zu nehmen, vornehmlich nachts, um in gardinenlose, beleuchtete Zimmer zu sehen und das Verhalten der Insassen zu studieren. Er sei eben versessen, sich mit fremdem Leben zu beschäftigen, ohne es zu stören. Selbst sieht er sich nicht von Angst, sondern von unstillbarer Neugier getrieben, bezeichnet seine Neigung als Beobachtungswahn, den er nicht aufhalten kann, aber auch als eine Art Sehnsucht. Er könne sich aus dem Tun und der Körpersprache der Beobachteten zusammenreimen, worum es geht. Was sie sprechen, würde er gern wissen, aber müsse er nicht. Auf die Frage, was ihn denn von einem Spanner unterscheide, sagt E. P.: Ich gucke alles, auch Langweiliges, was andere langweilig finden. Zum Beispiel, wenn einer Cognac trinkt und Kreuzworträtsel löst."

02
Tonprotokoll (Abschrift Jane H., autorisiert):

"Hey, Johnny, my man, how are you? – Yes, just arrived in my hotel. Great trashy place, B & B, typical Ruhr Bed & Breakfast thing. – I don't know, they call it a Pension. It's unbelievable, it looks like a real trashy installation at the Tate Modern Museum. – Listen, where do I start? What was their slogan? The Ruhr needs glamour … Something bright, shiny, special. Something nobody else has. – Yes, may be they should build a pyramide. The Ruhr needs publicity, they need an image. They wanted something colourful, a legend. The thing is they referred to our carabean campaign. – No, it is quite funny. Ruhr – the carabean of centrale Europe. The Rio of Germany. No, they were serious. – Something mystical. So you don't notice it too much. (Repeating) So you don't notice it too much. – The Ruhr no longer exists, it's like Liverpool. – I'm talking about 150 Baumärkte, 150 Do-It-Yourself-Stores, 100 Matratzenstudios, which are Matrass Discounters, 250 drugstores, which are called Drogeriekettenfilialen and 500 Dönerbuden, which are 500 Kebab Stands. – And they have three teams in the Bundesliga and they, as far as I know, haven't won anything since they lost the war. And they don't have a coast line. – No, man, we are talking about five million people. And you know what they do? – And you know what that five million people do? They cut each others hair once a week. You know, I'm your hairdresser. You are my hairdresser. And everybody has something to do."

03

Geständnis des Bauleiters Christian Rasch

"Die Therapeutin fand mein Verhalten einmalig. Sie meinte, mit dem Wuttrauma gegen meinen Vater hätte ich auch Künstler werden können. Ich hab Verkehrsschilder abgeschraubt und gesammelt, hinten im Obstgarten. Besonders die Höchstgeschwindigkeiten. Da müssen Sie mal drauf achten, an der B1 – von 120 plötzlich runter auf 60. Obwohl die Baustelle längst fertig ist, und dann plötzlich 80. Wegen Nässe. Und dann 370 Meter dahinter, da wirst du verrückt, wieder 100. Aber nur von 22 Uhr bis 6 Uhr morgens. Wegen Lärm. Und wenn du dann gar nicht mehr weißt, was los ist, kommt die Radarfalle. Totale Willkür. Wie bei uns am Friedhof – 30 – 50 – wieder 30, total sinnlos. Da ist keine Schule, keine Kurve – gar nix."

04

Inhalt der 'Vertraulich'-Mappe, betr. Henkelmann-Affaire

1. Aktennotiz August Schleitzer:
"Am 14. Nov. 1996 wurde an der Pforte des Stadtmuseums ein Brief abgegeben. Absender des Briefs: Willi Stendel. Beiliegend zwei Fotografien. 'Das Kruckel-Haus' und 'Klutemanns DKW'."
2. Brief Willi Stendel:
Sehr geehrter Herr Dr. Schleitzer,
ich weiß nicht, ob Sie zuständig sind für die Verwaltung von Dokumenten der Stadtgeschichte. Und ob mein kleiner Beitrag für Sie oder das Stadtmuseum überhaupt von Belang ist. Ich habe beim Aufräumen diese Fotos gefunden. Ich ziehe demnächst um nach Unna und will nicht alles mitnehmen und kann Ihnen kurz schildern, was die Bilder mit der Henkelmann-Affäre 1966 zu tun haben. Wenn Sie ein Dortmunder sind, kennen Sie vielleicht den Ausdruck: Jemandem einen Henkelmann hinhalten. Und dass das heißt: eine andere Person in Schwierigkeiten bringen, zu verführen oder sie reinzureiten in etwas. Kurz erzählt: Zwei Politiker derselben Fraktion, inzwischen sind beide verstorben, waren sich ins Gehege gekommen. Dr. U. Umlaut, von Haus aus Eigentümer einer Eisenhandelsfirma, und der Oberstudienrat Herbert Klutemann, der in der betreffenden Zeit vom Schuldienst freigestellt war. Um sich gegenseitig schlechtzumachen und aus dem Kandidatenrennen zu werfen, war ihnen wohl jedes Mittel recht.
Klutemann wurde eines Abends mit einer Prostituierten fotografiert, mit Blitzlicht durch ihr Fenster. Wo das Haus stand, es gibt darüber zwei Versionen. In den Zeitungen damals war zu lesen, in der Bornstraße. Von Kollegen hörte ich, es könnte im Wochenendhaus von Klutemann in Kruckel gewesen sein, wo er öfter fremde Frauen hatte und seine Feste feierte. Das ist das eine Foto – das Kruckel-Haus.
Jedenfalls gab es das Erpresserfoto (ich selbst habe es nie gesehen), und es wurde gegen Klutemann benutzt. Er schon in verfänglichem Zustand, beim Sichausziehen. Sie im Zimmer, leicht bekleidet, hält ihm einen Henkelmann hin. Aus der Tratschkantine hörte

ich, dass sie dabei gelacht hat. Und sie soll gesagt haben, für später hab ich noch Kartoffelsalat. Wer kann das schon wissen? Vielleicht der beauftragte Detektiv oder Fotograf oder wer immer es war. Der Argus hat das Foto mit Negativ dem Auftraggeber geliefert, und der sorgte dafür, dass einige Kollegen aus der Fraktion und angeblich ein Journalist das zu sehen bekamen. Herbert und die Nutte. Damit war der Klutemann unmöglich gemacht. Das zweite Foto zeigt den DKW von Klutemann am Königswall. Er war ein Liebhaber der Marke DKW und fuhr seinen Wagen noch 1971. Es ist das Auto, das an der Bornstraße von der Polizei fotografiert wurde. Wie der Vorgang an die Presse durchsickerte, kann ich nur ahnen.
Ich weiß nicht, ob Sie mit all dem was anfangen können. Sonst werfen Sie es weg. Nach Unna will ich es nicht mitnehmen. Wäre da auch nur im Keller. Aber wie so witzige Sprichwörter entstehen – Henkelmann hinhalten –, das, finde ich, muss man doch weitererzählen. Auch wenn der Hintergrund der Männerkonkurrenz natürlich schon beschämend trostlos war.
Mit freundlichem Gruß – Willi Stendel.
PS: Wenn Sie einen Menschen suchen, der die Geschichte viel genauer kennt als ich, dann fragen Sie Herrn Josef Fröbel. Er wohnte zuletzt in der Großen Heimstraße, ist pensioniert und möglicherweise auch nach Italien gezogen, wo er seit langem ein Landhaus hat mit eigenem Wein.

Das Kruckel-Haus. Klutemanns DKW

05
Geständnis Vera Kubasik

"Mal ehrlich – schön einkaufen kann man hier auch nicht. Da musst du schon nach Düsseldorf fahren. Meine Tochter sagt es auch, und die ist erst zwölf. Nee, Mama, sagt die, hier in Dortmund, da find ich nichts. Da kann ich suchen, solange ich will. Ich widerspreche ihr dann, aber ehrlich gesagt, hat sie doch recht! Stylemäßig kommst du hier nie auf dem Level von heute an. Kriegst alles, ist auch günstiger, aber so sieht es dann auch aus. Also letztlich kommt man gar nicht drum rum. Einmal im Monat am Samstag schön nach Düsseldorf. Shoppen und dann schick essen, Sushi oder so."

06
Inka Weinwirt: 'Eros, Schutz und Pferdestärken', Exkurs über automobilfixierte Erotomanie.

In ihrer Habilitationsschrift, Siegen 2004, schreibt die Anthropologin Dr. Inka Weinwirt: "Seit je gewährt die feminine Phantasie dem Trojanischen Pferd eine heikle Sonderstellung. Es verkörpert Größe, Status, List, Kollisionsbereitschaft und Panzerung zugleich und eine Vergrößerung der Hautoberfläche und Sinnesorgane. Mit der Erfindung des modernen Autos hat sich das beräderte Kampfpferd in eine Gestalt verwandelt, die eine völlige Beschütztheit suggeriert; rundum blechgepanzert, verspricht es den Insassen Unverletzlichkeit und ein stabiles Vorwärtskommen. Auf der Ebene der Individual-Begegnung heißt das: Aus dem schwankenden Ritter wurde der electric rider, der, sich robust und unangreifbar wähnend, hinter den blinkenden Spiegeln, Glanzkühlergrills und nachterleuchtenden Lampen seinen Weg sucht, im Kampf, im Stau wie im Alltag. Das Auto ist mithin ein Archetyp, der im männlich wie weiblich Unbewussten sein unmittelbares Echo findet: geheizte Hütte und Zuhausesein, Jagdmotorik, nomadischer Angriff und Eroberung in einem – Wunscherfüllung der antiken Unio mystica und Promesse du bonheur, das Glück des Allergriffenseins."

07
Geständnis eines Wartenden

"Ich sollte hier abgeholt werden, nun fürchte ich bereits, man hat vergessen, dass ich überhaupt eingeladen wurde. Die Dame in der Pressestelle ist zwar hübsch anzusehen, aber Sie sollten nicht glauben, dass die irgendetwas weiß. Ich sagte, dann rufen Sie an, suchen Sie ihn, Sie arbeiten doch hier! Seit letzte Woche erst, hat sie gesagt, und sorry, tät ihr leid. Und dass ihr Chef mit größter Wahrscheinlichkeit in einem Funkloch stecke. Irgendjemand muss ja zuständig sein, sollte man meinen. Oder jedenfalls verantwortlich oder den Überblick haben. Sie sagte daraufhin, bis in alle Einzelheiten bekomme das bei der ungeheuren Größenordnung des Projekts kaum noch einer zusammen. Vielleicht hat sie auch 'auseinander' und nicht 'zusammen' gesagt. Sie wisse auch nicht, wo sie bei mir anfangen solle – die Dame in der Pressestelle. Was ich schon wüsste und was nicht. Und dann käm eins hinzu – es sei, das solle sie sagen, auch alles nicht mehr das, was es mal war."

08
www.niceequipment.com/Phillips8x10

The Phillips 8 x 10 Explorer camera is an 8x10 inch field camera that departs from the traditional approach to camera design and using modern technology materials and applications, results in a camera that looks like no camera you've ever seen before. The

camera is made with wood, anodized aluminum, and some high tech materials (Teflon, Derlin, epoxy coatings, fiberglass composite).
The camera doesn't go overboard on technology, but uses it where the right material has benefits that few others offer. Many companies in the industry are adding patented design features and enhancements that improve their specification sheets and add greatly to the price of the camera, but are of dubious utility for field shooters. Richard Phillips has gone the other direction with his camera design philosophy by eliminating all but the necessities. Experienced field shooters know what features they find useful in a field camera, and this camera has been designed to meet these requirements.

09
Geständnis der Tätowierten

"Okay, ich geb's zu. Ich hab ein Tattoo. Ich hab eins, aber ich zeig's nicht. Ich find das nicht schön – so ein Tattoo –, überhaupt nicht. Aber ich muss das haben. Ich mach Leistungssport. Da muss ich mir öfter mal was spritzen. So perspektivisch – mein ich jetzt. In Zukunft. Ich werde ja nicht jünger. Und wenn ich in mein Tattoo reinspritze, sieht man den Einstich und den Bluterguss nicht. Gut, ne?! Den Trick hab ich von Rolf Aldag."

10
Geständnis des Buchhalters

"Ich hab's jetzt mal im Internet versucht. Weil ich eine tolle Frau suche. Und Foto reingestellt und mein Charakterprofil mit den Hobbys. Also Single, mit Lust auf Party und Fitness und Kino. Und natürlich, was Frauen gut finden – also humorvoll und leidenschaftlich zärtlich, also langes Vorspiel und das Ganze ehrlich, lässig, nee, zuverlässig, treu und offen. Und dass ich Kinder will und Nichtraucher wäre und sonntagsmorgens auch die Brötchen hole. Was irgendwie alles nicht stimmt. Ich hab sogar geschrieben, dass ich technisch versiert bin. (Macht ein Gesicht wie: au au!) Was ich rausgefunden habe, ist, dass viele Frauen im Internet – auch wenn die schreiben, dass sie Leidenschaft und Sex suchen – letztlich was ganz anderes wollen. Am Bett sind die nur ganz nebenbei oder gar nicht interessiert. Die suchen den Mann zum Shoppen und zum In-den-Urlaub-Fahren – oder zum günstig Tapezieren oder die Heizung mit Wasser füllen. Das haben mir wirklich zwei gesagt am selben Tag, in ihrer Wohnung würde es immer so gluckern. Da ist auch, glaub ich, viel Berechnung mit im Spiel. Und vor der Ehe ist das ja eigentlich Schwarzarbeit."

11
Vera Kubasik weiß nicht, wie es angefangen hat

"Ich weiß nicht mehr, wann das anfing, aber irgendwann hat es angefangen, dass ich morgens mein Gesicht im Spiegel nicht mehr ausstehen konnte. Ich fand meine Stirn so flach. Da habe ich den Haaransatz wegrasiert. Das sah auch ganz gut aus. Also am Anfang. Dann, was dann nachwächst, das geht natürlich gar nicht. Je öfter man hinguckt, desto schlimmer wird es. Mein Augenabstand, der stimmt auch nicht."

12
Ida Rilke hat Gemüse abgewogen

"Die sitzen im Video-Raum und beobachten einen. Ich selbst bin zum Beispiel beobachtet worden. Sind Sie sicher, dass Sie nicht auch beobachtet werden? Ich hab Gemüse abgewogen, genauer gesagt: drei Zucchini, hab das Preisschild auf den Beutel geklebt – und eine vierte Zucchini dazugetan. Dazu! Schon haben sie mich erwischt. Wenn man nicht ganz hässlich ist, wird man sowieso dauernd beguckt. Ich mach das jetzt auch. Im Wartezimmer, in der U-Bahn, oder ich fahr Rolltreppe und guck den Leuten auf den Arsch. Nachbarn kann man auch gut begucken. Wer beim Frisör war oder was auf den Einkaufstüten steht. Und natürlich Männer."

13
Inka Pauly, Geständnis der Frau des Architekten

"Ich gebe zu, meinen Mann überredet zu haben, beim Architekturwettbewerb für das Bochumer Business-Wellcome-Center eine Pyramide zu planen. Der Oberbürgermeister wollte einen Kubus. Sechs bis acht Stockwerke, à 2000 Quadratmeter. Das steht er nicht durch, ist meinem Mann gesagt worden. Und selbst wenn er das durchsteht – angeschlagen ist er allemal. Irgendwas findet sich immer. Der kann ja gar nicht wissen, was er alles unterschreibt, den ganzen Tag. Er hat auch keinen Rückhalt mehr in der Partei. In der Fraktion schon gar nicht. Ich hab gesagt, da musst du jetzt mal tapfer sein, mein Schatz. Mach einfach das Gegenteil. Ich bin dann erst mal in die Küche gegangen, weil mir auf die Schnelle auch nicht einfiel, was das sein könnte. Das Gegenteil von einem Kubus? Er kam dann hinter mir her. Pyramide, sagt er. Und zwar: Stufenpyramide. Damit mach ich ihn fertig, hat er gesagt. Und das war einzig und allein seine Idee. Die Quartierentwicklungs-Beauftragte ist total ausgeflippt. Ich wusste damals nicht, dass die beiden ein Verhältnis hatten, aber ist ja auch egal. Sie meinte: So eine Pyramide ist ja nicht irgendein Körper! Eben. Die Pyramide ist die Mutter aller Bauten. Einfach basic. Pyramide an sich ist basic. Stufenpyramide ist ultra basic. Und oben drauf dieses weibliche, runde O. Das Bochumer O! Ein Bild, das um die Welt geht. Wahnsinn. Mein Mann sagt, das reicht. Ein Bild. Um die Welt. Er sagt, das ist Strahlkraft. Darf man nicht mit Wirklichkeit verwechseln, sagt er. Ich habe nur gesagt: Diese Pyramidenidee ist genau richtig. Das ist alles. Mehr nicht. Er ist in jedem Fall selbst drauf gekommen. Einfach als Architekt. Und ich bin stolz auf ihn, ganz egal. Ein Mann, der Pyramiden baut, der hat was. Dass die Gelder dann nach Dortmund gegangen sind, dafür kann er wirklich nichts. Er hatte immer eine Pyramide im Kopf. Nie eine Altbausanierung. Immer ein O! Nie ein U! Dann haben sie ihn ja auch rausgeekelt. Aber so sind die Dortmunder. Nicht alle, aber ... Das ist für einen Bochumer kaum zu ertragen. Obwohl, auch wenn wir längst in Berlin leben – und mein Mann letztlich in Wattenscheid gebürtig ist. Ist eben so."

14
Der Bauchbügler

Wenn eine italienische Mannschaft erst mal führt ... (winkt ab)
Ich geh doch nicht nach Bocholt. In Leverkusen ist das Geld. Am Ende bin ich letztlich hier geblieben nur damals wegen Helga ihrer Putzstelle. (winkt ab)
Über die vom Ordnungsamt könnt ich mich den ganzen Tag aufregen. Du kannst nicht einfach Konfetti auf die Straße werfen, das sind Reinigungskosten ... (winkt ab)
Jeden September dasselbe. Da biste noch im Kopf beim Sommergrill, und vorn im Supermarkt da liegt schon Spekulatius ... (winkt ab)
Da oben bei der Scheidung von den Deitermanns, wo nicht geklärt war, wer das Tier behält – was bei denen los war, kannst du nicht beschreiben. Jede Nacht, zwei Jahre lang ... Da tat mir noch der Hund am meisten leid ... (winkt ab)
Es kommt der Tag, da zahlst du Steuern für die Luft im Autoreifen. Und davon bauen se neue Straßen. Und am Ende gibt's ne Atemsteuer, nur weil du noch lebst ... (winkt ab)
Gegenüber die Leute, die machen Unterwäsche-Partys. Muss man sich mal vorstellen! Unterwäsche-Partys! Plötzlich am hellen Tag – ratsch ratsch – geht die Gardine zu. Weißte Bescheid.
Zum Beispiel Reizwäsche, die aus fast gar nichts besteht. Materialwert zwei Euro – ein Dings aus nichts – und dafür zahlst du 149 Euro.

15
Geständnis Gottlieb Daimler

"Mein Name ist Daimler, Gottlieb Daimler. Ich gestehe. Ich gestehe, dass ich den ersten schnell laufenden Verbrennungsmotor gebaut habe. Glauben Sie mir, ich habe nicht gewusst, was ich tue. Und ich schäme mich. Mein Benzinmotor nutzt damals wie heute nur 30 Prozent der Benzin-Energie für den Vortrieb. 70 Prozent geht als Wärme verloren. Aber konnte ich denn damals wissen, was ich anrichte?
Wir alle leben im Hier und Jetzt. Im grellen Licht des gelebten Augenblicks. Die Zukunft steht vor uns wie eine schwarze Wand. Nichts wissen wir über das, was nach uns kommt und was unser hinterlassenes Erbe unter den Menschen anrichtet."

16
Film-Dialog 'DieTaubensuppe'

VATER: Jetzt schlaf nicht ein! Also noch mal. Das hier ist der …?
SOHN: Schaft.
VATER: Schaft. Das hier der …?
SOHN: Lauf.
VATER: Lauf. Das hier ist der …?
SOHN: Verschluss.
VATER: Verschluss. Und das?
SOHN: Zielfernrohr.
VATER: Zielfernrohr. – Das ist jetzt keine Flinte, was ich hier habe. Ist eine Büchse, eine Kleinkaliberbüchse. Reicht ja auch, für meine Zwecke. – Was ist der Unterschied zwischen einer Büchse und einer Flinte? Die Flinte hat einen glatten Lauf und die Büchse hat einen gezogenen Lauf. Und dann gibt es noch eine Doppelflinte, den Drilling und eine Bockbüchsflinte. Aber das ist jetzt nicht so wichtig. Komm! Deine Mutter hat alle Fenster aufgelassen. Jetzt komm! Entscheidend ist der Schalldämpfer.
Der Vater drückt dem Jungen das Gewehr in die Hände.
Halt mal!
Der Vater fängt an rumzusuchen. Im Schrank in Schubladen.
Der Sohn fängt an, das Gewehr zu betrachten. Stellt den Schaft auf den Boden, versucht mit einem Auge in den Lauf zu schauen …
Der Vater hat gefunden, was er suchte …
Hab ich ne Ausnahmegenehmigung für. Ist eigentlich verboten. Aber ohne Schalldämpfer kriegst du sie nicht. Die sitzen ja eine neben der anderen.
Er nimmt dem Jungen das Gewehr wieder ab und schraubt bedächtig den Schalldämpfer vorne auf den Lauf der Waffe. Der Sohn schaut einfach nur zu. Dann zeigt der Vater Richtung Wohnzimmerschrank.
Hol mal Munition. Im Schrank, komm! Zweitunterstes Regal, das ist so eine Schachtel, hinter dem Bottich. Dahinter. Ja, genau. Sechs Millimeter – Dreifachladung.
SOHN: Zweiundzwanzig LFB.
VATER: Sechs Millimeter – Dreifachladung und Zweiundzwanzig LFB, das ist dasselbe. Komm her und setz dich mal hin.
Der Vater lädt das Gewehr.
Sonntagmorgen ist die beste Zeit. Wenig Leute auf der Straße. Die sind im Bett oder in der Kirche. Und dann such ich sie mir. Kuck, wo die sitzen. Eine neben der anderen auf irgendeiner Dachrinne. Da brauch ich nicht lange suchen, es gibt ja genug. Und dann nehme ich mir die erste vor: Es macht plopp und sie fällt runter. Ihre Nachbarin guckt ein bisschen verdutzt, bleibt aber sitzen. Bis es wieder plopp macht und sie selber runterfällt. Plopp, plopp, plopp. Eine nach der anderen. Muss sein – alles Ungeziefer. Das sind die Ratten der Lüfte. Die Leute singen in der Kirche, und ich hol draußen die Tauben vom Dach – komm, mach die Vorhänge zu! So vierzig, fünfzig Stück hol ich schon runter von so einer Kirche. Hier im 'U' weniger. Ist alles vergiftet seit dem Umbau. Keine

Tauben, keine Spinnen – nichts, alles weiß, alles clean, na ja, wem es gefällt! Geht mich auch nichts an. – Sag mal, wo bleibst du eigentlich?!
SOHN: Und was machst du mit den ganzen Tauben?
VATER: Die meisten fallen irgendwohin, wo ich sie nicht kriege. Die anderen gebe ich dem Italiener. Der rupft die dann, darf die Hälfte behalten und gibt mir die andere gerupft zurück. Vögel rupfen, das kann der Italiener ja. Das muss man ihm lassen. Weißt du was? Ich werd dir mal ein Taubensüppchen kochen.
SOHN: Ich mag kein Taubensüppchen! Und ich will auch keins!
VATER: Das schmeckt lecker, ich habe die ganze Tiefkühltruhe voll mit Tauben.
SOHN: Nein!
Der Junge verschwindet im Off. Der Vater geht hinterher.
Der Vater zieht den Jungen wieder zurück zum Fenster.
Versucht, ihn zu trösten.
VATER: Hey, warte mal, komm mal her. Ist gut, alles gut. Ich wollte dir ja nur mal den Schalldämpfer erklären. Kuck mal, der Mann da unten. Der da so geht. Siehst du den? Er zielt mit der Waffe schräg nach unten auf die Straße.
Wenn ich den jetzt mal abknipse … plopp. Dann dreht der sich ein paar Mal um die eigene Achse und liegt auf der Straße. Kleines Loch im Kopf, blutet, keiner weiß, was passiert ist. Mit dem Schalldämpfer, da bist du der King, der absolute King.
SOHN: Und ohne Schalldämpfer?
VATER: Soll ich?
SOHN: Ja!

17
Geständnis Ruhrkardinal Hellweg

“Einmal im Bergischen habe ich durch einen Badezimmerspalt eine junge Hausfrau beim Auskleiden beobachtet – ihr zugesehen. Ein Gefühl der Freude überfiel mich beim Anblick ihres Leibes – Freude über Gottes Werk und die erstaunlichen Kleiderteile, die sie auszog und sorgfältig gefaltet auf den Stuhl legte. Als sie in die Wanne stieg, stürzte ich aus dem Haus und betete.”

Besonderer Dank an

Dietmar Bär *als Ruhrkanal Hellweg* – Peter Fitz *als Paul Peters und Gottlieb Daimler* - Stephan Kampwirth *als Vater und Peter Rothkötter und Vorleser* – Peter Lohmeyer *als Pierre Lohmer* – Jürgen Mikol *als Jürgen Tomaszyk* – Caroline Peters *als Burgschauspielerin Stella Marisi, die Mia Kubasik und Vera Kubasik darstellt* – Irene Rindje *als Ida Rilke* – Benjamin Sadler *als Dave Raven und Vorleser* – Jürgen Schornagel *als Jürgen Michallek* – Christian Tasche *als Christian Rasch* – Margret Völker *als Margot Borchardt* – Katharina Wackernagel *als Inka Pauly* – August Zirner *als Schleitzer*

Patrick Berg – Anke und Ole Butz – Tobi Eichhorn – Mareike Hein – Ayse Kalmaz – Biancamaria Melasecchi – Linda Pöppel – Pascal Riedel – Holger Spengler – Philipp Weigand – Rahel Juliane Weiss

Dr. Karl-Peter Ellerbrock, Dr. Wolfgang Günnewig, Andreas Hanke, Bruno von der Hachelbach, Michael Kirchlechner, Christel Leinen, Peter Lohde, Helmut Riedel, Michael Schaefer, Anna Tüne, Willi Weber, Ovis Wende, Alexander Wesemann
Verein der Freunde der U-Turm Bilder Uhr e. V.
Pizzeria Bella/Rheinische Straße

Produktionsteam 'Fliegende Bilder'

Christiane Schaefer *Produzentin* – Jenny Winkelmann *Coautorin & Regie-Assistentin* – Andrea Eichardt *Assistentin der Produzentin* – David Slama *Director of Photography* – Birgitta Weiss *Kostüm* – Voxi Bärenklau *Lichtdesign & Kamera* – Rudi Heinen *Editor* – Thomas Eichhorn *Technischer Leiter* – Robert Patzelt *Steadicam* – Jürgen Tomadini *Oberbeleuchter* – Dirk Henkel *Beleuchtungsassistent* – Björn Leonhard, Daniel Weber *Kameraasistenten* – Ayse Kalmaz *Postproduktionsassistentin* – Andrea Schumacher *Editor Internet* – David Wesemann *Shake Operator* – Oli Grothe *3-D-Visualisierung* – Max Paschke *Praktikant* – Julius Pösselt *Schulpraktikant* – Bernd Mayer, Kim Mikkelsen, Mechthild Böcker *Grip* – Markus Henkel *Dolly* – Florian Haarmann *Effektbauten & Waffen* – Ingrid Henn mit Klaus Heimes, Gerhard 'Geri' Beil, Sonja Schmitz, Carolin Kipka *Setplanung & Bauvorbereitung* – Jo Sontowski *Setausstattung* – Mark 'Euro' Hangebruch, Lukas Sontowski *Praktikanten der Setausstattung* – Pierre Kracht *Modellbau* – Nils Geissler *Innenausstattung Büro* – Timm Rheinhardt *Tierbetreuer* – Verena Mohrig *Kostümassistenz* – Tanja 'Kiwi' Steffens, Yasmin Balci *Maske* – Günter Friedhoff, Thomas Hopf *Originaltonaufnahme* – Hans Steingen *Komponist* – Hans Peter Kuhn *Klangkomposition* – Matthias Lempert *Tongestalter, Mischtonmeister* – Joachim Schumacher *Locationscout* – Gitta Deutz *Pressebetreuung* – Ulrich von Behr *Anwalt* – Albrecht Lülling *Steuerberater* – Mark Ansorg, Anne Rogge, Susanne van Gulijk *Suppen*

Bildnachweis

Thilo Beu
Seite: 73

Andrea Eichardt
Seiten: 30/31, 39, 56, 70, 83, 90, 141, 142/143, 162 oben, 175, 191 oben, 195, 197, 202/203, 221, 254, 262, 268, 284

Thomas Eichhorn
Seiten: 20, 21, 103, 121, 173, 181 oben, 233, 235, 258, 259

Grete Gassner
Seitte: 111 oben, 111 unten

Christiane Schaefer
Seiten: 89, 93, 145, 152, 171, 191 unten, 217

Michael Schaefer
Seiten: 224, 225

David Slama
Seiten: 24, 25, 44, 46, 47, 48, 60, 75, 101, 153, 222, 228, 229, 243, 244, 257 unten

David Slama/Adolf Winkelmann
Seiten: 55, 86, 92, 104, 120, 139, 179, 180, 181 unten

Sven Volbers
Seite: 151

Willi Weber
Seiten: 168, 260, 286

Willi Weber/Adolf Winkelmann
Seite: 188/189

Alexander Wesemann
Seite: 22/23

Adolf Winkelmann
Seiten: 6/7, 10/11, 17, 18, 19, 26, 27, 34, 40, 42, 43, 50, 52/53, 58/59, 72, 74, 82, 84, 96/97, 99, 124/125, 127, 129, 135, 146, 147, 149, 150, 156, 159, 162 unten, 164/165, 182, 183, 184, 185, 192, 193, 198, 199, 200, 201, 204, 205, 207, 213, 214, 219, 220, 223, 226, 227, 231, 232, 236, 240/241, 242, 246/247, 249, 251, 253, 256 oben, 256 unten, 257 oben, 263, 269, 275, 276, 277, 279, 283, 285, 289, 293, 294, 298, 299, 300, 301, 302, 303, 304, 306, 307, 310 links

Adolf Winkelmann sen.
Seiten: 38, 61, 62, 63, 64, 66, 78 unten, 79, 88 rechts, 106/107, 305

Jenny Winkelmann
Seiten: 14/15, 137, 158, 234, 266, 267

Fotograf unbekannt
Seiten: 45, 49, 68, 77, 78 oben, 108, 109, 110, 112, 113, 114, 115, 169, 177, 208, 209, 210, 211, 212, 274

Privatarchiv Jost Krüger
Seite: 88 links

©LWL-Medienzentrum für Westfalen; Nr. 4108
Seite: 119

Warner Home Video Germany
Plakat Motiv 'Peng! Du bist tot!'
Seite: 194

Westfälisches Wirtschaftsarchiv, Dortmund (WWA) Bestand F 188 (Dortmunder Union Brauerei AG)
Nr. 6174/15 Seite: 33
Nr. 6174/121 Seite: 71
Nr. 6118 Seite: 116/117
Nr. 6174/20 Seite: 310 rechts

Cramers Kunstanstalt KG, Dortmund; Westfälisches Wirtschaftsarchiv, Dortmund (WWA) Bestand F 188 (Dortmunder Union Brauerei AG)
Nr. 6174/81 Seite: 36/37
Nr. 6174/82 Seite: 81

und:
Kurt Leinen
Fotografien auf dem Vor- und Nachsatz des Buches